봄이 오기 전에

봄이 오기 전에

초 판 1쇄 2026년 01월 07일

지은이 한봄
펴낸이 류종렬

펴낸곳 미다스북스
본부장 임종익
편집장 이다경, 김가영
디자인 윤가희, 임인영
책임진행 이예나, 김요섭, 안채원, 김은진, 국소리

등록 2001년 3월 21일 제2001-000040호
주소 서울시 마포구 양화로 133 서교타워 711호
전화 02) 322-7802~3
팩스 02) 6007-1845
블로그 http://blog.naver.com/midasbooks
전자주소 midasbooks@hanmail.net
페이스북 https://www.facebook.com/midasbooks425
인스타그램 https://www.instagram.com/midasbooks

ⓒ 한봄, 미다스북스 2026, *Printed in Korea*.

ISBN 979-11-7355-638-8   03810

값 19,000원

미다스북스는 다음세대에게 필요한 지혜와 교양을 생각합니다.

봄이 오기 전에

한봄 장편소설

미다스북스

차례

프롤로그

개화산은 그리 높지 않은 산으로 산신이 늘 자리를 지키고 있어 평화롭다 못해 한적하기 그지없었다.

산신은 200년이 넘은 은행나무가 있는 곳에 자신만의 휴식처를 만들었다. 정갈하고 깔끔한 기와집에 넓은 마당이 아름다운 찻집이었다. 이 찻집은 인간의 눈에는 보이지 않는 오롯이 산신만을 위한 공간이었다.

메뉴는 단일 메뉴로 오직 쌍화차 하나였다.

직접 정성껏 끓인 쌍화차를 한 모금 마시려는 순간이었다. 어디선가 동물 소리가 아닌 한 남자아이의 서러운 울음소리가 들려왔다. 산신은 찻잔을 탁! 소리 내며 마지못해 탁자에 내려놨다. 그 아이의 울음소리가 어찌나 비통하던지 개화산 전체에 울려 퍼지고 있었다. 평화로운 휴식을 방해하는 그 울음소리를 애써 무시해 본들 겨울비까지 내리는 바람에 더 애달프게 들려올 뿐이었다.

개화산 정상까지 올라가는 데는 1시간이 채 걸리지 않았지만, 작은 체구의 남자아이가 기껏 정상까지 올라가서는 꽃이 아직 피지 않은 가장 큰 복사나무 앞에 앉아 하염없이 목 놓아 울었다.

산신은 새벽녘까지 그 애타는 울음소리가 멈추지 않자 그제야 정상으로 향했다. 보아하니 아비와 어미를 모두 여읜 듯했다. 작은 두 손을 포개 모아 진심을 담아 기도하는 그 아이에게 다가갔다.

"산신님, 제발 저를 도와주세요……."

간절한 아이의 모습에 마음이 약해진 산신은 결국 이름 모를 남자아이를 찻집으로 데려와 거두게 되었다.

"이전의 삶은 모두 잊어버려라. 이제부터 너의 이름은 차율이다."

"차율… 뜻이 무엇입니까?"

"내 이름은 조이율이고 너는 차를 곧잘 끓이니 차율로 지었다."

단순한 작명치고는 아이에게 꽤 잘 어울리는 이름이었다. 나쁘지 않은 듯 아이는 고개를 두세 번 끄덕였다. 율은 그렇게 산신의 찻집에서 차를 끓이고 관리하며 살게 되었다.

산신이 인간을 직접 거두는 일은 무척이나 예외적이고 특별한 경우였다. 이처럼 산신은 어딘가 자신을 닮은 율이만을 처음이자 마지막으로 거두려 했다. 그래서 더는 인간의 일에 나서지 않았다.

그로부터 어느덧 10년이 지나 율이 어엿한 청년으로 자라 열아홉이 되던 해였다. 개화산에서 쫓기고 있는 두 여자아이의 다급한 외침이 들려왔다.

"산신님, 제발 저희 좀 도와주세요!"

율의 초조함과는 달리 차분히 앉아 평온하게 쌍화차를 마시기만 하는 산신을 율이 설득하기 바빴다.

"저를 도와주신 것처럼 딱 한 번만 더 아량을 베풀어 주십시오. 저들은 잡히면 곧장 죽습니다……."

"네가 관여할 일이 아니다. 죽을 운명이면 죽게 되고 살 운명이면 살 겠지. 신경 쓰지 말거라. 너와는 다르다."

"저와 대체 뭐가 다릅니까. 도와주시지 않는다면 저라도 나가서 저들을 돕겠습니다."

율은 망설임 없이 찻집을 나가버렸다. 산신은 남은 쌍화차를 홀짝 마시며 그저 자리를 지킬 뿐이었다.

"대역 죄인의 자식들을 당장 잡아라!"

고운 빛깔의 한복을 입고 곱게 땋은 머리를 선홍색 댕기로 묶은 설은 노란 댕기로 묶은 머리를 흔들며 뒤따라오고 있는 동생 봄의 손을 꼭 붙잡고 전속력으로 뛰었다. 개화산 어딘지 모를 곳에서 한참을 쫓기는 바람에 숨이 턱 끝까지 차올랐다. 다리에 힘이 풀려버린 봄이 그만 나뭇가지에 걸려 풀썩 넘어졌다. 순식간에 포졸들이 뒤따라왔다. 두 사람은 뒷걸음질 치다가 그만 언덕 아래로 비명 지르며 굴러떨어졌다. 설은 봄의 손을 끝까지 놓지 않았고 언덕 아래에 있던 율이 설을 타이밍 좋게 받아냈다.

"누, 누구냐……?"

율의 품에 어정쩡하게 안겨 있다가 벌떡 일어난 설은 넘어진 봄이 앞을 막아섰다. 소맷자락에서 작은 칼을 꺼내 들고는 율을 한껏 경계했다.

"나는 차율이라고 해. 도와주려는 것뿐이다."

포졸들이 언덕 아래로 줄줄이 내려오자, 율은 다급하게 찻집 방향으로 손짓했다.

"자초지종은 나중에 설명하고 이쪽으로 따라오거라, 어서!"

설은 율의 눈을 유심히 바라보더니 칼을 다시 소맷자락에 집어넣고는 고개를 끄덕였다. 두 번이나 넘어진 탓에 뛰지 못하는 봄을 설이 부축하려고 하자 율이 빠르게 봄을 업고는 설에게 길을 알려주기 위해 앞장서 뛰었다.

찻집 입구에 자리 잡고 있던 은행나무가 온데간데없이 보이질 않았다. 포졸들은 쉴 새 없이 뒤쫓아왔다. 금방이라도 잡힐 것 같은 숨 막히는 상황 속에도 율은 포기하지 않고 이어진 길을 쭉 따라갔다. 분명 같은 길을 돌았는데도 은행나무가 보이질 않았다. 두 바퀴를 더 돌고 나서야 은행나무가 보였고, 찻집에 겨우 들어올 수 있었다.

율은 봄을 마당에 있는 담벼락 의자에 내려놓고 가쁜 숨을 몰아쉬다가 설을 바라보았다. 아직 경계를 다 풀지 못하고 두리번거리는 설의 눈빛에 율은 안심해도 된다는 듯 따스하고 환한 미소를 지어 보였다.

"이곳은 안전하니 걱정할 것 없어. 저들은 절대 이곳에 들어오지 못할 테니까. 그러니 안심해도 돼."

설이 고개를 끄덕였다.

"너는 이름이 뭐야?"

"나는 이설. 이 아이는 내 동생 이봄이야. 도와줘서 고마워."

설은 그제야 경계를 풀었고 봄에게 눈짓하자 봄은 앉은 채 율에게 고개를 최대한 꾸벅였다.

"도와주셔서 고맙습니다."

복숭앗빛이 나는 발그레한 볼을 가진 봄이 고개를 꾸벅 인사하는 모습이 사정없이 귀여웠다. 율은 그런 봄과 눈을 맞춰 웃어 보였다.

"봄이 너는 언니 말을 참 잘 듣는구나."

설도 율에게 정중한 태도로 고개 숙여 인사했다. 봄도 설을 따라 다시 고개를 꾸벅 숙였다.

"이 은혜는 무슨 일이 있어도 반드시 갚을게."

율은 두 손을 동시에 흔들어 보이며 괜찮다고 말했다.

"어떤 식으로 갚을 수 있다는 거지?"

설은 낯선 남자의 목소리가 들린 쪽으로 고개를 홱 돌렸다. 분명 아무도 없는 듯했는데 산신과 눈이 마주친 설은 눈이 커지더니 헉 소리 내며 한 발짝 뒤로 물러섰다. 기운이 남다른 산신 모습에 설은 저절로 고개가 숙여졌다.

설은 봄의 손을 꼭 붙잡은 채 간절히 말했다.

"혹, 이곳 주인이십니까? 저희는 오늘 어미와 아비를 모두 잃었습니다. 거두어만 주신다면 뭐든 하겠습니다."

산신은 냉기가 흐르는 얼굴로 팔짱을 끼고 설과 봄에게 가까이 다가갔다. 두 사람을 번갈아 가며 찬찬히 바라보았다. 설은 고개를 들어 그 시선을 피하지 않고 산신의 눈을 제대로 응시했다.

"으음, 차를 끓일 줄 아느냐?"

산신의 물음에 설은 고개를 끄덕이더니 곧바로 팔을 걷어붙였다. 주위를 살펴보더니 동백나무를 발견하고는 꽃잎을 몇 개 따다가 능숙하게 동백꽃 차를 끓여 냈다.

"혹독한 겨울 추위에도 붉은 꽃잎을 활짝 피워낸 동백꽃으로 만들어

낸 차입니다."

설을 바라보는 호기심 가득한 율의 눈빛에서 이전에는 찾아볼 수 없던 생기가 가득 돌았다. 승낙해달라는 간절한 율의 눈빛과는 달리 산신은 시종일관 여유로운 미소를 지으며 동백꽃 차를 한 모금 마셨다.

"하기야 율이도 이곳에 혼자 지내기엔 심심했을 터이지. 무엇보다 이 꽃차가 내 입맛에 맞는구나."

"그럼, 당분간 이곳에서 지낼 수 있게 해주시는 겁니까?"

그제야 하얗게 질려있던 설과 봄의 얼굴에 생기 있는 미소가 띠었다.

"허나, 조건이 있다. 절대 이곳에 다른 인간들을 들여서도 이곳의 존재를 들켜서도 아니 된다. 그때는 정말 목숨을 잃을지도 모르니 반드시 명심하거라……."

"꼭 명심하겠습니다."

설은 산신에게 고개 숙여 감사 인사를 했다. 그런 설을 바라보는 율의 미소에서 빛이 났다.

설은 손님이라고는 오롯이 산신 하나뿐인 이곳에 '개화 찻집' 문패를 만들어 달았다. 곳곳에 손수 만든 연등을 달아 이곳만의 고유의 빛을 잃지 않도록 꾸려나갔다. 연등의 주황 불빛이 마치 이곳이 살아 있다는 것을 증명하듯 생기 있는 빛을 냈다.

차가움과 따스함이 교차하는 계절에 만난 이들에게 어느새 따뜻한 겨울이 찾아왔다. 다시 온 만물이 살아나는 봄을 지나 만물이 죽어가는 겨울이 되었을 때였다…….

봄이 오기 전에,

두 사람은 아주 먼 여행을 떠난 봄이 언젠가 이곳을 찾아오기만을 간절히 기다릴 뿐이었다. 봄이 오는 날에 세찬 봄비가 내려도 벚꽃잎이 조금만 더 버텨주길. 짧은 봄을 늘 아쉬워하며 그저 봄의 풍경을 바라볼 뿐이었다.

'꽃향기가 불어온다. 향기에 이끌린 노란 나비가 날아든다. 노란 나비는 전생으로부터 왔고, 그녀는 노란 나비가 되는 꿈을 꾼다.'

나비가 날았습니다

병실 창밖으로 보이는 새하얀 함박눈이 얄미웠다. 텅 빈 눈으로 무감하게 바라보다가 잠시 눈을 감았다. 보기만 해도 오한이 들고 온몸이 부르르 떨려왔다. 노란 나비 자수가 그려진 품이 넉넉한 검정 카디건을 꺼내 입고 두꺼운 수면 양말을 신었다. 슬리퍼를 꿰신고 질질 끌며 병원 중앙으로 걸어갔다.

병원 중앙에 있는 커다란 대형 크리스마스트리가 형형색색 불빛을 냈다. 트리를 중심으로 사람들이 옹기종기 모여 앉아 있었다. 이 순간만큼은 아픈 걸 싹 잊고 웃는 사람들 속 이질감이 혐오스럽게 들었다.

티브이에는 유명 연예인 차율과 그의 소속사인 케이엔터테인먼트 사옥 사내 카페 직원인 언니의 실종 속보가 연이어 나오고 있었다…….

어젯밤, 실종된 차율이 정신과 진료를 마지막으로 개화시에서 죽었을 가능성이 있다는 보도가 끊임없이 나오고 있었다. 화이트 크리스마스인 오늘, 행복하게 웃는 사람들의 모습이 전부 공포스럽게 느껴졌다. 순간 있는 힘껏 주먹을 꽉 쥐어 봤지만, 손의 떨림만 더욱 강해질 뿐 아무런 소용이 없었다.

시선을 바닥에만 둔 채 병원 계단을 오르고 또 올랐다. 옥상 문고리를 잡아 여는데 낡은 문에서 삐걱 소리가 크게 울렸다. 슬리퍼 신은 오른쪽 발을 먼저 들어 옥상에 수북이 쌓인 눈을 밟고 올라가려는데 그만 뒷걸음질 쳐버렸다. 어김없이 새하얀 눈이 점점 붉게 보이기 시작했고 이내 온통 새빨간 피로 물들었다.

늘 그래왔듯 찢어질 것 같은 두통이 몰려와서 양손으로 머리를 부여 잡다가 간신히 문고리를 붙잡았다. 여러 차례 심호흡을 크게 내뱉었다. 다리가 계속 떨려 왔지만, 천천히 옥상에 쌓인 눈들을 꾹 밟았다. 난간에 가까워지자 아찔하고 강한 바람이 불어왔다. 마치 가까이 오지 말라는 경고처럼. 없는 힘을 쥐어짜서 부르튼 입으로 크게 소리쳤다.

"망할 놈의 크리스마스! 제발 그만 좀 뺏어가!"

울음 섞인 목소리가 사정없이 떨려왔다.

"제발, 우리 언니만은 살려주세요……."

허공에 소리라도 치면 답답함이 조금 나아질까 싶었는데 원망스러운 눈물이 터져 나왔다. 내리는 눈을 맞으며 꺼이꺼이 소리 내어 울기 시작했다.

그때였다. 노란 나비 한 마리가 힘겹게 날갯짓하며 내 눈앞에 나타났다. 작지만 강하고 밝은 야광 빛을 냈다.

어릴 때부터 유난히 노란 나비를 좋아했다. 언니가 읽어주던 동화책 속 노란 나비의 그림이 예뻐서였을까. 언니는 형편이 나아지면 비싼 브랜드 카디건을 사주겠다고 했지만, 나는 그것보다 이게 더 좋았다. 솜씨 좋은 언니의 손재주 실력에 감탄하며 웬만한 유명 브랜드 카디건은 저리 가라 할 만큼 마음에 쏙 들었다.

옥상 난간 쪽을 향해 날아가는 동화책 속 나비와 똑같이 생긴 그 나비를 붙잡으려 있는 힘껏 손을 뻗다가 하마터면 생을 마감할 뻔했다. 아찔했지만 난간 끝을 겨우 붙잡았다.

나비는 내리는 눈 속을 뚫고 내 시야에서 점점 멀어져 갔다. 이유는 알 수 없지만 강한 이끌림에 계단을 미친 듯이 내려갔다. 눈이 수북이 쌓인 인도가 더는 무섭지 않았다. 저 멀리 낮게 날아가는 나비가 보였다.

"나비야…. 잠깐, 잠깐만…….."

어젯밤부터 물 한 모금 안 마셨는데 무슨 힘이 났을까. 미끄러운 길 때문에 꼭 스케이트를 타는 것 같았지만 도저히 멈출 수가 없었다. 무작정 뛰었다. 뛰고 또 뛰었다. 코너에 다다랐을 때였다. 결국 비명을 지르며 철퍼덕 넘어지고야 말았다.

"으아…….."

다시 몸을 일으키려는데 몸에 힘이 쭉 빠지더니 눈꺼풀이 점점 무거워졌다. 힘겹게 고개를 들자, 나비의 모습이 희미하게 보이는 듯하다가 이내 정신이 아득해졌다.

"봄아! 이봄…….."

분명 누군가 내 이름을 부르는 것 같았는데. 다시 떨군 고개가 눈 속에 파묻혔고 그대로 스르륵 눈이 감겼다.

노란 나비가 되어 날기 시작했다. 날갯짓을 멈춘 곳은 병원이었다. 병실 침대에 앉아 이불을 허리까지 덮고 애착 인형인 분홍색 토끼 인형을 안고 있는 어린 내 모습이 보였다. 9살쯤이었나. 그때도 새봄 병원이었는데. 어릴 때부터 늘 감기에 취약했다. 독감에 걸려 며칠 입원했을 때였다.

보조 의자에 앉아 앞표지는 하얀 겨울 풍경이, 뒤표지는 벚꽃이 핀 봄 풍경이 그려진 '나비가 날았습니다' 동화책을 들고 있는 어린 언니의 모습이 눈물 나게 반갑게 느껴졌다. 작은 몸에 비해 큰 동화책을 야무지게 들고 읽어주고 있는 어린 언니의 또랑또랑한 목소리가 병실에 희망차게 퍼져나갔다. 1인실 병실이어서 오직 둘뿐인 그 공간에서 남은 이야기가 계속되었다.

"엄동설한 설산에 눈이 내립니다. 나비는 다친 한쪽 날개 때문에 그만 눈밭에 푹 쓰러져 버렸습니다. 힘겨운 날갯짓을 해봤지만 결국 다시 눈밭에 떨어졌습니다. 누군가 나비를 품에 안고 데리고 갑니다……."

어린 나의 눈이 별이 박힌 것처럼 반짝였다. 토끼 인형을 품에 가득 끌어안고 이야기에 한껏 집중했다.

"다음 날 해가 뜨고 맑은 날씨가 되자 언제 그랬냐는 듯 나비는 다시 날기 시작합니다. 찻집을 크게 세 번 돌더니 하늘을 향해 훨훨 날아갑니다. 오렌지빛 태양을 향해 아주 높이 날아가는 나비의 모습이 보입니다. 나비가 돌고 간 그 자리는 마법처럼 모든 만물이 살아났습니다……."

"그 나비는 어디로 갔을까? 봄을 찾아갔을까?"

나비의 날갯짓을 따라 하는 어린 나를 보며 어린 언니는 대답 대신 그저 귀엽다는 듯 웃어 보일 뿐이었다.

병실 문을 열고 들어온 사람은 살면서 가장 보고 싶고 늘 그리운 엄마였다.

"봄아, 우리 봄이 내일이면 퇴원해도 된대."

엄마가 내게 가까이 다가와서 내 머리를 쓸어 넘겨줬다.

"나머지는 내일 읽어줄게."

책을 덮는 언니 모습이 아쉬웠지만, 하룻밤만 자면 되니까. 내일은 크리스마스니까. 트리에 장식을 가득 채우고 언니가 좋아하는 아이스크림 케이크를 같이 먹으며 남은 동화책을 읽어달라고 할 계획을 알차게 세워놨다.

"자, 이제 언니는 집에서 보자. 엄마는 내일 데리러 올게. 아빠 곧 오실 거야."

"엄마, 집에 가면 오빠 있어? 오빠야 온대?"

맞다. 나는 어릴 때 오빠를 갖고 싶어 했다. 크리스마스가 지나면 집에 오빠가 온다고 했다. 동화책 속 이야기처럼 언니랑 오빠랑 셋이서 소꿉놀이할 수 있으니까, 좋다고 했다.

고사리같이 작은 손을 하늘 높이 만세 하듯 들어 올려 크게 흔들었다. 기대에 부푼 미소를 지어 엄마와 언니에게 인사했다. 한 손에는 애착 인형인 분홍색 토끼 인형을 품에 소중히 안은 채.

내일이 되면 남은 동화책 이야기도 모두 들을 수 있을 거라는 당연한 기대감에 빠져 일찍 잠들었다.

다음 날, 아침이 되었을 때 아빠는 금방 돌아온다는 말만 남기고 나가셨다. 그런데 점심이 지나도록 돌아오시질 않았다. 창밖에는 눈이 쉴 새 없이 내리고 있었고 늦은 저녁이 되어서야 아빠가 엄마와 함께 돌아왔다.

오늘은 언니의 생일이었다. 우리를 기다리고 있을 언니의 생일 파티를 하기 위해 부모님을 졸라서 차를 타고 아이스크림 케이크를 파는 가게로 향했다. 분명 언니가 좋아하겠지.

설레었다. 분홍색 토끼 인형을 차에 잠시 내려놓고 엄마와 함께 아이스크림 케이크를 골랐다. 초콜릿, 바닐라, 딸기 고민하는 틈에 엄마는 요거트 맛까지 들어간 무려 네 가지 맛 아이스크림 케이크를 사주셨고 세상 진지했던 고민이 한 방에 해결되었다. 역시 엄마는 늘 만능 해결사였다. 4개를 겹친 꼬깔콘 모자도 야무지게 들고 다시 차에 올라탔다.

익숙한 우리 집 동네에 다다랐을 때쯤 시야가 보이지 않을 정도로 폭설이 내렸다. 엄마는 안전벨트를 풀고 인형과 상황극 하면서 혼자 놀고 있는 내 모습을 발견했다. 엄마가 매고 있던 안전벨트를 풀고 몸을 뒤로 돌려 내 안전벨트를 채워줄 때였다.

'엄마, 안 돼. 제발…….'

내 간절한 외침이 부모님에게 들릴 리가 없었다.

결국 누군가 차에 뛰어들었다. 분명 이모부였다. 차는 이모부를 피하려고 유턴을 시도했지만, 중앙분리대를 박아 순식간에 굉음을 내며 사고가 나버렸다. 창문 유리에 부딪혀서 머리에서 피가 줄줄 흘렀지만, 발버둥 치며 안전벨트를 풀고 뒷문을 열고 나갔다. 엄마와 아빠를 구해야만 한다. 피가 흐르는 작은 손으로 앞 좌석 문을 열려고 하는데 손을 뻗을수록 더 멀어져만 갔다.

'제발 움직여. 제발 살아줘요. 조금만 더 버텨줘요. 제발 날 두고 떠나지 말아 줘요. 잘못했어요, 제발…….'

내 바람은 이번에도 처참히 무너졌다.

아이스크림 케이크를 사달라고 조르지 않았더라면. 빨리 집에 가겠다고 재촉하지 않았더라면. 아니, 애초에 내가 아프지 않았더라면…….

온몸에 힘이 쭉 빠진 어린 내 모습에 심장이 걷잡을 수 없이 내려앉는 것만 같았다. 오른손을 뻗은 채 중심을 못 잡고 그만 눈길에 속절없이 쓰러져 버린 작은 아이.

어린 나를 중심으로 새하얀 눈이 붉어지다가 온통 새빨갛게 물들었다. 흩어지는 눈발처럼 마음이 흩어지기 시작했다. 날갯짓을 서서히 멈추다가 어린 나에게 살포시 내려앉았다.

그때부터였다. 겨울이 되면 소중한 것을 빼앗기고 말았다.

내게 겨울은 어김없이 빼앗김의 계절이었다.

⌒

눈을 떴을 땐 병실이었다.

탁상 위 놓인 손거울을 찾아 서둘러 내 얼굴을 바라봤다. 거울에 비친 내 모습은 9살 이봄이 아니라 29살 현재의 내 모습이었다. 또 꿈이었구나. 나비를 발견한 옥상부터가 꿈인지 길가에서 쓰러지고 나서부터가 꿈인지는 잘 모르겠지만. 어지러움이 느껴졌지만 참을 만했다.

"봄아, 정신이 들어? 괜찮아?"

낯설지만 익숙한 목소리가 들리는 문 쪽으로 고개를 돌렸다.

정도영? 분명 도영이었다. 네가 왜 여기서 나와? 아직도 꿈인가?

한겨울에도 검은 슈트와 코트를 멀끔히 차려입고 깔끔한 구두를 신은 하얀 얼굴에 선명한 이목구비를 가진 도영이. 그가 내게 가까이 다가왔다. 볼살이 쏙 빠져서 예전보다 얼굴이 더 작아 보였고 얼핏 보면 무쌍인 듯 보이지만 속쌍꺼풀이 있는 눈은 더 커 보였다. 같은 병실을 쓰는 아줌마들의 시선과 관심이 일제히 쏟아지는 순간이었다.

두근거렸다. 꼭 꿈꾸는 것처럼 도영이가 내 앞에 있다는 게 도무지 믿기지 않았다.

"네가 왜, 왜… 여기 있어?"

"기억 안 나? 너 아직도 그래? 겨울만 되면……."

병실을 나와 병원 중앙에 있는 크리스마스트리 앞 의자에 앉았다. 도영이가 사 온 핫초코가 어느새 내 손에 들려 있었다. 핫초코의 온기가 손바닥 전체에 퍼지니 정신이 바짝 들었다.

"어떻게 된 거야?"

"야, 내가 묻고 싶다. 너 갑자기 눈길에 막 뛰어오더니 내 앞에서 푹 쓰러진 거."

"아……."

그때 나비를 본 건 분명 꿈이 아니었다. 어둠 속 밝은 빛을 내던 그 나비의 정체는 무엇이었을까.

"아? 너 진짜 괜찮은 거 맞아?"

도영이가 내 이마에 손등을 대길래 흠칫 놀라 그만 핫초코를 손에서 놓칠 뻔했다. 그의 크고 가느다란 하얀 손을 밀어냈다.

"괘, 괜찮아……."

"열이 심하지 않아서 다행이다. 아까는 새하얗게 질렸는데 지금은 좀 돌아온 것 같네."

"근데 너는 여기 왜 온 거야?"

"아, 그게… 차율 알지? 설이 누나랑 같이 실종된 연예인. 내가 그 형 매니저 겸 경호원이거든."

도영이 입에서 언니의 이름과 실종이란 단어를 들으니 새삼 언니의 실종이 진짜인 것 같아서 심장이 걷잡을 수 없이 뛰기 시작했다.

"……알아."

"알아?"

"아, 그, 봤어! 너튜브에서. 너 유명하더라."

도영이는 차율 전담 매니저 겸 경호원으로 직업 정신이 투철하기로 유명했다. 가끔 여자 연예인을 경호할 때도 호감을 받기도 했다. 매너 좋은 경호원으로 찍힌 사진과 영상이 유명해져서 얼굴이 알려지기도 했었다.

부담스러울 정도로 나를 물끄러미 바라보는 도영이 시선에 괜스레 마음이 일렁였다. 그렇지만 내게 그럴 여유 따위는 없었다.

"율이 형이 여기 병원 다녔었는데 여기를 마지막으로 개화에 가다가 사라졌거든. 경찰이 이미 조사를 다 했다지만 내가 직접 확인해 봐야 할

것 같아서 와봤어. 그런데 너를 여기서 다시 만나게 될 줄은 정말 몰랐
어……."

어젯밤, 경찰 조사를 마치자마자 기자들이 떼로 몰려왔다. 한바탕 고
초를 겪었고 같은 병실을 쓰는 사람들에게 민폐를 끼쳤다. 사람들은 언
니의 실종보다 차율에 대한 관심이 뜨거웠다. 단지 같이 실종되었다는
이유 하나만으로 언니에 관한 신상과 정보들이 인터넷에 떠돌아다녔고
각종 추측성 글이 난무했다.

그 정도로 차율은 유명 연예인이었다. 대형 소속사에서 계약기간이
끝나고 현재는 케이엔터테인먼트 소속 연예인으로 서울 시내 전광판과
티브이에서 자주 보였다. 웬만한 사람들은 다 아는 인지도가 높은 아이
돌 출신 연예인이었다. 지금은 배우 겸 솔로 활동만 하고 있지만 늘 관
심과 주목 속에 사는. 작은 일에도 기사가 쏟아져 나오는 그런 유명인.

사실 그런 건 허상일 뿐이라고 생각했다. 연예인이나 유명인에 대해
이러쿵저러쿵 떠들고 하는 건 무의미하다고 생각했다. 잘 알지도 못하
는데 함부로 판단하고 내뱉는 말들에 어지럽고 사방이 온통 시끄러운
세상이라고. 그런데 지금은 상황이 많이 달랐다. 차율은 언니와 함께 실
종된 유일한 사람이었다.

언니는 케이엔터 사옥에 있는 사내 카페에서 6년간 일했다. 야간 일을
하는데 차율도 자주 카페에 와서 커피를 사 갔다고 했다. 내가 아는 것
은 그 정도뿐인데. 둘이 어떤 관계가 있었는지까지는 알 수 없었다. 조
심스러운 추측으로는 언니가 그 얘기를 할 때 피곤한 얼굴에도 작은 미

소를 보였다는 것 정도. 하지만 인터넷에 떠도는 사랑의 도피, 논란이 터지자 같이 도망을 쳤다는 둥 하는 이야기는 앞뒤 상황이 전혀 맞지 않았다. 그 정도로 언니가 차율과 가까워 보이지는 않았으니까. 적어도 내가 보고 들은 바로는 그랬다.

차율은 백옥같이 하얀 피부에 세련된 눈매와 오똑한 콧대, 날렵한 턱선, 그리고 훤칠한 키와 긴 다리를 가졌다. 한 마디로 잘 생겼고 바른 이미지로 연령층 불문 인기가 많았다. 논란 한번 없었던 그는 실종되기 일주일 전, 온갖 구설에 시달렸다. 다이아수저로 유명한 그는 아버지가 대학교수니, 강남에서 태어나고 자랐다는 둥 원체 잘나기로 유명했고 최근 데뷔 15주년을 맞이했다.

결정적으로 13년 전인 데뷔 초, 어머니가 만들어준 최고의 음식을 따라 만드는 유명 요리 프로그램이 문제였다. 차율은 바쁘신 어머니가 집에 있는 재료로만 생일에 끓여주신 참치 통조림 미역국을, 기억을 더듬어가며 기가 막히게 끓여 냈다. 그날은 눈이 너무 많이 와서 도저히 장을 보러 나갈 수가 없었다며. 참치 통조림 미역국을 같이 먹으며 눈이 그치기만을 기다렸다는 스토리텔링까지 완벽했다.

가정적인 집안에서 반듯하게 컸다는 이미지와 소고기가 아닌 참치 통조림 미역국의 신선한 레시피가 화제 되었다. 가정적인 면모가 눈에 띄면서 다른 멤버들보다 더 빠르게 유명세를 가질 수 있었다.

그런 그가 알고 보니 보육원 고아 출신이라는 것. 차율이 대중을 기만하고 거짓말했다는 둥 진실을 요구한다며 실망한 팬들의 온갖 욕들이 난무했다. 고아인 그가 어떻게 엄마가 만들어준 미역국을 끓여 냈는지 설명해달라며 항의가 빗발쳤다. 무려 13년 전 찍은 요리 프로그램인데도 고아를 캐스팅했다고 당시 담당 PD가 직접 사과문을 올리기도 했다.

그런데도 차율은 꿋꿋하게 침묵을 일관했다. 팬들과 대중은 그런 태도에 더욱 화가 났는지 세상에서 사라져 버리라면서 온갖 심한 욕들로 인터넷에 도배했다. 아무런 대응도 하지 않던 차율은 정말로 감쪽같이 사라졌다. 케이엔터는 차율에게 확인 후 공식 발표하겠다고 했지만, 실종 신고가 되자마자 그가 자살했을 가능성에 대한 새로운 보도만 끊임없이 올라왔다.

개화행 시외버스에 탄 후부터 연락도, 위치 추적도, 심지어 올라탄 버스와 기사에 대한 정보도 확인되질 않았다. 탑승객이 언니와 차율 둘뿐이었다는 것 말고는. 그렇게 두 사람은 세상에서 감쪽같이 사라져 버렸다. 뭐 이런 멍멍이 같은 경우가 다 있을까 싶었다.

언니는 내 하나뿐인 가족이었고 그런 가족이 실종되었을 때 하필이면 지금의 계절은 내가 아무것도 할 수 없는 겨울이었다.

내 첫사랑이었던 도영이는 내가 싫어하는 새하얀 겨울을 좋아했었다. 도영이를 예전처럼 대할 수가 없어서 차마 얼굴을 쳐다보지도 못하고 말했다.

"혹시 뭐 좀 찾은 게 있어……?"

괜히 마시지 않은 핫초코만 만지작거렸다. 미지근해진 온도가 꼭 우리 사이 같았다. 언니의 실종에 정신없는 와중에 나타난 도영이. 이런 타이밍에 이렇게 나란히 앉아서 대화를 나누는 게 오랜만이라고. 그동안 잘 지냈냐는 가벼운 말 한마디를 못 하는 내 마음 때문이었을까.

"……금방 찾을 수 있을 거야. 두 사람 분명 어딘가 잘 있을 테니까. 기다려보자, 봄아."

의사 가운을 입은 젊은 한 남자가 우리에게 다가왔다. 정신과 의사인 사촌 오빠 정훈이었다. 부모님의 사고로 오빠도 동시에 아버지를 잃었다. 그리고 우리는 개화시 한 주택에서 할머니랑 이모와 같이 살았었는데 오빠는 한국대에 합격하고 고등학교 졸업과 동시에 그 집을 떠났다.

어릴 때부터 줄곧 오빠를 갖고 싶다고 말했지만, 정훈 오빠는 내가 바라던 이상적인 오빠는 아니었다. 세상에 무슨 일이 벌어져도 손에서 공부를 절대 놓지 않던 오빠였다. 엄격하고 때로는 무섭기도 했다. 차마 오빠의 방문을 선뜻 열 수 없던 걸 보면 나 역시 그날의 사고 영향을 부정할 수는 없었다.

"봄아, 힘들면 필요한 게 있으면 언제든 도움 청하라고 했잖아."

"힘든 거 없어, 도움 같은 것도 필요 없고."

눈 한 번 마주치지 않고 외면한 채 말하는 내 모습에 여전하다는 듯 한숨을 푹 내쉬던 오빠는 내 옆에 있던 도영이를 발견했다.

"혹시 저 찾아오신 분 맞으세요? 차율 씨 경호원?"

"네, 율이 형 담당 선생님이세요?"

"네, 맞습니다. 제 진료실로 가시죠."

도영이는 금방 다시 돌아올 테니까 기다려달라는 말을 남기고 오빠와 함께 진료실로 갔다. 혼자 남겨지자 잠시 골똘히 생각에 빠졌다.

아무래도 내가 직접 개화에 가봐야겠어.

"퇴원할게요."

원무과에 퇴원 절차를 밟고 옷을 갈아입었다. 검은 카디건 위에 검은색 패딩을 입고 목도리까지 둘러매고는 사용한 병실을 빠르게 정리했다. 같은 병실을 쓰던 사람들은 퇴원하는구나. 한 번씩 쳐다보고는 각자 떠들거나 잠을 자거나 할 일들을 할 뿐이었다.

"다들 쾌차하세요." 낮게 깔린 목소리로 인사하고는 돌아서서 미닫이 문을 열 때였다.

"언니, 꼭 찾길 바라요. 분명 살아 있을 거예요."

"힘내요, 아가씨."

"희망을 가져요."

다들 관심 없는 줄 알았는데. 다시 몸을 병실 쪽으로 돌려 말없이 고개 인사를 하고는 병실을 나왔다.

그래. 언니는 죽지 않았어. 분명 살아 있을 거야.

밤 9시가 훌쩍 지난 시각이었다. 크리스마스에 눈까지 내려서 택시를 잡기가 여간 힘든 일이 아니었다. 그래도 병원 앞, 마침 누군가 내리는 택시를 운 좋게 잡아탔다.

넋 놓고 창문 밖을 보았다. 그러다가 창문을 내려 손을 뻗었다. 손에 내리는 눈이 차갑게 닿았다. 여전히 눈이 소름 끼치도록 싫었다. 다시 창문을 올리고 잠시 눈을 감았다.

일주일 전부터 단순 감기가 아닌 트라우마가 동반된 저체온증에 시달렸다. 크리스마스가 다가올 무렵에는 위기가 한 번씩 찾아오곤 했었다.

결국 병원에 입원했을 때 언니는 이모의 갑작스러운 연락을 받고는 급하게 개화에 다녀오겠다고 했다. 정훈 오빠도 이모와 연락이 끊긴 지 오래라서 이모의 연락처를 알지 못한 상황이었다. 언니는 밤늦게라도 병원으로 돌아오겠다고 했었다. 크리스마스는 부모님의 기일이자 언니의 생일이었으니까. 언니는 병원 근처에서 파는 붕어빵을 사서 돌아오겠다고 애써 웃으며 말했었다. 그런 언니에게 해서는 안 될 말을 해버렸다.

∾

병실 창문 밖으로 보이는 눈이 여전히 지독하게 싫었다. 한없이 깊은 우울이 날 집어삼키고 있는 것만 같았다. 언제까지 싸울 수 있을까. 과연 이 외로운 싸움의 끝이 있기는 한 걸까. 붉은 겨울에 지는 날 끝내 흘리는 눈물이 내 마지막 감정이 될까.

"……더는 살고 싶지 않아, 그만 죽었으면 좋겠어. 그때 내가 죽었어야 했는데. 내가 다쳤어야 했는데. 결국 다 나 때문이잖아. 엄마도, 아빠도, 도영이도. 그래서 겨울만 되면 받는 벌인 거잖아."

메마른 입으로 내뱉어서는 안 되는 말들을 서슴없이 내뱉어버렸다. 어쩌면 나만큼이나 벼랑 끝에서 간신히 버티고 있었을 언니는 울분이 터져 나왔다.

"그게 왜 너 때문이야? 다 사고였잖아, 우연히 벌어진 사고. 이봄, 너 내 생각은 안 해? 옆에서 같이 버텨주고 있는 나는 안 보이냐고!"

뜨거운 눈물이 뺨을 타고 흘러내렸다. 그래도 살고 싶지 않은 건 변함

없었다. 언니는 숨이 턱 막히는 듯 가슴을 몇 번 내리치다가 다시 이어 말했다.

"내가 알잖아, 내가 다 알잖아! 제발 자책하지 마. 봄아, 절대 너 때문이 아니야……."

감정이 북받쳐서 막히는 언니의 목소리에도 아무런 대답을 못 한 채 고개를 툭 떨궜다.

"봄아, 언니 금방 다녀올 테니까 걱정하지 말고 있어."

언니가 병실을 나가자, 창문을 조용히 바라보았다.

"눈이 이렇게 많이 오는데 어떻게 걱정을 안 해……."

〈속보〉
'차율과 같이 실종된 여인, 이설. 대체 그녀는 누구?'
'차율, 이설 사랑의 도피?'
'차율, 이설 동반 자살 가능성'

티브이에서 소식을 접할 일이 없는 평범한 언니가 연락 안 되기 시작하더니 차율과 함께 죽었을지 모른다는 보도가 끊임없이 나왔다.

같은 회사 사람이고 동갑이라는 데서 연인 관계일지도 모른단 소문에 대응하듯 팬들은 여태 열애설 한 번 나지 않았던 차율이라며. 분명 눈이 아주 높아서 마음을 받아줬을 리가 없을 거라는 등 뜬소문들로 어지럽혔다.

그러다 조롱하는 댓글들을 발견하고 화가 치밀어 올라서 핸드폰을 병실 침대 어딘가 던져버렸다. 결국 다시 집어서 언니에게 계속 전화를 걸어봤지만 똑같은 음성만 반복될 뿐이었다.

—휴대전화가 꺼져 있어 소리샘······.

언니의 전화기가 꺼져 있는 경우를 살면서 단 한 번도 본 적이 없었다. 특히 겨울에는. 잠시 집 앞에 쓰레기를 버리러 가더라도 핸드폰은 꼭 챙기던 언니였다.

~

낡은 4층짜리 빌라 2층에 익숙하게 비밀번호를 누르고 들어갔다. 차가운 공기가 집 안 가득 서늘하게 맴돌았다. 불을 켜고 창고에 있던 박스들을 모조리 다 꺼내 찾아봤지만 역시나 동화책은 보이지 않았다. 개화 집에 아직 있을지도 모른다.

개화에서는 9살부터 19살까지 10년간 살았다. 정훈 오빠처럼 한국대에 입학하기 위해 언니와 함께 서울로 이사 와서는 줄곧 이 집에서 살았다. 서울 외곽에 경사가 가파른 골목길까지. 개화보다 살기가 힘들었지만. 우여곡절 끝에 둘이 살아왔다. 개화에는 반년 전 외할머니가 돌아가셨을 때 빼고는 최근에 가본 적이 없었다.

자정이 가까워질수록 두려움이 커졌다. 아무래도 내일 개화를 샅샅이 돌아다니려면 지금 쪽잠이라도 자야 했다. 눈물이 흐를수록 눈을 감고 오지 않는 잠을 청했다. 어쩌지, 정말 어쩌지. 불안감이 증폭됐다. 혼자 있는 이 집이 미치도록 무서웠다. 날이 밝아오는 대로 시외버스를 타고 개화로 가야 하니 눈이 그치길 기도하며 어떻게든 잠들기 위해 웅크리고 앉아 애써 눈을 꾹 감고 있을 때였다.

문밖에서 쿵쾅쿵쾅 발소리가 나더니 웅성웅성하는 말소리가 들려왔다. 덩달아 내 심장도 쿵쾅거렸다. 자정이 넘은 야심한 시각에 혼자 집에 있다는 사실에 더 움츠러들었다. 보일러는 고장 났는지 틀어도 윙윙거리는 소리만 났다. 추워서 패딩을 벗지도 못했고 전기장판 온도를 최대로 올렸다.

쾅쾅쾅! "안에 계세요? 이설 씨?"

쥐 죽은 것처럼 소리 내지 않고 가만히 있었다.

"분명 안에 사람 있어. 불 켜져 있어."

"안에 있는 거 다 알아요. 문 좀 열어주세요!"

"이설 씨? 가족분? 아무튼 열어보세요! 이상한 사람 아닙니다."

어떤 이상한 사람이 '저 이상한 사람이에요.'라고 하나. 분명히 문을 열어주면 우르르 맘대로 들어와서는 집안 곳곳을 휘젓고 갈 테니까. 문을 부술 것처럼 두드리는 소리가 무서워서 꼼짝도 할 수가 없었다. 벌떼처럼 모여든 사람들은 좀처럼 돌아갈 생각이 없는 듯했다. 연예인, 그거 아무나 하는 거 아니구나. 아무것도 아닌 일반인이 하루 간접 체험하는 기분이랄까.

◌◌◌

도영은 사진 하나 걸려 있지 않은 깔끔한 진료실에 들어와 정훈과 마주했다. 경찰 조사에 팬들까지 들이닥치는 바람에 무척이나 피곤해 보이는 정훈은 눈을 부릅뜨더니 정신 차리려고 애썼다.

정훈은 개화에서 무려 19년을 살았지만, 도영이 개화에 이사 왔을 때는 이미 개화를 떠나 서울로 이사 온 후였다. 그러니 두 사람은 일면식이 있을 리가 없었다.

정훈은 이미 경찰 조사를 마친 후라서 같은 말을 반복해서 해줄 수밖에 없지만, 최대한 협조해 주겠다고 말했다.

"차율 씨는 자살한다거나, 책임감 없이 사라질 만큼 나약하지 않습니다. 처음부터 자신이 고아라는 사실을 숨기려고 한 적은 없었다고 말하더군요. 재벌이나 부자라고 말한 적도 없다고 했고요. 잘 아실 테지만 차율 씨는 생각한 것 이상으로 강인한 사람입니다. 저는 실종과 관련된 부분은 감정이 아닌 우발적인 사고일 가능성이 크다고 생각합니다만 어디까지나 제 의견일 뿐입니다."

"강인한 사람. 그렇다면 속마음을 다 말하진 않았다는 거네요?"

율은 강한 사람이 맞다. 그동안 도영이 봐온 율은 그랬다. 고된 일정에도 불만 불평하지 않았고 그저 묵묵히 할 일을 하는 사람이었다. 그런데 속은 늘 알 수가 없었다. 그런 율이 어느 날 정신과 상담을 받겠다고 했을 때 도영은 그럴만한 이유가 있겠거니 생각했다. 두 사람은 형제처럼 허물없는 사이였지만 서로의 깊은 내면까지 다 알 수는 없었다.

"그렇다면 혹시 다른 말은 없었나요? 뭐, 지금까지 하지 않았던 말이라던가요."

"별말 하진 않았어요. 다만 보통 사람들이 쉴 때 뭘 하냐고 묻더라고요. 평소에 가보고 싶었던 곳을 가거나, 만나고 싶은 사람을 만나거나, 맛있는 걸 먹거나 하는 소소한 일상들을 보낸다고 답해드렸습니다."

도영은 당장 개화로 가봐야겠다는 생각에 몸을 벌떡 일으켰다가 봄이 떠올라서 다시 정훈을 바라봤다.

"저, 그런데 봄이 상태는 좀 어떤가요? 아직도 저체온증이 심한 건가요?"

"봄이는 어릴 때부터 매년 겨울을 어떻게든 이겨내 보려고 했어요. 결국 올해도 실패한 것 같지만요. 사실 저체온증과 관련된 치료는 이미 충분히 받았습니다만 나머지 증상 부분은 사실상 정신적 트라우마가 더 크다고 말씀드릴 수 있겠네요."

"……그렇군요. 협조해 주셔서 감사합니다."

정훈은 진료실을 나가려는 도영을 다급하게 불렀다.

"도영 씨! 한 가지 부탁을 좀 해도 될까요?"

"네? 무슨 부탁이요?"

"잘 아시겠지만, 설이 실종에 봄이 오늘처럼 혼자 두다간 또 무슨 일이 생길지 몰라요. 도영 씨도 정신없고 힘들 거 아는데 봄이 좀 신경 써 줄 수 있겠어요? 사정상 봄이가 제 도움은 일절 받지 않으려고 해서요."

"아……."

"도영 씨도 차율 씨 실종으로 정신없을 텐데 제가 무리한 부탁을 하는 걸까요?"

"이제 그런 일 없을 거예요."

"네?"

"봄이 혼자 두는 일. 두 번 다신 없을 거예요…….."

도영의 단호한 표정과 말투에 정훈은 부탁한다는 듯 고개를 끄덕였다.

도영이 다시 봄의 병실로 돌아왔을 때 봄은 이미 흔적도 없이 사라져 버렸다.

"이봄 환자분, 좀 전에 퇴원하셨는데요?"

간호사의 말에 도영은 마음이 다급해졌다.

봄이가 또 어디로 숨어버린 걸까.

"저기, 혹시 이봄 환자분 보호자 되세요? 처방받은 약을 두고 가셔서요."

도영은 약 봉투를 챙겨 차에 올라탔다. 작지만 강한 한숨이 절로 나왔다. 주머니 속에 넣어두었던 핸드폰 진동이 느껴졌다. 혹시나 하는 마음에 다급히 핸드폰을 꺼내 봤지만, 액정 화면에 뜬 이름은 '대표님'이었다.

"어, 삼촌."

─뭐, 좀 찾았어? 이미 경찰이 다 조사하고 가서 병원 가봐도 소용없을 거라니까.

"찾았어, 찾았는데… 금세 사라졌어."

─뭘 찾았는데? 야, 도영아. 일단 회사로 돌아와라.

율의 소속사인 케이엔터는 강남 중심가에 있는 중견 회사였다. 로커였던 도영의 삼촌은 개화에서 작은 음악 학원을 차려 운영하다가 도영의 말에 용기를 얻어 다시 서울로 올라왔다. 그러곤 보란 듯이 도영의 말처럼 정말로 대표가 되었다.

정작 도영은 대표님이라는 호칭이 어색했고 둘만 있을 땐 삼촌이라고 편하게 불렀다. 삼촌은 늘 운이 좋았다는 말로 포장했지만. 도영은 삼촌이 여기까지 오는 데는 그만한 노력이 따랐다는 것을 잘 알았다. 가끔은 친구 같던 삼촌이 그리울 때도 있지만 지금의 삼촌도 둘이 있을 때는 여전히 비슷했다.

도영은 급한 마음에 평소와 달리 지상에 주차한 후 회사 건물로 들어갔다. 설이 일하던 카페가 눈에 들어왔다. 대체 두 사람은 어디로 사라진 건지 미스터리 그 자체였다. 엘리베이터를 타고 꼭대기 층에 있는 대표실로 들어갔다.

"그래서 의사는 뭐래? 뭘 찾은 건데?"

도영은 삼촌의 말에 고개를 내저었다.

"율이 하늘로 솟은 건지 땅으로 꺼진 건지. 개화에 가려던 것도 확실하지 않고. 혹시 경유하고 다른 데를 가려던 건 아닌지……."

"우선 내가 내일 날 밝는 대로 개화에 가서 찾아볼게."

"야, 경찰도 못 찾는데 지금 네가 무슨 수로 가서 찾냐. 이 날씨에. 눈이라도 제발 좀 멈췄으면 좋겠다. 귀신이 곡할 노릇 아니냐. 하필 이런 논란이 터졌을 때, 그것도 한겨울에 생일 앞두고 감쪽같이 사라지다니. 두 사람 정말 사귀는 사이 아니지?"

"아닌 거 삼촌도 잘 알잖아. 형 성격에 사귀는 사람 있었으면 그냥 공개 연애해 버리겠다고 먼저 말해버릴 사람인 거. 형이 모솔이어서 다행이지. 아, 삼촌은 그렇게 당하고도 그 기사들을 정말 믿어?"

"아니, 상황이 아무래도 이상하긴 하잖아. 두 사람만 쏙 사라진 게. 아니다, 지금은 무사히 살아 있기를 바라야지."

바짝 입이 마르는지 삼촌은 물을 벌컥벌컥 마시다가 뭔가 생각이 난 듯 테이블에 컵을 탁 내려놨다.

"아, 맞다. 그 있잖아. 그……."

"뭔데. 삼촌답지 않게 말하다 말아?"

삼촌이 망설이는 바람에 가뜩이나 조급했던 도영의 마음이 더 조급해졌다. 못 참고 결국 자리에서 일어나려고 하자 삼촌은 그제야 시원하게 말했다.

"봄이 있잖아. 설이 씨 동생…. 아, 그 네 첫사랑!"

"……봄이는 왜?"

"그 토깽이 얼마 전에 너 어디 있냐고 찾아왔었어. 한 일주일 전쯤?"

"그걸 왜 지금 말하는데? 삼촌은, 어?"

도영은 잠시 눈을 질끈 감았다가 눈에 바짝 힘을 주고는 삼촌을 노려보듯 바라보았다.

일주일 전이면 율의 기사가 한창 터졌을 때였다.

"그거야 또 네가 산송장처럼 힘들어할까 봐. 저 봐, 다른 건 다 차분하게 대응하면서 토깽이 얘기만 나오면 눈빛이 막 돌변하잖아."

"왜 찾아왔대? 나 만나러 왔대?"

"몰라. 너 어디 있냐고 막 다급하게 묻길래, 근처 촬영장에 있을 거라고 얘기해 줬지. 아무래도 둘이 못 만난 거 같길래."

"번호, 내 번호 알려주지."

"걔가 토깽이처럼 그냥 냅다 뛰어가 버리는 바람에. 그래도 마침 그때 날 만났으니까, 다행이지. 안 그럼 너희가 우연히 만나고 뭐 그런 일이 있을 수가…."

"만났어. 아까 병원에서."

"뭐라고? 너 찾았다는 게 율이 흔적 아니고 토깽이였냐? 걔는 아직도 몸이 약해, 그래? 아, 어쩌면 병원에 있는 게 나을지도 모르겠다. 집에는 아마 기자들이 쫙 깔렸겠지. 경찰들이 조사한답시고 쑤시는 통에 주소 하나 기자들이 알아내는 건 식은 죽 먹기니까. 그래도 병원에 있으면 보는 눈이 많아서 아무럼 낫겠지."

"삼촌! 설이 누나 인사 기록 카드 있지? 누나 주소 좀 알려줘, 당장!"

"개인정보가 이런 상황에 안 중요하겠지? 지금 네 눈빛 보니까. 토깽이 걔 혹시 퇴원했냐?"

"내가 당장 가봐야겠어."

"야, 너 지금 회사가 율이 때문에 온통 비상인데 어딜 가?"

"혼자야, 봄이 지금 혼자라고! 내가 아는 주소 맞는지만 확인해 줘."

"주소, 알고 있었어? 야, 너 정말 봄이 아직도 못 잊었어? 첫사랑이 지독하긴 하구나."

도영은 봄을 가끔 몰래 들여다본 게 전부였다. 바뀐 계절에 봄이 생각이 날 때면 아주 가끔 혼자 찾아갔을 뿐이었다. 그렇게라도 하지 않으면 꼭 세상에 봄이 영영 사라진 것만 같았다.

눈길에 꽉 막혀버린 도로 때문에 도영은 멈춰진 차 안에서 초조한지 핸들을 손가락으로 톡톡 두드리다가 한숨을 내쉬었다.

봄이가 찾아왔었다니.

도영은 어떤 이유든지 그 사실 하나만으로도 기뻤다.

삼촌이 도영에게 알려준 주소는 그대로였다. 얼마 전에 설이 회사 근처로 이사 올지도 모른다는 말을 우연히 들었던 터라 혹시 이사 갔나 싶었다. 도영은 아직 그대로라서 다행이라고 생각하며 익숙하게 골목에 진입했다.

자정이 훌쩍 넘은 야심한 시각이었다. 골목길에 평소보다 많은 차들이 보이자, 도영은 불안감이 엄습해 왔다. 조금 돌아서 인적이 드문 골목에 주차하고 봄의 집으로 걸어갔다. 빌라 입구로 들어가려는데 기자들이 쏟아져 나오는 바람에 다시 빌라 옆으로 숨었다.

"하, 기레기 새끼들……."

"분명 불이 켜져 있어. 안에 사람 있는데 아무리 문을 두들겨도 안 나오네."

"가족 아닐까요? 여동생 하나 있다던데."

"동생은 현재 새봄 병원 입원 중이고 다른 가족은 하나도 없다던데?"

도영은 눈에 띄지 않게 다시 차로 돌아가서 트렁크에 있는 율의 옷을 헤집듯이 찾아 꺼냈다. 검은 후드집업과 면바지, 검은 패딩으로 갈아입고 검은 캡 모자까지 썼다. 구두는 흰색 운동화로 바꿔 신었다. 다이어리와 볼펜을 챙기고는 언젠가 받았던 디스패칭 기자의 명함까지 챙겨 다시 모여 있는 기자들에게 다이어리를 손가락으로 두들기며 다가갔다.

"혹시나 해서 와봤는데 이사 간 게 맞나 보네요."

"이사? 허, 어라? 그쪽은 누구… 세요?"

"아, 저는 디스패칭 김성호 기자입니다."

"아, 그쪽도 기자셨어?"

도영은 마치 밥그릇 전쟁을 하듯 경계 태세를 갖춘 기자들에게 계속해서 말을 이어 나갔다.

"저도 혹시나 해서 와봤는데 이설 씨는 최근에 이사 갔다고 하더라고요."

"아씨. 허탕 쳤네. 거, 어딘지 압니까? 이사 간 곳. 대략적이라도."

"글쎄요, 회사 근처라는 것밖에 정보가 없어서. 알게 되시면 저한테도 꼭 좀 연락 부탁……."

내민 명함을 밀치고 욕하더니 쏜살같이 철수하고 떠나는 기자들의 모습에 도영은 질린다는 듯 인상을 팍 썼다. 그러고는 안도의 한숨을 내뱉었다. 이런 일쯤은 이 바닥에서 아무것도 아니었다. 기자들 차가 완전히 떠난 후에야 빌라 안으로 들어갈 수 있었다.

"제발 봄아 무사히 집에 있어라……."

2층에 올라가서 봄의 집에 초인종을 몇 번 눌렀지만, 대답이 없었다. 문을 두드리다가 아차 싶었다. 기자들이 한바탕 휩쓸고 갔을 터, 봄이 안에 있다고 한들 반응할 리가 없었다.

"봄아…! 이봄, 나야. 정도영. 문 좀 열어봐. 기자들 다 가고 없어. 나 혼자야."

도영의 말을 들었는지 문이 조심스럽게 살짝 열렸다. 긴장한 듯한 봄의 얼굴이 빼꼼 보였다. 봄이가 모자를 쓴 도영의 얼굴을 올려다보는 바람에 도영은 봄의 얼굴을 조금 더 가까이에서 볼 수 있었다.

여전히 볼 터치한 것처럼 발그레한 볼이 잘 보였다. 해사하게 웃을 때 가장 예쁜 봄의 안색이 어울리지 않게 어두웠다. 도영은 모자를 벗고 봄이 어깨를 붙잡았다.

"이봄! 너 내가 기다리라고 했잖아. 말도 없이 그냥 그렇게 가버리면 어떻게 해? 내가 널 얼마나 걱정……."

도영은 자신보다 놀랐을 봄이에게 그만 소리치고 말았다. 봄은 예전에 알던 도영이 평소 화를 잘 내지 않는 성격인 걸 잘 알기에 흠칫했다.

"아, 미안. 상황이 상황인지라 마음이 급해서…."

안도하는 봄을 보며 도영은 다짐했다.

봄이를 절대 혼자 두지 않겠다고.

"아니야. 무사하면 됐어. 괜찮아?"

"응, 근데 너는 여기 왜 왔어? 이 늦은 시간에?"

"그, 그러니까 나 좀 도와주라."

"뭐를?"

그 순간 1층에서 올라오는 사람들의 발걸음 소리가 들려왔다. 봄이 재빠르게 도영의 팔을 확 잡아 끌어당기는 바람에 그대로 쾅! 소리와 함께 문이 닫혔다.

봄은 현관에 서서 밖을 한껏 경계했다. 사람들이 전부 위층으로 올라갔는지 발소리가 사라지자 안도했다. 숨소리까지 들릴 만큼 가까운 거리 탓에 움찔 놀라서 한 발짝 떨어지는 봄의 모습을 도영은 놓치지 않고 계속해서 바라봤다. 못 본 사이 너무 마른 봄이 얼굴은 창백했고 금방이라도 쓰러질 것만 같았다.

"아, 미안. 또 기자들일까 봐……."

"잠깐 안에 들어가도 돼?"

"응, 들어와."

"근데 여기 너무 춥지 않아?"

"보일러가 고장 났나 봐. 일주일 전엔 괜찮았는데. 실내인데 너무 춥지?"

"난 괜찮은데. 넌 안 괜찮을 것 같은데?"

"괜찮아. 근데 아깐 뭐라고 했어? 도와달라고?"

"어. 내 추측이긴 하지만 분명 설이 누나는 율이 형이랑 계속 같이 있을 것 같아. 둘이 아는 사이였거든. 그래서 말인데 내일 날이 밝는 대로 나랑 같이 개화에 가보지 않을래? 너는 설이 누나를 잘 알고, 나는 율이 형을 잘 알잖아."

"미안. 아무래도 난 별 도움이 안 될 것 같아. 그리고 지금은 겨울이잖아……."

"겨울이니까 네가 꼭 필요해. 너도 설이 누나 꼭 찾아야 하잖아. 나도 그래. 나도 어떻게든 형 찾아야만 해."

"경찰이 찾고 있다니까 기다려야지."

도영은 알 수 있었다. 봄이 애써 차분하게 말하며 침착한 표정을 짓고 있다는 것을. 불안에 떨고 있는 눈동자가 애처롭게 보였다. 그런데도 모른 척 설득할 뿐이었다.

"봄아, 같이 가보자. 우리가 살던 동네로."

"다른 데도 아니고 개화잖아. 그것도 이 겨울에."

"크리스마스도 다 끝났고 괜찮을 거야. 아니, 괜찮지 않은 상황이 온다 해도 봄아, 내가 꼭 그렇게 만들 거니까…."

"정말 미안한데 이제 그만 가줄래? 지금은 내가 너무 피곤해서. 부탁이야……."

말이 먹힐 리가 없었다. 도영은 당장 개화로 가야 했고 봄이를 혼자 둘 수도 없었다. 하는 수 없이 안쪽 주머니에 있는 지갑에서 꺼낸 진짜 명함을 탁상 위에 올려놨다.

일주일 전에 왜 나를 찾아왔냐고 묻기엔 봄의 지친 안색으로 보아 대답해 줄 것 같지 않았다. 집에서도 패딩을 입고 있는 봄이를 혼자 두고 가기엔 봄의 집이 너무 추웠다. 도저히 발걸음이 안 떨어졌지만 봄이 단호한 말투로 말하자 결국 무거운 발걸음을 돌릴 수밖에 없었다.

"마음 바뀌거나, 아까처럼 난감한 상황이거나, 내가 필요하면 언제든 연락해."

봄은 말없이 고개를 끄덕였다.

"아니, 그냥 아무 이유 없어도 연락해. 기다릴게……."

그렇게 하는 수 없이 도영은 봄의 집에서 나왔다.

문이 다시 열리길 바랐지만 굳게 닫힌 문은 결국 열리지 않았다. 차마 발걸음이 떨어지지 않아 그곳에 한참 서 있었다.

봄이 용기 내주길 바랐다.

딱 한 번만, 내민 손을 못 이기는 척 받아줬으면 했다.

백 번이고 천 번이고 내밀 테니까.

너는 그냥 내 손을 잡기만 하면 된다고.

도영은 그곳에서 기다리고 또 기다렸다.

적어도 봄의 울음소리가 멈출 때까지…….

꽃꽃

도영이가 나가자마자 다리에 힘이 풀려버렸다. 문에 등을 기대 스르륵 주저앉아버렸다. 정도영을 하루에 두 번이나 보다니. 그것도 이런 늦은 밤에.

기자들 때문에 촉을 세우느라 불을 다 켜지도 못한 채 쪼그려 앉아 귀를 막고 한참을 있었다. 끈질긴 기자들이 밤새 포기하지 않을 것처럼 하더니 어느새 사라져 버렸고 갑자기 도영이가 나타났다.

너무 반가워서 그만 끌어안을 뻔했다.

현관문에 기대 쪼그려 앉아 다리를 끌어모았다. 어느새 굵은 눈물이 뚝뚝 떨어지더니 고개를 툭 떨구자, 무르팍에 후드득 떨어졌다.

"왜 살면서 그런 날 있잖아. 세차게 불어오는 바람에 휘청일 때. 절대 무너지지 말아야지 다짐했는데 내가 꼭 진 것 같아서 억울할 때. 너무 힘들어서 그냥 콱 죽고 싶다는 거 사실은 그거 전부 너무 살고 싶어서 그런 거였는데. 너무 잘 살고 싶어서. 살고 싶다는 말이 죽고 싶다는 말로 나와버려서. 괜히 언니한테 그런 말을 해버려서 상처 줘서 미안했다고 꼭 말해주고 싶었는데. 언니가 사라져 버렸어, 도영아……."

차마 도영이에게 하지 못한 말들이었다.

"……흐으."

눈물이 한 번 터지자 멈추지 않았고 소리 내어 엉엉 울기 시작했다.

"개화 갔다가 금방 돌아온댔는데 연락도 안 되고 돌아오질 않아. 겨울인데, 겨울에는 내가 할 수 있는 게 아무것도 없는데. 한껏 작아지기만 해."

아직도 그 시절의 아픔을 가슴속에 고스란히 묻어두고 하루를 살고 또 살아냈다. 마음에 피가 흐르다 못해 무너진 걸 어찌할 방법이 없어 그대로 덮어둔 채 살았다.

언젠가 터지기 마련이다. 상처와 트라우마는 결국 부메랑처럼 돌아와 다시 마주하게 되는 것이었다. 오랫동안 곪은 상처에서 기어이 진물이 터져 나왔을 때 나는 비로소 내 상처를 정면으로 마주했다.

날이 밝자 큰 백팩에 짐을 챙겨 메고 집을 나왔다. 일주일 넘게 쌓인 눈 때문에 아직 길이 미끄러웠지만 다행히 눈은 그쳤다. 차선은 얼추 제설 작업이 되어 있었고 택시를 타고 서울 버스터미널로 향했다. 터미널에 도착하자 개화로 가는 첫차 티켓을 끊었다. 다행히 버스는 정상 운행하고 있었다.

잠을 제대로 못 잔 탓에 버스가 고속도로에 진입하자마자 눈이 감겼다. 30분도 안 돼서 다시 눈을 떠버렸지만. 기침이 계속 나오는 바람에 더 잘 수가 없었다. 가방에서 약을 찾아보았지만, 약 봉투는 보이지 않았다. 병원에서 퇴원할 때 깜빡하고 두고 온 듯했다.

이 모험이 무섭지 않다면 거짓말이겠지만 그보다 언니를 못 찾는 게 가장 무서웠다. 그러니 어떻게든 해내야만 한다. 언니를 꼭 찾아 전하지 못한 말들을 해주겠노라 다짐했다.

어느덧 버스는 개화 해안 도로를 달리고 있었다. 겨울 바다 풍경이 한눈에 잘 보여서 나도 모르게 인상을 썼다. 그러다 11년 전 이곳에서 처음 만났던 도영이 문득 떠올랐다.

수북이 쌓인 눈이 사라지면서 추억이 아로새겨져 있는 봄으로 바뀌었다…….

소녀와 소년의 소원

11년 전, 2014년 4월의 봄.

알람 소리가 울려 퍼지기도 전에 눈이 저절로 떠졌다. 커튼 사이로 기분 좋은 햇살이 환하게 들어왔다. 연두색 커튼을 활짝 열고 기지개를 켰다. 마치 겨울잠을 잘 자고 일어난 한 마리의 곰 같았지만.

4월 12일, 봄에 태어나 이봄.

12월 25일, 겨울에 태어난 언니는 이설이다.

부모님은 그 계절에 가장 예쁜 날에 태어났다면서 이름을 설과 봄으로 지어주셨다. 내 이름처럼 나는 일 년 중에 봄이란 계절을 가장 좋아한다. 그 계절이 다시 찾아오면 세상 밖으로 나올 수 있으니까. 오랜 겨울잠을 자고 일어나면 언제 추웠냐는 듯 세상에는 온통 환한 볕이 든다.

사고 트라우마로 3월까지는 학교에 나가지 않는다. 매년 학교에 양해를 구하고 병원 서류를 제출하기로 했다. 4월부터 학교를 등교하기 시작하는데 바로 오늘이 올해 등교 첫날이다. 평소처럼 느긋하게 움직이다가 어느새 나갈 시간이 지나버렸다.

"야, 이봄. 얼른 준비해. 첫날부터 지각하겠다."

두 살 터울인 언니는 개화고를 졸업한 지 두 달이 채 안 됐다. 언니는 졸업과 동시에 개화 시내에 있는 작은 카페에서 온종일 알바를 했다. 어릴 때 미술을 잘했던 언니였지만 3년 전부터 더는 미술을 공부하지 않았다.

3년 전 같이 살던 이모가 부모님의 사망보험금이 든 통장을 들고 감쪽같이 사라져 버렸다. 얼마 지나지 않아 정훈 오빠는 서울에 있는 한국대 의대에 진학해서 집을 나가 기숙사 생활을 했다. 그렇게 외할머니와 언니와 함께 여자 셋이 낡은 단독주택에서 서로 의지하며 살아왔다.

대학교 진학도 분명 경제적인 이유 때문일 텐데 언니는 지금도 나쁘지 않다면서 카페 일에만 매진했다.

고등학교 2학년. 내년이면 고3이지만 철없이 그저 지금의 봄이란 계절이 설레고 들뜰 뿐이었다.

"야, 초코우유는 딱 하나만 사 먹어라. 또 배탈 나면 안 되니까."

언니가 내민 오천 원을 받으며 고개를 끄덕였다.

"병원 서류 잘 챙기고 학교 도착하면 까먹지 말고, 선생님께 바로 제출해. 앞 잘 보고 똑바로 걷고! 골목길 차 나오는지 꼭 확인하고!"

어릴 땐 잔소리가 이렇게까지 심하진 않았는데 개화에 오고 나서부터는 늘 잔소리를 들어야만 했다.

"알았어. 내가 앤가, 뭐. 나 다 컸어. 이제 고2라고요."

"중2병, 다음이 고2병이라더라. 어이, 고딩. 버스 놓치겠는데?"

"헉. 갈게!"

백팩 가방에는 며칠 전 언니가 시내에서 인형 뽑기를 해온 이름 모를 작은 하얀 토끼 인형이 달려 있었다. 인형을 흔들며 1층으로 뛰어가듯 내려갔다. 식탁 위에 올려진 식빵 한 조각을 꺼내 물고는 빵 끈을 묶고 현관문에 뛰어가서 새 운동화를 꺼내 신었다.

"강아지. 아침 먹고 가야지……."

"늦었어요! 다녀오겠습니다!"

할머니께 씩씩하게 인사하고 현관문을 열고 나와 분홍색 새 후드집업을 교복 위에 입었다. 그동안 모은 용돈과 종종 나갔던 서점, 독서실 알바비로 산 신상템들이었다.

익숙한 골목길을 지나 버스 정류장에 다다랐다. 새가 짹짹거리는 소리도 듣기 좋았고, 무엇보다 춥지 않아서 좋았다. 5분 정도 더 걸어가면 나오는 개화천을 쭉 따라 걸으면 벚꽃들이 진짜 예쁠 텐데. 아침부터 몽글몽글한 감성이 차오르는 순간이었다.

"아저씨! 잠시만요!"

느리게 걷다가 그만 눈앞에서 버스를 놓치고 말았다. 다음 버스는 한참 기다려야 하는데.

"아, 망했다."

방금 한 생각을 후회하며 개화천 길을 따라 뛰었다. 금세 해안 도로 벚꽃길에 진입했다. 사방에 흐드러지게 핀 벚꽃 풍경에 발걸음이 저절로 멈춰졌다. 벚꽃잎을 잡고 소원을 빌어볼까. 뜻대로 잘 안되네. 매년 해보지만 늘 어려웠다. 가뜩이나 운동 신경도 꽝인데. 그래도 올해는 기필코 성공하리라.

포기하려는 순간에 벚꽃잎이 낮게 흩날리는 벚나무를 발견했다. 몸을 재빠르게 움직였다. 벚꽃잎이 서서히 떨어지는 순간이었다. 잡을 수 있을 것 같은 확신이 들었다.

제발 내 손 위로 딱 하나만 떨어져라.

그때였다. "어어어……. 비켜, 비켜요!"

자전거가 끼익! 아찔한 소리와 함께 내 코앞에서 멈춰 섰다.

"으악!" 비명을 지르며 길바닥에 철퍼덕 넘어지고 말았다. 살색 스타킹이 찢어지면서 오른쪽 무릎도 까졌다.

"괜찮아요? 아니, 앞을 똑바로 보고 걸어야지. 갑자기 그렇게 멈춰 버리면 어떻게 해……."

눈물이 가득 맺히기 시작했다. 처음 보는 앤데 우리 학교 교복 위에 흰색 후드집업을 입고 있었다. 자전거를 세우고 연신 괜찮냐고 묻는 그 남자애를 눈에 힘을 주고 노려봤다. 안 울고 싶어서 그런 것도 있었다. 자존심 상하니까. 그렇지 않고서야 바보처럼 눈물이 날 리가 없으니까. 그런데 알 수 없는 슬픔이란 감정이 물밀듯 몰려왔다. 마음이 저리게 아프다는 게 이런 느낌이었구나. 소설에서 읽었던 어느 문장이 감각적으로 느껴지는 듯했다.

"……울어요? 아파서 그래요? 말도 못 하게 아파서?"

화도 나고 창피해서 얼굴이 화끈거렸다.

그러다 교복에 달린 흰색 명찰을 발견했다. 나랑 같은 학년이잖아? 어디 보자. 정도영? 분명 처음 보는 앤데.

"이봄……?"

그 애도 동시에 내 명찰을 보더니 내 이름을 읽었다.

"혹시 말을 못 하나…?"

하! 어이가 없네. 사과를 먼저 해야지! 이런 내리막길에서 자전거를 그렇게 빨리 타면 어떡해! 여기 피 나는 거 안 보여? 네가 오늘 내 기분을 다 망쳤다고! 너나 똑바로 앞을 봤어야지. 이렇게 말하고 싶었는데 목소리가 마음과 달리 작아졌다. 알 수 없는 감정에 툭하면 가득 고인 눈물이 흐를 것 같았다.

"사람이 다쳤는데 사과도 안 하고……."

눈가를 쓱쓱 소맷자락으로 닦고는 그대로 일어나서 교복 치마에 묻은 꽃잎과 흙을 탈탈 털었다. 나를 바라보고 있는 도영이를 바라보았다. 도영이는 180cm는 족히 넘어 보이는 큰 키에 하얀 얼굴 속 이목구비가 뚜렷했다. 무쌍처럼 보이는 큰 눈이지만 작은 속쌍꺼풀이 있었다. 양손으로 힘껏 꼬집어주고 싶은 볼살까지. 꼭 내 가방에 달린 하얀 토끼 인형을 닮았다. 윤기 나는 도영이 검은 머리가 떨어지는 벚꽃잎과 함께 찰랑였다. 뭔가 압도당한 느낌에 괜스레 분했다.

"미안, 아까부터 너랑 같은 길로 왔는데 한 방향으로만 잘 가더니 네가 갑자기 몸을 홱 틀었잖아. 벚꽃잎이 그렇게 중요하냐? 지금 지각하게 생겼는데."

"뭐? 지금 몇 분이지?"

급한 마음에 도영이 손목에 찬 시계로 시간을 확인했다. 도영이 뭐 이런 애가 다 있나 싶은 얼굴로 나를 바라봤다.

"헉, 지각이다."

"20분도 안 남았네."

도영이는 자전거를 세운 뒤 재빨리 안장에 올랐다.

"얼른 뒤에 타라, 이러다 진짜 지각하겠다."

"뭐, 뭐? 뒤에 타라고?"

"싫으면 말던가. 다친 다리로 운동장 돌거나 청소하고 싶지 않으면 빨리 타는 게 좋을 텐데……."

가뜩이나 3월 한 달씩이나 등교를 못 했는데 첫날부터 지각은 생각만 해도 끔찍했다. 얼떨결에 도영이 자전거 뒤에 올라탔다. 그렇게 해안 도로를 지나고 있을 무렵이었다. 다른 노선의 버스가 다가오고 있었다. 지각을 안 하고 학교에 갈 수 있는 마지막 시간대 버스였다.

그 순간 울퉁불퉁한 길 때문에 자전거가 덜컹거렸다. 도영이 허리춤을 살짝 잡고 있다가 그만 뒤에서 끌어 안아버렸다. 도영이한테서 섬유유연제 같은 비누 향이 났다. 인위적인 향이 아니라 자연스럽고 깨끗한 비누 향. 킁킁 냄새를 맡다가 변태 같아서 살짝 떨어졌다.

동시에 버스 창문 너머 개화고 교복을 입은 학생들의 따가운 시선이 온몸으로 느껴졌다. 얼굴이 화끈거려 고개를 돌리고 도영이 허리춤 옷깃을 살짝만 잡았다. 열린 버스 창문에서 승한의 목소리가 쩌렁쩌렁 들려왔다.

"야! 정도영! 벌써 여자 친구 생겼어?"

결국 도영이와 동시에 소리가 난 쪽으로 시선이 따라가 버렸다. 가을이 놀라서 입을 벌리고 있었다. 가을이 옆에 서 있던 승한이는 놀림감을 찾았다는 듯 입꼬리를 올렸다.

가을이와 승한이는 나와 초등학생 때부터 친한 소꿉친구였다. 하지만 이런 상황에 내게 아는 척하는 둘을 보고 창피함에 모른 척 외면하고 말았다. 도영이도 묵묵히 자전거 페달만 밟을 뿐이었다. 그렇게 버스는 우리를 지나쳐갔다.

벚나무로 가득한 길에 벚꽃잎이 우수수 떨어졌다. 다시 손을 뻗어서 벚꽃잎을 잡고 싶었지만 그러다가 움직여서 또 넘어지기라도 하면 그땐 도영이가 진심으로 화낼 것 같아서 조용히 풍경만 감상했다. 학교까지 자전거로 15분 정도 달리는 동안 우리는 아무 말도 하지 않았다.

8시 29분. 자전거가 교문을 지나가며 간신히 지각을 면했다.

"지각할까 봐 이번 한 번만 특별히 태워준 거다."

"누구 때문에 다쳤는데. 나도 두 번 다신 탈 일 없거든."

교실로 걸어가는데 서로 뭔가 이상함을 감지했다.

"너도 여기 반이야? 그럼, 너도 전학생이야?"

"아닌데, 전학생."

"난 널 처음 보는데?"

"나도 널 처음 보는데?"

"무슨 말장난 하냐?"

2-2반 교실에 들어가자, 우리 둘만 빼고 친구들이 모두 자리에 앉아 있었다. 가을이가 나를 발견하고는 내게 손짓했다. 도영이는 승한이 옆자리인 왼쪽 창가 뒷자리에 앉았다. 나는 가을이가 손짓하는 문 쪽 뒷자리에 앉았다.

"안녕, 뽀미야."

"응, 가을이 안녕. 유라도 안녕."

"뽀미, 너 전학생이랑 벌써 친해진 거야? 아니면 둘이 아는 사이?"

"아니. 나 쟤 오늘 처음 봤는데."

내 앞자리에 앉은 유라가 홱 뒤돌아 나를 바라보며 말했다.

"근데 왜 같이 들어와?"

"아까 같이 자전거 타고 오는 거 다 봤는데? 뽀미 민망해서 그래?"

다친 오른쪽 무릎을 친구들에게 보여주며 아침에 있었던 일을 간략하게 설명하는데 도영이가 뒷문을 열고 조용히 나갔다. 유라와 가을이는 쉬는 시간에 같이 양호실에 가자고 말했다.

"근데 이건 누가 놓고 간 거야? 초코우유네?"

내 책상 위에만 초코우유가 있었다. 가을이 맨 앞자리에 앉아 있는 반장을 턱으로 가리켰다. 아차 싶었다. 잊고 있었는데 작년에도 그랬었다.

"쟤, 올해도 반장인 반장. 쟤도 한결같다. 작년 일 년을 그렇게 쫓아다니더니. 아직도 진행형인가 보네. 포기를 모르는 남자, 김정우. 응원은 안 한다. 뽀미랑 안 어울리니까. 그래서 일부러 쟤랑 자리를 멀리 잡았어. 잘했지?"

초코우유는 내 최애 음료인데 이 순간만큼은 초코우유를 멀리하고 싶어졌다. 그래서 먹지 않고 그대로 책상 밑에 넣어두었다.

"응. 근데 가을아, 정도영 전학생 맞지? 작년에 못 본 것 같아서."

"어어, 지난달에 전학 왔어. 공부도 꽤 잘하는데 체육이 완전 미쳤어. 못 하는 운동이 없더라. 화이트데이 때는 옆 반 여자애가 사탕 주면서 고백하는 데 나 단 거 안 좋아해. 목소리 딱 깔고 거절하는 거 있지?"

가을이가 도영이 흉내 내는 모습이 귀여워서 나도 모르게 웃음이 새어 나왔다.

"그니까 왜 화이트데이에 고백해? 밸런타인데이도 아니고."

금세 교실로 돌아온 도영에게 승한이 헤드록을 걸고 있었다.

"도영아, 오늘 급식 메뉴 제육이래. 우리 학교 급식 제육 완전 미쳤어. 제육 빨리 먹고 축구 뛰자. 오케이?"

도영이 활짝 웃는 모습이 눈에 들어왔다. 영락없는 소년이었다.

〜

1교시가 끝나고 병원 서류를 들고 교무실로 향했다. 흡사 마동석 비주얼인 담임 선생님한테 쭈뼛쭈뼛 다가갔다.

"어이, 봄이. 봄에 태어나 봄에 나타난 이봄이."

한결같은 선생님 개그에 차마 웃지 못했다.

"선생님, 재미없어요……."

"으흠, 그것 참 안타깝네. 서류?"

"네, 여기요."

"겨울에 태어나 겨울에 사라진 설이는 잘 지내고?"

담임 선생님은 작년에 언니 담임이기도 했다. 언니가 대학 진학을 포기한다고 했을 때 선생님은 언니의 의견을 존중하지만, 꽃이 꺾이는 것 같아서 마음이 아프다고 하셨다고 한다. 언니는 일 보 후퇴일 뿐이지 꺾이는 건 아니라며 정색했다는 일화가 생각났다. 선생님 담당 과목은 문학이었고 외모는 분명 마동석이지만 감성은 늘 소녀 감성이었다.

"네, 그럼요."

"공부 열심히 해. 언니가 대학 안 갔다고 해서 너도 따라서 안 가려고 하지 말고. 찾아보면 방법이 있을 거야. 장학금 제도도 새로운 게 계속 나오고 있고. 선생님도 알아볼게."

말없이 고개 인사를 하고 교실로 돌아왔다.

대학 그런 거 별생각 없다. 그저 지금이 좋을 뿐이었다. 안 가도 그만 이라고 생각하니까. 적어도 이번 계절만큼은 아무 생각하지 않고 미루고 싶었다. 진로니, 대학이니, 꿈이니 하는 것들에 대해서.

교실로 돌아와 자리에 앉았다. 내 책상 위에 밴드와 연고가 놓여 있었다. 가을이와 유라는 자리에 없었다. 누가 두고 간 건지 알 수 없었지만, 짐작은 갔다. 가방에서 물티슈를 꺼내 까진 무릎을 닦았다. 연고를 바르고 밴드를 붙였다. 따가웠지만 참을 만했다. 다행히 많이 까지지 않아 양호실까지 가지는 않았다.

어느덧 4교시가 시작되었다. 담임 선생님이 교실로 들어왔다. 내가 가장 좋아하는 문학 시간이었다.

"자, 마음이 살랑이는 봄에 봄처럼 등장한 우리 봄이."

친구들은 익숙한 듯 피식거리기도 야유하기도 했다.

그것 봐요, 선생님. 재미없다니까요.

얼굴이 화끈거렸다. 분명 볼이 터질 것처럼 빨개졌을 텐데.

"봄이가 가장 좋아하는 시 낭독을 한 번 해볼까?"

"예? 교과서에 없는데요?"

"공책에 적어둔 거 선생님 다 봤다. 자, 우리 문학 1등 에이스 이봄. 자리에서 일어나서 읽어보자."

안 통하는군. 수업을 날로 먹으시는 것 같은데요.

다른 과목들은 평균 정도였지만 저번 학기 문학 점수는 1등이었다. 어느새 친구들의 시선이 내게 쏟아지고 있었다. 하는 수 없이 가방에서 문학 공책을 꺼냈다. 페이지를 넘기며 적어둔 부분을 찾았다. 목소리를 가다듬으며 자리에서 일어났다.

"제가 가장 좋아하는 시는 심보선 시인의 『슬픔이 없는 십오 초』의 「청춘」입니다……."

햇볕이 따뜻해 교실 창문이 반쯤 열려 있었다. 열린 창문 사이로 들어오는 작은 바람에 도영의 머리칼이 살짝 흩날렸다.

"사랑한다는 것과 완전히 무너진다는 것이 같은 말이었을 때 솔직히 말하자면 아프지 않고 멀쩡한 생을 남몰래 흠모했을 때 그러니까 말하자면 너무너무 살고 싶어서 그냥 콱 죽어버리고 싶었을 때 그때 꽃피는 푸르른 봄이라는 일생에 단 한 번뿐이라는 청춘이라는……."

수업이 끝나는 종이 울렸다.

반장이 교실을 나간 것을 확인한 뒤 책상 밑에 넣어둔 초코우유를 꺼내 반장의 책상 위에 올렸다. 그런 다음 가을이와 유라의 팔짱을 끼고 급식실로 향했다.

급식을 먹고 부반장인 유라는 학생회에 참가하러 갔다. 나는 가을이와 매점에 들렀다. 가을이는 소다 맛 쭈쭈바 아이스크림을 샀고 나는 언니가 챙겨준 용돈으로 초코우유를 샀다. 가을이는 꽁다리를 뜯어 내게 건넸지만 사양했다.

"뽀미, 꽁다리도 안 먹어?"

"응, 나는 이게 좋아."

가을이는 그럴 줄 알았다는 듯 꽁다리를 입에 물고는 운동장이 보이는 계단에 앉았다. 나도 가을이 옆에 앉아 운동장을 같이 바라보았다. 땀을 뻘뻘 흘리며 축구공을 차고 있던 도영이가 승한이에게 공을 패스하고 있었다. 공을 넘겨받은 승한의 모습을 사뭇 진지하게 보던 가을이는 금세 인상을 팍 썼다.

"야! 그게, 그게 아니지. 백승한! 분발해라!"

가을이의 쩌렁거리는 목소리를 들었는지 승한이 움찔거렸다. 힘껏 공을 찼지만, 골대에 맞은 공이 튕겨 나왔다.

부담스러웠나.

"저런, 쯧. 기대하지 말자. 가자, 봄아."

실망한 가을이는 그대로 자리를 떴다. 나도 자리에서 벌떡 일어나 가을이를 따라갔다.

옆 반에 피아노를 잘 치기로 유명한 찬우가 복도를 지나가던 나를 붙잡아 세웠다. 주변 애들이 오오, 구경하기 시작했다. 찬우는 부담스러운 시선에도 아랑곳하지 않았다.

"봄아, 나 다음 주 토요일에 피아노 연주회 있는데 놀러 오지 않을래?"

찬우는 평소와 달리 쑥스러워하며 내게 피아노 연주회 표 한 장을 건넸다. 내가 난감한 표정을 짓자 한 발짝 가까이 다가왔다.

"봄아? 올 거지? 애들이 너도 피아노 좋아한다던데."

"어, 어···. 피아노 좋아하지, 그럼······."

땀에 흠뻑 젖은 도영이와 승한이가 내 옆을 지나가는데 그만 도영이와 눈이 딱 마주쳐버렸다. 찬우는 내가 주저하자 내 손에 표를 쥐어 주고는 자기 반으로 홀랑 들어가 버렸다. 도영이도 나를 그대로 스쳐 지나갔다.

학교가 끝났다. 원래는 방과 후 수업으로 논술 반에서 공부를 더 하거나 도서관에 가서 책을 읽거나 가끔 시내에 가서 놀다가 집에 들어가는데 오늘은 등교 첫날이어서 피곤함이 몰려오는 바람에 곧장 집으로 향했다.

귀에 이어폰을 꽂고 흥얼거리며 노래를 들었다. 가방에서 어제부터 읽고 있는 소설책을 꺼냈다. 학교에서 집까지 걸어서는 40분 정도 걸렸지만, 좋은 날씨를 핑계 삼아 책을 읽으며 걸어가기 시작했다.

갑자기 자전거 한 대가 빠른 속도로 달려오더니 내 바로 앞에서 멈췄다. 놀라서 시선을 들었더니 책에 너무 몰입한 나머지 빨간 불인데 하마터면 횡단보도를 그냥 건널 뻔했다. 자전거가 타이밍 좋게 멈춰 선 덕분에 걸음을 딱 멈출 수 있었다.

"태워주는 거 더는 없다고 했잖아. 길에서 그렇게 음악 듣고 책 읽는 거 위험해."

도영이었다. 놀라서 뒷걸음질 쳤다. 무슨 말을 하기도 전에 신호는 초록불로 바뀌었고 도영이는 순식간에 사라졌다.

"참나, 누가 뭐 태워 달랬나."

책에 노란 책갈피를 끼운 뒤 덮어 가방에 넣었다. 차마 음악은 포기할 수 없어서 계속 들었다. 풍경을 감상하며 천천히 걷다가 문득 도영이처럼 자전거를 탈 줄 알면 좋겠다는 생각이 들었다.

어릴 때 10살이 넘으면 부모님이 자전거를 가르쳐 주신다고 했는데 10살이 되기 일주일 전에 사고가 났으니까. 그게 벌써 9년 전이라니. 어제 일처럼 생생한데 말이다.

이제 봄이니까.

겨울에만 힘들어하기로 했다. 나와의 약속이었다. 모든 만물이 살아나는 꽃 피는 계절이 오면 나도 다시 살아나기로 했다. 살기 위한 일종의 몸부림. 작은 날갯짓이었다.

겨울이 되면 모두 할 수 없는 것들이니까…….

도영의 집 1층은 부모님이 운영하는 감자탕집이고, 2층은 주거 공간, 지하는 삼촌이 운영하는 케이 음악 학원이 있는 주택이었다.

도영은 작년 12월에 이사 왔는데 벌써 봄이라니. 시간 참 빠르다고 생각했다. 집에 도착하자마자 제일 먼저 가게로 들어갔다.

"다녀왔습니다."

개업한 지 얼마 안 됐지만, 가게에는 항상 손님이 있었다. 벌써 술에 취해 얼굴이 붉어진 손님도 있었다.

"어, 아들. 왔어? 올라가서 옷 갈아입고 삼촌 불러서 밥 먹으러 와."

"알았어요."

도영은 다시 가게를 나가 계단을 올라 2층에 있는 집으로 들어갔다. 방으로 들어가 편한 옷으로 갈아입고 어느새 흙이 말라버린 로즈메리에 물을 준 뒤 지하로 내려갔다.

계단에서부터 음악 소리가 시끄럽게 들려오더니 가까워질수록 귀가 따가울 정도로 음악 소리가 커졌다. 노크해서 들릴 리가 없었고 문을 슬쩍 열어 안에 다른 사람이 없는지 확인했다. 아무도 없는데 외삼촌 혼자 긴 머리를 미친 듯이 흔들며 로큰롤에 심취해 있었다. "호우! 소리 질러!" 외치며 음악에 맞춰 흔드는 통에 두통이 밀려오기 시작했다.

"삼촌! 아, 삼촌! 밥 먹으래. 밥! 안 먹어?"

도영이 삼촌에게 다가가 아무리 외쳐도 삼촌은 듣지 못했는지 도영을 보지 않았다. 도영은 오늘도 안 되겠다 싶었는지 곧장 기타 전원을 꺼버렸다. 뚝 끊긴 음악 소리와 함께 흥이 깨져버린 삼촌이 그제야 도영을 발견했다.

"삼촌, 아직 학원생이 없나 봐?"

삼촌은 머쓱한지 일렉기타를 손에서 내려놓더니 엉켜버린 긴 머리를 손으로 대충 정리했다. 도영은 삼촌이 입은 몸에 딱 달라붙는 가죽바지와 재킷을 바라보며 고개를 내저었다. 볼 때마다 적응이 안 됐다.

"삼촌, 나 진짜 궁금해서 그러는데 그 머리로 앞이 보여? 아, 엄마가 밥 먹으래. 밥. 올라오래."

"아 오케이, 조카 땡큐. 호우!"

두 사람은 함께 1층 가게로 가기 위해 계단을 올라갔다. 도영은 손에서 책은 사라졌지만, 음악은 계속 듣고 있는지 여전히 이어폰을 귀에 꽂은 채 골목길을 걸어오고 있는 봄을 발견했다.

"아무래도 여기 근처 사는 것 같은데……."

"조카, 안 들어가냐?"

"어, 가요. 가….."

도영은 봄이 어디로 들어가는지 보지 못하고 삼촌을 뒤따라서 가게 안으로 들어갔다. 주방 바로 앞 테이블에 도영의 어머니가 정성스럽게 차려놓은 4인분 밥상이 올려져 있었다. 도영의 아버지는 먼저들 먹고 있으라고 말하고는 주방과 홀을 오가며 바쁘게 일하고 있었다.

"어이, 조카. 요즘 학교는 어떠냐? 친구들은? 재밌어? 서울에서 학교 다니다가 지방 오니까 아무래도 별로지?"

"하나씩 물어봐, 삼촌. 편식하지 말고."

도영은 숟가락으로 검은콩조림을 한가득 퍼서 삼촌 밥 위에 올렸다.

"이 자식이. 도련님처럼 반듯하게 잘 생겨서는 하는 짓은 완전 초딩이야. 유치해."

삼촌도 이에 질 수 없다는 듯 감자 당근 볶음에 당근만 한가득 퍼서 도영의 밥그릇에 올려놓으려는 순간, 도영의 부모가 테이블에 합류했다.

"또, 또! 반찬 편식하지? 어?"

당황한 삼촌은 그대로 자기 밥그릇 위에 당근을 올렸다. 도영의 입꼬리가 씰룩거렸다.

"엄마, 아빠. 삼촌이 토끼가 되려나 봐."

"이 아빠는 말이야. 그렇게 딸이 갖고 싶었는데 어? 태명도 토깽이로 딱 지어놨는데. 이런 아들이었네. 근데 뭐, 물론 아빠는 아들도 좋지. 너무 좋은데 딸 같은 아들 아니고. 너무 무뚝뚝한 아들이 나와버렸네."

"아빠, 그 얘기 백 번도 넘게 들었어요."

"무뚝뚝 아니고. 똑똑한 아들!"

도영의 어머니는 도영의 밥그릇에 장조림 소고기를 올려주고는 도영의 아버지 등을 찰싹 쳤다.

"그럼, 지금이라도 둘째 낳으시던가요. 아버지."

"어머, 어디서 그런 무서운 말을 하니."

어머니가 정색하고 질색하는 반응에 모두 웃음이 터졌다. 손님들의 부름에 도영의 부모는 몇 숟가락 못 뜬 채 결국 자리에서 일어났지만. 가족 모두 입가에 웃음이 가득했다.

"잘 먹었습니다."

도영은 삼촌과 함께 테이블 정리를 하고 같이 이층집으로 올라왔다. 소파에 기대앉아 쿠션을 안고 티브이를 보려는 도영의 옆에 삼촌이 붙어 앉았다.

"조카, 너 솔직히 말해 봐. 학교에 마음 가는 애 하나 없냐?"

"없는데요."

"뭐, 신경 쓰이는 애도? 얀마, 너도 이제 다 컸는데 여자 친구도 만들고 해야지."

"전학 온 지 한 달밖에 안 됐네요. 그리고 내년이면 고3인데 무슨 여자 친구야. 나보다 삼촌이 더 급한 것 같은데?"

"이 삼촌은 말이야."

"뭐, 또. 음악만 있으면. 소울이 어쩌고 그 얘기 하시려고?"

"조카, 너는 나에 대해 너무 많은 걸 알고 있구나."

"삼촌, 근데 악기 이런 거 마스터하려면 오래 걸리나?"

"아무래도 사람마다 다르지만, 이 음악은 화성학부터 해서 단계별 코스가 있으니까. 이 삼촌은 네 나이 때부터 차근차근 지금까지 쭉 해왔기 때문에 이 삼촌 정도면 마스터했다고 말할 수 있지."

"악기 하나 하는데, 그렇게 오래 걸린다고? 그 정도면 그냥 재능 없는 거 아니야?"

"아, 이 친구 보소. 마스터라는 단어는 그렇게 쉽게 쓰는 게 아니란다. 근데 왜? 악기 배우게? 네가 나의 첫 번째 학원생이 되어주는 거니?"

"아니, 그냥. 뭐, 궁금해서……."

∾

학교에 가려고 평소처럼 식빵 한 조각을 입에 물고 대문을 열고 나왔다. 옆집에서 도영이가 때마침 나왔고, 눈이 마주쳐버렸다. 같은 동네에 산다는 건 알고 있었지만 바로 옆집인 줄은 몰랐다.

도영 감자탕의 도영이 바로 너였구나.

"어? 너 여기 살았어?"

"응. 너도?"

"응. 근데 너 오늘은 자전거 안 타?"

"어제 너무 세게 달렸는지 구멍 나서. 수리 맡겼어."

"아, 그랬구나."

왠지 그 원인 제공이 나인 것 같아서 도영이한테 괜히 미안해졌다.

"근데 너 말이야, 너도 이사 온 거야?"

"아니, 나 초등학생 때부터 쭉 여기서 살았는데?"

"근데 왜 지난달에는 학교 안 나왔어? 바로 옆집인데 한 번도 못 봤는데?"

"그야 그땐 겨울이었으니까…."

"응? 겨울이라서?"

"있잖아, 태양이 뜨기 전이 가장 어둡고 겨울이 추운 이유는 봄이 오기 때문이거든."

"……그게 무슨 말이야?"

"그러니까 봄이 오기 전에 겨울이 너무 춥고 어두워서 그렇다는 거지. 내가 세상에서 제일 싫어하는 게 추운 거라서."

"알아듣게 좀 말해라. 겨울이 추운 건 당연하지. 그렇다고 학교를 안 나온다고? 난 겨울이 제일 좋던데. 뭐, 그래서 네 이름도 봄이냐?"

"응. 우리 부모님이 가장 예쁜 봄날에 태어나서 지어주신 이름이거든. 네 이름은 무슨 뜻인데?"

"이름 뜻 물어보는 건 살면서 네가 처음이다."

"뭐, 말해주기 싫으면…."

"도읍 도, 비칠 영. 어둠 속에서 빛을 비추는 등불과 같은 사람이 되라는 뜻. 하여간 진짜 볼 때마다 엉뚱하다니까."

"좋다, 따뜻해서. 야, 물어볼 수도 있지. 옷깃만 스쳐도 인연이라잖아.

같은 반에 그것도 무려 옆집인데. 이것도 다 인연인 거니까…."

"인연은 무슨, 그냥 우연이지……."

"그럼, 너 나랑 친구 할래?"

도영이와 마주보기 위해 뒤로 걸으며 얘기하자 도영이 계속 주변을 둘러보더니 눈동자를 굴리며 불안해하는 게 보였다. 그게 재밌어서 계속 뒤로 걸었다.

"아, 앞 좀 제대로 보라고. 또 넘어지고 싶지 않으면."

내 어깨를 잡고 정면으로 몸을 돌리더니 먼저 가버리는 도영의 뒷모습에 신난 발걸음으로 쫓아갔다.

"아, 같이 가자. 친구야!"

오늘도 학교로 가는 버스는 만원이었다. 도영이와 나는 발 디딜 틈 없는 사이에 서서 가고 있었다. 정류장에 멈출 때마다 사람이 계속 늘어나서 도영이와 더 가까워지다 못해 결국 더는 가까워져서는 안 될 거리가 되어버렸다.

오늘도 도영이한테서 섬유 유연제 같은 깨끗한 비누 향이 났다. 깔끔하게 잘 다려진 교복에 뽀송함까지. 거리가 가까워서 손잡이를 잡은 손에 왠지 땀이 나는 것 같았다. 5분만 더 가면 곧 내리니까 침착하게 창문 밖을 바라보았다.

왼쪽에는 도영이, 오른쪽에는 반장 정우가 서 있었다. 반장은 언제부터 있었는지는 모르겠는데 어느샌가 내게 좋알좋알 말을 걸어오고 있었다. 5분이 이렇게 길었던가.

버스가 급정거하면서 그만 중심을 잃고 말았다.

내게 계속 말을 걸어오던 정우 때문에 순간적으로 정우가 있는 오른쪽으로 넘어질 뻔한 걸 겨우 모면했다. 왼쪽에는 도영이가 있어서 양쪽을 피하려다 뒤로 넘어지기 직전이었다. 그만 눈을 질끈 감아버렸다. 몸이 뒤로 꺾인 채 멈춰졌다.

뭐지. 왜 이런 이상한 자세로 멈춰진 거지.

눈을 뜨고 보니 도영이가 내 후드집업 모자를 꽉 쥐어 내 목과 머리를 지탱하고 있었다. 버스 안 사람들의 시선과 이목이 모두 쏠렸다. 곳곳에서 비웃음 소리가 들려왔다. 얼굴이 홍당무가 돼버렸고, 몸은 얼어붙은 듯 굳어버렸다.

"봄아, 괜찮아?"

정우는 어쩔 줄 몰라 하며 당황한 표정으로 물었지만, 아무 말도 할 수가 없었다. 도영이는 그대로 앞으로 밀어내 원래 자세로 돌려놨다.

"너 진짜 나 아니었으면 큰일 날 뻔했다. 이봄……."

어디라도 숨고 싶을 정도로 창피했다. 버스에서 내리자마자 교실까지 도망치듯 뛰어갔다.

나 원래 이러지 않는데.

자꾸만 도영이랑 있으면 이런 일이 생긴다. 뚝딱거리게 되고 어딘가 고장 난 것 같고. 아무래도 오늘부터 정도영 널 멀리해야겠어…….

'친구 관찰일지'

문학 시간이 되자 교실로 들어온 담임 선생님이 칠판에 큰 글씨로 적고는 뿌듯한 웃음을 지어 보였다.

"자자자, 집중! 선생님이 이번 학기 숙제로 좋은 아이디어가 떠올라서 이번 학기는 수행평가 숙제를 딱 하나만 하기로 했다."

"뭔데요, 쌤. 관찰일지요?"

친구들이 우려 섞인 목소리로 말해도 선생님은 소녀 같은 웃음을 지어 보일 뿐이었다.

"자, 뽑기를 통해 뽑은 친구에 대해 관찰하고 느낀 점을 써서 내기. 학기 초이기도 하고 새로 전학 온 친구도 있고 해서 선생님이 특별히 신선한 숙제를 준비했지."

"마니또 같은 거예요? 쌤?"

"일종의 마니또인데 문학적으로 추가해서 뽑은 친구에 대한 장단점이나 특징을 파악해서 학기 말쯤 제출하는 걸로 한다. 그리고 그 내용은 고스란히 그 친구한테 전달할 거니까 욕 쓰거나 하면 절대 안 된다. 요즘 학교폭력 늘고 있는 거 알지? 친구 진로에도 도움 줄 수 있고 행동에 더 신경 쓰라는 차원에서 한다는 거 명심하고. 친구한테 높은 평가를 받은 사람, 관찰일지를 잘 쓴 사람도 모두 좋은 점수를 받는 걸로."

담임 선생님은 준비해 온 뽑기 통을 교탁 위에 올려놨다.

"자, 번호순으로 한 명씩 나와서 뽑아가라."

한 명씩 나와서 접힌 종이를 뽑아 펼치는데 표정들이 제각각이었다. 어느덧 내 차례가 되어 접힌 종이 하나를 뽑아 들고는 자리로 돌아와 앉았다.

"누구 뽑았는지는 반드시 비밀 지킬 것. 만약에 비밀 유지 못 하면 빵 점이니까 그런 줄 알고. 쪽지 이름 확인했으면 옆에 본인 이름 적어서 맨 뒤 사람이 걷어와라."

이게 뭐라고 긴장되는지. 실눈을 뜨고 쪽지를 펼쳤다.

……백승한? 순간 이름을 말할 뻔해서 입을 틀어막았다.

내 입 모양을 얼핏 본 가을이는 내게 누구냐며 눈짓했다. 차마 말할 수 없어서 고개를 절레절레 내저었다. 가을이는 내 쪽지를 힐끔 보더니 내게 메모지를 내밀었다.

'넌 내 이름 써. 난 네 이름 쓸게.'

가을이는 내게 간절한 눈빛을 보내더니 기도하는 손을 보이며 부탁했다. 그때 담임 선생님의 따가운 시선이 느껴졌다.

"어이! 거기 뒤에 안 걷어? 빨리 걷어라, 수업하게."

가을이의 간절한 부탁에 하는 수 없이 백승한 이름 옆에 손가을이라고 적어서 냈다. 앞자리에 있던 유라는 주위를 두리번거리며 뭔가를 찾고 있는 듯했다. 근데 가을이는 대체 누구를 뽑았다는 건지.

창가 맨 뒷자리인 도영과 승한도 둘이 알 수 없는 신호를 서로에게 보내고 있는 듯했다. 하지만 담임 선생님이 결국 뒤로 다가오는 바람에 도영이가 벌떡 일어나서 쪽지를 걷었다. 가을이는 의미심장한 미소를 지을 뿐이었다. 서둘러 쪽지를 걷어 제출하고는 자리에 돌아왔다. 메모지에 답장해서 가을이와 주고받았다.

'누구 뽑았어?'

'수업 끝나고 말해줄게.'

마지막 수업이었던 문학 시간이 끝났다. 학교가 끝나자마자 가을이와 유라랑 함께 학교 앞 노상 떡볶이집으로 향했다. 오랜만에 먹는 떡볶이에 가을이와 손뼉을 짝짝 치면서 맛있다는 말을 연신 내뱉으면서 먹다 보니 볼이 빵빵한 햄스터 같았다.

이때 지나가던 승한과 도영이가 나와 가을이를 번갈아 보더니 고개를 저었다. 묘하게 기분 나쁘다고 생각했는데 알고 보니 교복에 또 떡볶이 국물을 흘려서였나 보다.

"그런데 말이야. 설마 너희 서로 쪽지 바꾸고 그런 건 아니지?"

아까 쪽지에 이름 바꿔 적을 때 유라가 힐긋 우리 쪽을 쳐다본 게 기억났다. 떡볶이를 양 볼에 넣은 채 고개를 세차게 흔들었다.

때마침 가을이는 엄마에게 걸려 온 전화를 받더니 새로 등록한 학원에 가야 한다면서 자리에서 일어났다. 가을이와 유라는 전교 5등 안에 드는 우등생이었다. 가을이가 먼저 가버리자 유라는 내게 진실을 요구하는 듯한 눈빛을 보내왔지만, 난 떡볶이만 빠르고 야무지게 먹었다.

"아무래도 수상해, 뭔가 느낌이 싸한데. 이봄, 내 눈을 똑바로 봐봐."

"음, 음음⋯⋯."

입안 가득 떡볶이가 있어서 뭐라 말할 수가 없었다. 화장지로 입가를 쓱쓱 닦고는 최대한 눈을 가늘게 휘어 선한 웃음을 지어 보였다. 떡볶이를 꿀꺽 삼키고 화제를 전환하려 시도했다.

"유라야, 우리 슬러시 먹지 않을래? 어우, 맵다."

말을 돌려보는데 예리한 유라한테 먹힐 리가 없었다.

"봄이, 너 그러지 말고, 솔직히 말해봐. 누구 뽑았어?"

나도 모른단다, 유라야. 가을이가 아직 말을 안 해줬단 말이다.

"비, 비밀이잖아……."

"하긴 다른 과목도 아니고 문학인데 봄이 네가 말해줄 리가 없지. 우리도 그만 가자."

유라도 학원으로 갔다. 유일하게 학원을 안 다니는 나는 어쩐지 이대로 집에 가기가 아쉬웠다. 도서관에 가서 책을 빌리고 가야겠다는 생각에 발걸음을 돌려 다시 학교로 돌아갔다.

아까 떡볶이 먹을 생각에 급하게 나오는 바람에 교실 책상 밑에 두고 온 문학 공책이 떠올랐다. 그 공책에 가을이와 주고받은 메모지를 붙였던 게 기억났다. 서둘러 교실로 뛰어갔다.

다행히 교실 문이 아직 잠기지 않았다. 문을 열고 들어가자, 반장과 친한 친구들이 아직 교실에 남아 있었다. 내가 들어오는 걸 보고 귀신 보듯 소스라치게 놀랐다. 왜 놀라지? 하고 생각했는데 반장이 내 문학 공책을 펼쳐 보고 있었다.

"뭐, 뭐야. 그거 내 공책 아니야?"

"…아, 미, 미안."

당황한 반장 정우가 내 문학 공책을 덮어 내게 건넸다. 공책을 돌려받았지만 제일 아끼는 공책을 그것도 허락 없이 맘대로 가져가서 함부로 봤다는 사실에 그동안 지켰던 정우에 대한 내 최소한의 예의가 모두 무너져버렸다.

"너 설마 이 공책 봤어?"

"응. 봤어, 전부……."

"너 왜 남의 공책을 막 훔쳐보는 건데?"

정우가 친구들에게 말없이 눈짓하자 친구들이 청소 도구를 내려놓고 가방을 들고 나가려 했다.

"야, 너희들 청소하다 말고 어디 가는데? 당번이잖아."

"김정우가 전부 다 할 거야."

"파이팅! 사귀어라!"

"잘 어울리네. 크큭." 정우와 절친인 남학생 세 명이 그대로 교실을 나가버렸다. 정우는 내게 점점 가까이 다가왔다.

"왜, 왜. 말로 해."

"봄이 너 왜 내가 준 초코우유 안 마셨어?"

"그거야… 내가 요새 초코우유를 너무 많이 마셔서. 나도 이제 당뇨 조심해야지."

"점심시간에 손가을이랑 초코우유 사 먹는 거 다 봤어."

"어, 봤구나. 그래. 근데 좀 너무 가깝지 않니? 조금만 떨어져서 얘기하면 안 될까?"

벽에 몸이 닿을 정도로 좁아졌고 이대로 교실을 뛰쳐나가고 싶었다. 정우는 쓰고 있던 안경을 갑자기 벗더니 세상 진지한 얼굴로 나를 바라보았다.

"봄에 나타나서 또 내 마음을 봄처럼 흔드는 봄아."

아이고야. 우리 담임 선생님 닮아가는구나. 선생님 주입식 교육이 새삼 무서워질 정도였다.

"너한테 꼭 해주고 싶은 말이 있는데. 사실 그, 그러니까……."

긴장한 반장의 목소리에서 떨림이 느껴졌다.

"정우야."

"응?"

"사과 안 해? 내 공책 훔쳐본 거."

목소리를 낮게 깔아 말했지만, 정우의 목소리처럼 떨려왔다. 이건 정우를 위한 일이기도 했다. 잘못된 행동인 걸 알려줘야 하니까.

"아, 그건 미안. 근데 정말 그게 아니라……."

"너, 너 안경 벗은 거 너무 느끼해. 좀 떨어져서 얘기해 줄래?"

내가 말하고도 놀랐다. 난 원래 이렇게 직설적인 말을 하는 편이 아닌데. 왜 그랬을까. 문학 공책 때문이었을까. 아니면 그 메모지 때문이었을까. 아무도 없는 텅 빈 교실에 둘뿐인데 바짝 붙은 정우 때문에 신경이 곤두섰다.

그제야 정우가 내게서 한 발짝 떨어지더니 충격을 받았는지 입을 다물지 못한 채 얼빠진 얼굴을 하고 있었다.

"왜, 내 공책 훔쳐봤어?"

"봄이 너한테 고, 고백을 어떻게 해야 할지 몰라서……."

"…고백?"

"봄이 너 문학 좋아하잖아. 네가 읽은 시처럼 네가 좋아하는 문장으로 고백하려고 딱 한 번 본 건데. 책상 밑에 공책 튀어나온 게 청소하다가 보여서 그만······."

"아······."

"야! 이봄. 내가 너 좋다니까 만만하냐? 느끼하다는 말 나 살면서 처음 들어봐. 너 진짜 최악이다."

정우는 씩씩거리다가 안경과 가방을 집더니 쏜살같이 나가버렸다. 난 곧장 창문을 열어 심호흡했다. 정우에게 상처 줬다면 미안한데 나도 무서웠단 말이다. 아니, 잠깐만. 방금 정우가 교실 나갈 때 남은 청소는 네가 싹 다 하고 가라고 한 거 맞지? 내 귀를 의심했다.

"이것들이! 왜 자기들 청소를 나한테 다 떠넘겨? 이 와중에?"

반장과는 더는 얽히기 싫은 마음과 느끼하단 말을 해버린 내 입을 탓하며 혼자 교실 청소를 열 내며 했다. 청소 도구를 모두 정리하고 칠판 지우개까지 깨끗하게 털어서 올려놨다. 교실 문을 잠그고 교무실에 열쇠를 반납했다.

어느덧 해가 저물었다. 정우에게 돌려받은 문학 공책을 펼쳐봤다. 정우가 메모지 본 걸 선생님께 이르면 어쩌지? 싶었는데 공책에 메모지를 붙였다가 유라가 뒤돌아볼 때 따로 빼둔 게 기억났다. 가방 안에 있는 메모지를 찾고는 안도의 한숨을 내쉬었다. 그나마 불행 중 다행이랄까.

도서관에 가서 새로 들어온 신간 책 하나를 집어 자리 잡아 읽기 시작했다. 떡볶이를 너무 많이 먹었나. 정우와의 일이 피곤했던 탓일까. 그것도 아니면 청소를 너무 열심히 했나. 눈꺼풀이 서서히 감겨오기 시작했다······.

"학생, 일어나요. 도서관 문 닫을 시간이에요."

이런. 새 책인데 침을 질질 흘리는 바람에 책에 침 자국을 남겨버렸다. 시계를 보니 벌써 9시였다. 서둘러 정리하고 나왔다. 어두운 밤이 되어 있었다.

버스에서 내려 익숙한 골목길로 걸어가는데 누군가가 뒤따라오는 느낌을 버스 정류장에서부터 받았다.

분명 누군가 쫓아온다. 오늘 아주 날을 잡는구나. 미친 듯이 골목길을 뛰었다. 뛰고 또 뛰는데 도저히 속도가 안 났다. 주머니에서 핸드폰을 꺼내 언니에게 전화하려고 멈춘 순간이었다. 쫓아오던 사람이 다급하게 지나갔다. 바로 뒤에 운동복을 입은 도영이가 내 앞에 나타났다.

"이봄……?"

"……정, 정도영?"

다리에 힘이 풀려버려서 그대로 벽에 기대 주저앉았다.

개화 슈퍼 앞 평상에 잠시 앉았다가 다시 일어나서 쭈그리고 앉았다. 가방에서 사료가 든 비닐봉지를 꺼내 내게 몸을 비비며 애교를 부리는 고양이에게 사료를 줬다. 그 사이 생수 두 병을 사 온 도영이가 내게 생수 한 병을 건넸다.

"고마워."

받은 생수를 따서 고양이가 마실 수 있도록 비닐봉지에 조금 따라주고는 벌컥 마셨다.

"이제 좀 괜찮냐?"

말없이 고개를 끄덕였다.

"일찍 좀 다녀라. 아무리 주택가라고 해도 여기 골목 밤에는 위험해. 넌 맨날 볼 때마다 그러냐. 애가 무슨 조심성도 하나 없고……."

"자꾸 그럴 때만 네가 나타난 거거든."

고양이가 배고팠는지 사료를 허겁지겁 먹더니 다시 내게 몸을 비비며 애교를 부렸다. 고양이를 쓰다듬는데 가로등 아래 불빛에 비친 도영이 얼굴이 조명에 비추어진 것처럼 환히 보였다.

"귀엽지? 고양이."

"이 고양이 밥 주려고 가방에 사료 챙기고 다닌 거야?"

"응. 이 길고양이 겨울 전에도 봤었거든. 이번 겨울 완전 한파였다는데 혼자서 그 무서운 추위를 뚫은 거잖아. 엄청 기특하지?"

슈퍼 앞 양쪽 벚나무에서 벚꽃잎이 서서히 흩날리고 있었다. 눈 마주친 도영이에게 고양이 앞발을 잡아 내밀자 살짝 무서워하는 모습에 조금 전 긴장감은 싹 사라지고 웃음만 새어 나왔다. 고양이가 도영이에게 야옹거렸다.

"아, 진짜 하지 마."

장난치다 보니 금세 도영이 입가에도 웃음이 번졌다.

골목길을 도영이와 함께 나란히 걷자 아까 느꼈던 무서움은 온데간데 없이 사라지고 마음이 환해졌다.

서로의 집 앞에서 인사하고 집으로 들어왔다. 분명 따뜻하고 안온했다. 그 애의 이름처럼. 마치 우리 둘이 있는 공간에만 오렌지빛이 비추는 듯한 말랑말랑한 느낌이 들었다.

샤워하고 책상 앞에 앉았다. 스탠드 불빛에 노곤함이 몰려와서 잠시 엎드려 있다가 일기를 쓰려고 무거운 몸을 겨우 일으켰다. 그제야 핸드 폰이 보였고 한참 전에 왔던 메시지를 확인했다.

[너의 마니또는 바로 전학생이야. 파이팅!)_〈]

가을이가 보낸 메시지였다. 메시지를 받은 시간을 확인하니 아까 가을 이가 떡볶이를 먹고 학원 가는 길에 보낸 듯했다. 백승한 이름이 적힌 마 니또 쪽지를 봤을 때부터는 이제 누구여도 딱히 상관없을 것 같았는데.

내 마니또가 도영이라니. 도영이를 멀리하겠다는 내 계획과는 반대로 흘러가고 있었다. 괜스레 긴장되더니 볼이 불타는 느낌이 들었다. 갑자 기 더운 것 같아서 창문을 활짝 열었다.

맞은편 도영이네 2층에 불이 켜진 창문이 반쯤 열려 있었다. 이렇게 가까웠던가. 반쯤 닫힌 창문이 확 열리더니 도영이의 얼굴이 보였다. 도 영이도 나를 발견했는지 내 쪽을 바라보고 있었다. 다정한 눈으로 나를 바라보는 도영이를 보고 그대로 굳어버렸다. 어쩔 줄 몰라 하다가 그만 창문을 쾅 닫고 커튼을 쳐버렸다.

두근거렸다. 분명 두근거렸는데.

귀에 체온계를 넣고 진정해 보는데 '삐' 소리가 났다. 체온계를 보니 37도가 나왔다. 그럼 그렇지 싶었다. 미열이 있어서 그런 건데 무슨 생 각을 한 거니. 이봄, 정신 차리자.

관찰일지를 적기 위해 정우와 사투를 벌였던 문학 공책을 다시 펼쳤다.

도영 관찰일지

정도영, 도영이. 도읍 도, 비칠 영.

어둠 속에서 빛을 비추는 등불과 같은 사람이 되라는 뜻.

너에 대해 더 알고 싶어졌어.

⁓

도영이네 식구들 이삿짐을 가득 실은 트럭이 눈길을 타고 개화에 도착했을 때는 12월 초였다. 이렇게 추운 겨울에 이사하는데도 도영의 가족 누구 하나 불평 없이 이삿짐을 옮겼다.

도영의 부모는 서울에서 평범한 직장인이었다. 사내 커플에서 사내 부부가 되었고, 어머니는 도영이 아주 어렸을 때 퇴사하면서 전업주부가 되었다. 최근 아버지 회사가 어려워지자 결국 어머니는 종종 식당에 나가 일을 했다.

삼촌은 로커 생활이 녹록지 않았다. 결정적으로는 첫사랑이 안정적인 공무원이 좋다면서 공무원 남자와 결혼을 해버리는 바람에 충격이 컸는지 공연을 그만두기까지 했다.

결국 도영의 아버지는 희망퇴직 했고, 어머니는 고향인 개화에 가서 살자며 큰 결정을 내렸다. 네 식구가 살 적당한 주택을 사서 1층에 가장 잘하는 음식인 감자탕으로 가게를 개업했다. 삼촌은 지하에 음악 학원을 차렸고, 도영은 개화고로 전학 오게 됐다.

도영이네 식구들은 누구도 그 결정에 반박하지 않았고 불만도 없었다. 각자 묵묵히 새로운 시작을 할 준비를 했다.

도영은 대학교 진학까지 2년밖에 남지 않아 2년 후 다시 서울로 가게 될지도 모르지만 그래도 딱히 불만은 없었다. 12월 초 학기 말이라 학교에 미리 말해 내년부터 학교에 다니기로 했다.

개화에 이사 온 첫날 캄캄한 밤이 되었을 때 도영은 방 창문을 활짝 열어봤다. 답답한 도시보다 고즈넉한 이곳도 나쁘지 않겠다는 생각이 들 때쯤 맞은편 닫힌 창문이 보였다. 불이 켜져 있었는데 갑자기 창문이 열렸다.

도영의 시선에 한 여자애가 들어왔다. 밤하늘을 유심히 올려다보는 그 여자애의 시선을 따라 밤하늘을 바라봤다. 서울에서는 찾아볼 수 없는 찬란한 별빛들이었다.

그러다 반짝이는 별빛처럼 웃는 그 여자애를 보았다. 도영은 어쩌면 이곳 생활이 생각보다 괜찮을지도 모르겠다는 생각이 들었는지 그 여자애를 따라 미소 지었다.

'도영 감자탕 개업 이벤트!
12월 한정 주류 및 음료 무료 제공'

도영 감자탕은 개업 이벤트를 열었다. 오픈하자마자 손님들이 물밀듯 들어와 끊임없이 이어졌다. 도영은 이사 오자마자 동네 구경할 틈도 없이 가게 일을 도왔다.

2월이 되어서야 새로 산 자전거를 타고 동네 곳곳을 구경하며 연습할 수 있었다. 서울에 살던 동네에는 사람이 많아서 자전거를 아주 어릴 때 말고는 타지 않았었다. 개화 시골 동네에서 자전거를 타는 것은 수월했고 식당 영업하기 전 틈틈이 아버지와 운동 겸 자전거를 탔다.

어느덧 겨울에 쌓인 눈이 녹아내리고 봄이 찾아왔다. 도영은 평소처럼 자전거를 타고 등교 중이었다. 벚꽃이 예쁘게 핀 길을 지나며 페달을 힘껏 밟았다.

그런데 아까부터 폭이 좁은 인도에서 느릿하게 걷는 봄이, 도영은 줄곧 신경 쓰였다. 지나가기에는 차도와 가까워서 위험해 보였고 그렇다고 안 지나가기엔 봄의 걸음이 느려서 지각할 것 같았다.

"벚꽃잎을 잡으려는 건가……."

가까이 다가가서 어떻게든 비켜 갈 생각이었다. 그런데 봄이 왼쪽에 있다가 갑자기 오른쪽으로 몸을 확 틀어버리는 바람에 브레이크를 급하게 꽉 밟았지만, 내리막길이라서 아찔했다.

"어어어……. 비켜, 비켜요!"

자전거가 끼익! 소리를 내며 가까스로 멈췄다. 천만다행이었다. 하지만 봄의 오른쪽 무릎이 까졌고 꼭 울 것 같은 얼굴을 도영에게 보였다.

"괜찮아요? 아니, 앞을 똑바로 보고 걸어야지. 갑자기 그렇게 멈춰 버리면 어떻게 해……."

도영은 검은 긴 생머리에 오밀조밀한 이목구비와 발그레한 볼을 가진 봄이 눈에 들어왔다. 봄의 눈에 눈물이 맺히기 시작했다.

"……울어요? 아파서 그래요? 말도 못 하게 아파서?"

도영의 말에 봄의 볼이 더 발그레해져만 갔다. 개화고 교복에 분홍색 후드집업을 입고 있었다. 분명 처음 보는 친구였다. 아직 학교 친구들을 다 알지 못하는 전학생인지라 그저 다른 반 친구라고 생각했다.

"이봄……?"

여전히 봄은 대답이 없었다.

"혹시 말을 못 하나…?"

"사람이 다쳤는데 사과도 안 하고……."

봄의 말에 도영은 그런 건 아니었구나. 하며 안도했다. 그대로 일어나서 씩씩하게 교복 치마에 묻은 꽃잎과 흙을 탈탈 터는 그 여자애를 물끄러미 바라보다가 말했다.

"미안, 아까부터 너랑 같은 길로 왔는데 한 방향으로만 잘 가더니 네가 갑자기 몸을 홱 틀었잖아. 벚꽃잎이 그렇게 중요하냐? 지금 지각하게 생겼는데."

"뭐? 지금 몇 분이지?"

도영은 자신의 손목을 턱 잡더니 차고 있는 손목시계로 시간을 확인하는 봄이를 당황한 얼굴로 바라보았다.

"헉, 지각이다."

"20분도 안 남았네."

도영이는 자전거를 세운 뒤 재빨리 안장에 올랐다.

"얼른 뒤에 타라, 이러다 진짜 지각하겠다."

"뭐, 뭐? 뒤에 타라고?"

"싫으면 말던가. 다친 다리로 운동장 돌거나 청소하고 싶지 않으면 빨리 타는 게 좋을 텐데…….”

도영은 다친 사람을 두고 그냥 갈 수도 없고 다쳤는데 운동장을 뛰게 할 수도 없었다. 어쨌든 다치게 한 잘못이 있으니. 그저 조심성이 없는 친구라고 생각했다.

도영이 봄을 태우고 자전거 페달을 밟으며 해안 도로를 지나던 무렵이었다. 학교로 가는 버스가 다가오고 있었다. 도영은 한 달 동안 자전거로 등하교해서 길을 충분히 터득했다고 생각했는데 아차 싶었다. 울퉁불퉁한 길 때문에 자전거가 덜컹거리자 봄이 그만 뒤에서 끌어안아 버렸다. 도영은 몸이 굳어버려서 아무 말도 하지 못했다.

살면서 누군가를 자전거에 태워준 적이 없었다. 그것도 여자 사람 친구를. 다친 사람을 외면할 수 없었을 뿐이고 순전히 인류애적으로 그럴 수 있는 거니까. 단지 그뿐이라고 생각했다.

봄이 허리를 껴안음과 동시에 버스 창문 너머 개화고 교복을 입은 친구들의 따가운 시선이 온몸으로 느껴졌다. 버스 창문이 열리더니 승한의 목소리가 쩌렁쩌렁 들려왔다.

“야! 정도영! 벌써 여자 친구 생겼어?”

정말 안 보려고 했는데 도영은 소리가 난 쪽으로 시선이 따라가 버렸다. 승한이는 놀림감을 찾았다는 듯 입꼬리를 올렸다. 또 같은 실수를 반복할 수 없어서 묵묵히 페달만 밟을 뿐이었다.

벚나무로 가득한 길에 벚꽃잎이 우수수 떨어졌다. 뒤에 탄 봄이를 볼 수는 없었지만, 벚꽃을 구경하는지 긴 머리칼이 흩날리면서 도영에게 닿았다…….

두 사람은 학교에 도착할 때까지 아무 말도 하지 않았다.

8시 29분. 자전거가 교문을 지나가며 간신히 지각을 면했다.

"지각할까 봐 이번 한 번만 특별히 태워준 거다."

"누구 때문에 다쳤는데. 나도 두 번 다신 탈 일 없거든."

교실로 걸어가는데 서로 뭔가 이상함을 감지했다.

"너도 여기 반이야? 그럼, 너도 전학생이야?"

"아닌데, 전학생."

"난 널 처음 보는데?"

"나도 널 처음 보는데?"

"무슨 말장난 하냐?"

2-2반 교실에 들어가자, 승한이 다시 입꼬리를 올렸다. 하이에나 같은 장난스러운 승한이 표정에 도영은 잠시 머뭇거리다가 자리에 앉았다. 승한이는 특유의 붙임성 있는 사교적인 성격으로 전학생인 도영에게 먼저 말을 걸어왔고 둘은 금세 친해졌다.

"헤이, 브로. 너 이봄이랑 어떻게 알아?"

승한은 초롱초롱한 눈으로 도영을 바라보았다.

"몰라, 나 오늘 쟤 처음 봤는데?"

"아니, 처음 봤는데 어떻게 같이 자전거를 타고 와. 뭔데, 뭔데?"

"내가 실수를 좀 해서 다치게 했거든. 다친 사람을 그냥 두고 올 수 없어서. 뭐, 일종의 인류애 같은 거지."

"에이, 시시하네. 난 또 썸이라도 타는 줄."

"그럴 리가 있냐. 우리 내년이면 고3이다, 고3. 무슨 썸이야."

도영은 양호실에 가지 않는 봄이 신경 쓰이는지 슬쩍 쳐다봤다. 하는 수 없이 양호실에 가서 챙겨온 밴드와 연고를 쉬는 시간에 봄의 책상 위에 슬쩍 올려놨다. 어느샌가 봄의 무릎에 밴드가 붙여져 있는 걸 발견했다.

"제가 가장 좋아하는 시는 심보선 시인의 『슬픔이 없는 십오 초』의 「청춘」입니다⋯⋯."

문학을 가장 좋아하고 잘하는 듯한 봄의 시 낭독이 시작됐다. 이 계절과 잘 어울리는 목소리를 가진 그녀의 차분하고 맑은 목소리가 도영의 귀에 잘 들어왔다.

따사로운 봄 햇살, 기분 좋은 바람과 함께.

"사랑한다는 것과 완전히 무너진다는 것이 같은 말이었을 때 솔직히 말하자면 아프지 않고 멀쩡한 생을 남몰래 흠모했을 때 그러니까 말하자면 너무너무 살고 싶어서 그냥 콱 죽어버리고 싶었을 때 그때 꽃피는 푸르른 봄이라는 일생에 단 한 번뿐이라는 청춘이라는⋯⋯."

도영은 뭐지, 대체 뭘까 싶었다. 마음이 어딘가 고장 난 듯 아리고 아픈 느낌을 받았다. 살면서 이런 감정의 동요를 느껴본 적은 거의 없는데. 봄의 얼굴을 다시 찬찬히 바라봤다. 분명 그 애는 웃고 있는데 괜스레 울컥해지는 알 수 없는 기분에 휩싸였다. 그때 일그러진 얼굴로 자신을 쏘아보고 있는 유라와 눈이 마주쳤다. 의문스러운 얼굴로 바라보자, 유라의 눈이 금세 책상으로 향했다.

"야! 그게, 그게 아니지. 백승한! 분발해라!"

도영은 운동장 앞 계단에서 가을이 쩌렁거리는 목소리에 가을이 옆에 앉아 있는 봄이 눈에 들어왔다. 초코우유를 마시고 있었다. 발그레한 볼과 활짝 웃고 있는 모습에 눈길이 갔다.

이유는 알 수 없지만, 자꾸 봄에게 시선이 향했다.

횡단보도 앞, 빨간 불이었다. 또, 이봄이다. 도영은 이어폰을 꽂고 흥얼거리며 책 읽느라 걸음을 멈추지 않는 봄을 발견했다. 자전거 페달을 있는 힘껏 밟았다. 빠른 속도로 봄이 앞에 타이밍 좋게 딱 멈췄다.

"태워주는 거 더는 없다고 했잖아. 길에서 그렇게 음악 듣고 책 읽는 거 위험해."

볼 때마다 느끼는 거지만 참 위험하고 이상한 여자애였다. 자꾸만 지켜줘야 할 것만 같은 이상한 기분이 들게끔 하는. 그런 생각을 하는데 자전거가 휘청거렸다. 내려서 확인해 보니 타이어에 구멍이 크게 났다. 근처에 수리를 맡기고 집으로 걸어가는데도 봄이 생각이 났다.

"아무리 생각해도 이상한 애야……."

하필이면 옆집이었다. 학교에 가려고 문을 나서던 도영은 집 앞에서 마침 봄이와 마주쳤다. 버스 정류장까지 나란히 걸어가며 이런저런 이야기를 나누기 시작했다.

"있잖아, 태양이 뜨기 전이 가장 어둡고 겨울이 추운 이유는 봄이 오기 때문이거든."

엉뚱하고 다 이해할 수 없는 알 수 없는 말들이었지만 어쩐지 귀여운 모습에 자꾸만 도영은 자신도 모르게 시선이 갔다.

"인연은 무슨, 그냥 우연이지……."

"그럼, 너 나랑 친구 할래?"

아무렇지 않게 훅 들어오질 않나. 마주 보며 뒤로 걷는 봄의 자세가 어쩐지 영 불안해 보였다.

"아, 앞 좀 제대로 보라고. 또 넘어지고 싶지 않으면."

도영은 결국 봄의 어깨를 탁 잡고 정면으로 몸을 돌려버렸다. 진짜 이상한 애다. 도영은 봄을 지나쳐 먼저 가버렸다.

"아, 같이 가자. 친구야!"

봄은 토끼처럼 껑충껑충 뛰어 금세 도영의 옆으로 다가왔고 다시 재잘거리기 시작했다.

학교로 가는 버스는 만원이었다. 봄이와 발 디딜 틈 없는 사이에 서서 가고 있었다. 정류장에 멈출 때마다 사람이 계속 늘어나서 봄이와 틈 없이 가까워져 버렸다. 도영의 시선은 창문으로 향했지만, 신경은 온통 봄에게 가 있었다. 오늘도 봄의 하얀 얼굴에 발그레한 볼을 보지 않으려 애써 노력하고 있을 때였다. 도영은 보지 말아야지 하면서도 힐끔 봄을 바라봤다.

볼수록 꼭 한여름 복숭아 같았다.

어느샌가 봄이 옆에는 같은 반 반장인 김정우가 서 있었다. 정우는 봄이에게 계속 말을 걸고 있었다. 뭐라 말하는지 궁금했다. 자꾸만 그쪽으로 신경이 쏠려서 한창 집중하고 있을 때였다. 버스가 급정거하는 바람에 봄이 어어, 하며 중심을 잃었고 말을 걸던 김정우를 바라보고 있어서 꼭 그쪽으로 넘어질 것만 같았다.

찰나의 순간이었다. 도영은 봄의 분홍색 후드집업 모자를 꽉 쥐어버렸다. 자신도 모르게 순식간에 나온 행동에 스스로 놀랐다. 도영의 손이 봄의 목과 머리를 지탱하고 있었다.

버스 안 사람들의 시선과 이목이 쏠렸다. 곳곳에서 웃음소리가 들려오기도 했다. 정우 쪽으로 안 넘어져서 다행이라고 생각하며 그대로 앞으로 밀자 봄이 원래 자세로 돌아왔다.

"너 진짜 나 아니었으면 큰일 날 뻔했다. 이봄⋯⋯."

버스에서 내리자마자 아무 말 없이 후다닥 뛰어가는 봄의 뒷모습을 보는데 웃음이 났다. 그리고 김정우의 날 선 시선이 따갑게 느껴졌다. 김정우가 봄이를 좋아하는 게 모르는 사람이 없을 정도로 티가 났고 그게 신경 쓰이기 시작했다.

'친구 관찰일지'

문학 시간, 도영은 접힌 마니또 쪽지를 뽑아 펼쳐 보니 유라가 적혀 있었다. 슬쩍 승한의 쪽지를 보니 봄이 나왔다. 승한은 나쁘지 않다는 얼굴로 쪽지를 보다가 도영과 눈이 딱 마주쳤다. 왜였을까.

"왜, 뭐⋯⋯."

그 순간 도영은 자신이 뽑은 쪽지에 백승한 이름을 적어버렸다. 그대로 승한에게 보여줬더니 승한은 정색하며 눈썹을 치켜세웠다.

"야, 뭐해! 장난하냐?"

"쉿쉿."

도영은 왼손으로 승한의 입을 자연스럽게 막았다.

"읍, 읍!"

담임 선생이 다가오고 있었고 서둘러 승한의 쪽지에 자신의 이름을 썼다. 이런 행동을 살면서 처음 해봤는데. 승한은 적잖이 당황했는지 도영을 보는 눈빛에 살기가 생겼다.

"어이, 거기 뒤에 안 걷어? 빨리 걷어라, 수업하게."

"내가 걷을게. 앉아 있어, 승한아."

벌떡 자리에서 일어나 승한의 어깨를 두어 번 툭툭 두드린 후 쪽지를 모두 걷어 제출했다. 승한이는 결국 어쩌지 못하고 "야, 씨. 너, 두고 보자."라는 말만 했다.

쉬는 시간이 되자 도영은 매점에 승한을 데려가서 사과의 의미로 아이스크림을 샀다. 승한은 소다 맛 쭈쭈바 아이스크림 꽁다리를 먼저 물고는 도영을 음흉한 눈으로 바라보기 시작했다.

"내가 이 생각이란 걸 좀 해봤는데 친구야, 너 혹시 말이야…."

"혹시 뭐, 뭐……."

"너 진짜 이봄 좋아하나? 언제는 내년이면 고3인데 무슨 썸이야. 할 때는 언제고. 쪽지에 이름은 어떻게 그렇게 재빠르게 적냐고."

"그런 거 아니고 그냥 이봄이면 관찰일지 적는 게 좀 쉬울 것 같아서."

"그게 벌써 관심이 생겼다는 거지. 원래 처음엔 다 그렇게 시작하는 거니까."

"아니거든. 내가 그런 엉뚱하고 이상한 애한테 왜 관심이 생겨. 그러는 너는 뭐 누가 있는 것처럼 얘기하냐."

"나 손가을 좋아하는데."

"뭐?"

"나 가을이 좋아한다고. 내 목표는 이번 학기 안에 고백하는 거다."

"고백을… 한다고?"

"그래, 사랑은 타이밍! 내 눈에 예쁘면 다른 놈들 눈에도 예뻐 보이기 마련이니까."

순간 김정우가 바라보던 봄의 모습이 떠올랐다.

"이봄, 걘 어떤 애야? 뭐, 다른 건 아니고. 관찰일지 적어야 하니까 물어보는 거야."

"누가 뭐래."

승한은 날카로운 눈빛으로 도영을 쏘아보더니 복도 창문으로 도영의 팔을 잡아끌었다.

"나랑 가을이랑 봄이랑 셋이 초딩 때부터 쭉 같은 학교 나왔거든? 개화초, 개화중, 개화고까지. 그래서 알고 지낸 지도 꽤 오래됐지. 우선 난 애만큼 뛰는 폼이 헐렁하고 허당인 애도 못 봤다."

마침, 창문 밖으로 봄이 보였다. 운동장에서 학교 쪽으로 헐렁하게 달려오는 봄이 모습이 어딘가 엉성하게 보였다.

"그래도 뭐, 좀 귀엽긴 하더라. 쟤는 항상 별거 아닌 것도 쓸데없이 열심히 해. 문학소녀 할 거면 문학만 하던가. 잘하지도 못하는 거를. 아, 한 번은 초딩 때 운동회 계주를 하는데 앞머리 다 까지면서도 되게 열심히 뛰는 거야. 안타깝지만 결국 꼴찌 했거든. 근데 애들은 또 볼도 발그레한 게 너무 귀엽대. 쟤는 항상 그랬어, 뭐든 진심이야."

"뭐든 진심이라……."

"모든 주어진 순간에 최선을 다해. 꼴찌 했다고 뭐라 하는 사람 없었고 오히려 쟤는 누군데 귀엽냐고 그랬거든. 사람들 반응이 말이야. 근데 어느 순간 얘가 안 보여서 나랑 가을이랑 막 찾으러 다녔거든. 구석에 쪼그려 앉아서는 혼자 괜찮다는 말만 계속하고 있더라고. 무슨 최면처럼. 초코우유 하나를 손에 꽉 쥐고는. 그 모습 그대로 컸지, 이봄은. 그러고 보면 쟤도 보통 애는 아닌 것 같네."

백승한 눈에도 귀여워 보이면 큰일인데 싶었다.

"인기 많은 것 같던데……."

"인기는 네가 제일 많지, 이놈아! 뭐, 글쎄. 봄이가 딱히 인기가 많은 타입은 아니지만, 뭐 아예 없는 타입도 아니지. 좀 이상한 애들만 꼬여서 그렇지. 옆 반에 피아노만 잘 치는 박찬우 알지? 걔가 봄이 좋아하는 거 다 알잖아. 그리고 우리 반 반장, 김정우도 봄이 쟤를 작년부터 쫓아다녔거든. 봄이 책상 위에 맨날 초코우유 올려놓는 거 그거 김정우잖아. 아마 전교생이 다 알 거다."

"인기 많네. 뭐, 근데 왜 겨울에는 학교에 안 나와?"

"아, 그거. 봄설공주잖냐."

"봄설공주?"

"백설공주 아니고 봄설공주. 이봄 쟤가 초등학교 3학년 때였나. 전학 왔거든. 처음 봤을 때부터 쭉 그랬어. 겨울만 되면 숨는 거. 겨울 한정 잠자는 숲속의 공주로도 불렸지."

"겨울만 되면 숨는다고? 왜?"

"응, 저체온증 때문에 겨울에는 잠만보처럼 집에만 있어서. 밖에 나오질 못할 만큼 심하대. 겨울만 되면 꼭 그래. 봄, 여름, 가을 다 괜찮은데 겨울에만. 그래서 한때 별명이 봄설공주였다니까."

"봄설공주라……."

"드디어 이제 봄설공주에게도 키스로 저주를 풀어줄 왕자님이 나타났는지도 모르지."

"뭐? 무, 무슨 키스야……."

"그 왕자님이 너라고 안 했는데. 왜 놀라고 그래? 수상하게. 사랑은 타이밍. 잊지 말아라. 친구야."

승한이 도영의 어깨를 두드리며 다 안다는 듯한 느끼한 미소를 지어 보였다.

"야, 그런 거 아니거든!"

"네가 내 쪽지 가져가는 바람에 소꿉친구 이봄 말고 아는 게 거의 없는 최유라 오늘부터 조사해야 하거든! 내 거저먹을 숙제가 너 때문에 갑자기 하드코어 극상의 난이도가 되어버렸다고. 하여튼 너 오늘 일은 이깟 아이스크림 가지고는 턱도 없어. 넌 오늘 나한테 빚진 거니까."

학교가 끝나고 학교 앞 길거리 떡볶이집에서 떡볶이를 먹고 있는 봄을 발견했다. 칠칠찮게 교복에 떡볶이 국물을 흘린 봄이 양 볼 가득 떡볶이를 입에 넣고 있었다.

"내가 저런 애한테 관심이 있다고? 그냥 호기심이지. 워낙 독특하고 엉뚱하고 그러니까. 또 사람이 위험한 순간에는 순전히 인류애적으로 도와줄 수 있는 거니까……."

고개를 내저으며 집으로 향했다.

저녁을 먹고 운동복으로 갈아입고 나왔다. 봄이 집에 없는지 창문 불이 꺼져 있었다. 개화천 길을 따라서 러닝하고 돌아왔는데도 봄이 방 창문은 여전히 불이 꺼져 있었다.

"뭐지, 아직도 안 들어왔나?"

이유는 알 수 없지만 불안한 예감 같은 게 들었다. 버스 정류장에 가서 벤치에 앉았다. 버스 여러 대가 지나도록 봄의 모습은 보이지 않았다.

"나도 참, 여기서 뭐 하는 건지."

도영은 집으로 돌아가려고 발걸음을 돌리는데 마침 봄이 버스에서 내렸다. 아는 척하려는데 괜히 머쓱해져서 말 걸 타이밍을 그만 놓치고 말았다. 봄이 집으로 가는 골목길로 올라가는데 발걸음이 너무 빨라서 순식간에 올라가 버렸다.

"이봄, 뭐야. 달리기 못 하는 거 아니었어? 저렇게 잘 뛰는데 무슨 꼴찌야. 상도 받겠어."

왜 이렇게 빠른 건지 모르겠는 봄을 따라 도영이 뛰어갔다. 그렇게 봄이 앞에 다다랐을 때였다.

"이봄……?"

"……정, 정도영?"

그제야 봄이 도영을 향해 돌아보더니 다리에 힘이 풀렸는지 그대로 벽에 기대 풀썩 주저앉았다.

숨을 돌리고 동네 골목길에서 가장 가까운 개화 슈퍼로 향했다. 봄이 가방에서 사료를 꺼내 길고양이에게 사료를 주더니, 생수도 고양이에게 나눠줬다.

고양이를 쓰다듬는 봄이 가로등 아래 불빛에 비쳐서 늘 그렇듯 발그레한 볼이 잘 보였다. 슈퍼 앞 벗나무에서 벗꽃잎이 서서히 흩날리고 있었다. 눈이 마주쳤고 어느새 장난을 칠 만큼 가까워졌다. 입가에 웃음이 환히 번졌다.

서로의 집 앞에서 인사하고 집에 들어왔다. 도영은 샤워하고 나와서 방 창문을 활짝 열었다. 열린 창문 사이로 봄이 보였다. 반가운 마음에 손을 흔들려고 들어 올렸는데 봄의 방 창문이 탁 닫히더니 커튼이 쳐졌다.

"뭐지, 못 봤나?"

도영은 창문을 닫고 문학 노트를 꺼냈다. 본인이 직접 썼지만 이게 이렇게 쓰는 게 맞나 싶었다.

"하, 미친놈. 귀엽다는 걸 쓰면 어떡하냐."

이봄 관찰일지

가장 좋아하는 음식은 초코우유. 알사탕 먹다가 혓바닥 까져서 사탕 싫어함. 복도에서 슬리퍼 신고 뛰다가 넘어졌음. 매점에서 간식 사 먹을 때 세상 행복해 보임. 학교 앞 떡볶이집에서 떡볶이 먹다가 교복에 흘려도 양 볼 가득 햄스터처럼 잘 먹음. 길고양이를 잘 챙김. 문학 소녀. 소설과 음악을 좋아함. 어디로 튈지 모르는 손이 많이 가는 스타일. 운동 신경은 꽝이지만 위기의식을 느낄 땐 누구보다 재빠르고 뭐든 주어진 일을 열심히 함. 발그레한 볼이 한여름 복숭아처럼 귀여움. 해사하게 웃을 때 귀여움. 토끼처럼 총총거리고 다닐 때 귀여움.

〜

내가 제일 싫어하는 수업인 체육 시간이 어김없이 다가왔다. 운동장에서 피구 공이 분주하게 왔다 갔다 하더니 으악! 소리와 함께 친구들이 하나둘씩 공에 맞아 사라졌다. 어느새 반대편에는 정우만 남았고, 내 쪽에는 나만 남았다.

이런, 젠장.

정우는 공격력이 높았고 나는 민첩하게 피하는 능력이 높았으니 피구 공만 살벌하게 왔다 갔다 할 뿐이었다.

김정우, 너 꽤 뒤끝 있는 스타일이었구나.

정우의 눈에서 독기가 뿜어져 나왔다. 나도 공을 민첩하게 피하는 능력은 만렙이다, 이거야. 공격력은 제로여도.

그렇게 한참 동안 정우는 공을 미친 듯이 던졌고 나는 미친 듯이 도망다녔다. 수업이 끝나는 종이 울리자, 안도의 한숨을 내쉬었다. 하얀 선에서 껑충 나왔다. 정우의 친구들이 재미없다는 듯 나를 바라보자 나는 씩 웃어 보였다.

찰나의 순간이었다.

"봄아, 위험해!"

멀리서 공이 빠른 속도로 내게 날아왔다. 뒤돌아본 순간, 머리에 공을 직격으로 맞아버리는 바람에 그대로 쓰러져 버렸다.

"누구, 누구야! 김정우지?"

놀란 가을이와 유라가 내게 다가오더니 괜찮냐고 재차 물었다. 김정우가 틀림없다. 분명 저 자식이 기어이 나에게 공을 던졌을 거야. 체육 시간 내내 체육관 정리를 하다가 돌아온 도영이랑 승한이가 내 앞에 나타났다. 어지러운 하늘을 바라보는 내 시선에서 도영이와 승한이 얼굴이 보였다.

"야, 이봄. 괜찮아?"

"얘, 왜 이래? 코피 나는데? 무슨 일 있었어?"

"나…, 진 거 아니야. 종 쳤어. 종 치고 맞았어…….."

"봄아, 그거 정우 아니야. 옆 반 애가 잘못 던졌나 봐."

유라가 정우에게 꽥 소리쳤다.

"야, 김정우! 네가 하도 살벌하게 피구 하니까 봄이 이상해졌잖아! 얼른 네가 봄이 업고 보건실로 데려가!"

유라야, 안 돼. 그 말만은 제발 멈춰다오.

바짝 다가온 정우에게 손사래 치며 가라고 했지만, 굳이 날 일으켜서는 업으려는 자세를 잡았다.

한껏 거부하는 내 손 못 봤니? 환장하겠다, 정말.

"야, 달리기는 우리 중에 도영이가 제일 빨라."

승한이가 정우를 밀치고 도영이를 내게 밀었다.

뭐라 답하기도 전에 도영이가 나를 순식간에 업었다. 키가 커서 그런지 공중에 몸이 붕 떠 있는 것만 같았다. 도영이 긴 다리 덕분에 금세 보건실에 도착했다.

코에 화장지를 돌돌 말아 끼워 넣었다. 보건 선생님은 침대에서 편히 쉬고 있으라면서 일이 있어 자리를 비운다고 말하고는 쿨하게 나가셨다. 보건실에 전세 낸 것처럼 누워 있는데 잠깐 나간 도영이가 금세 돌아오더니 빨대 꽂힌 초코우유를 내게 내밀었다.

"고마워……."

"그러게, 마지막까지 긴장을 늦추지 말았어야지. 분발해라, 이봄."

"네가 봐야 했는데. 민첩하게 피구 공 피하는 내 실력을!"

벌떡 일어나서 빨대를 쪽쪽 빨며 초코우유를 마시자 금세 기분이 좋아졌다. 표정이 밝아지자, 도영이 어이없다는 듯 픽 웃었다.

"야, 그냥 맞고 끝내지. 버티긴 왜 버텨. 네가 그러면 쟤들 더 신나서 너 괴롭히기나 하지."

"싫어. 쟤네 때문에 혼자 교실 청소 다 했는데. 이 자존심이 허락 안 해. 절대 안 해!"

"그래도 다음부터는 그러지 마. 근데 무슨 청소?"

"아 하필이면 정우가 청소 시간에 고백해서…."

아차, 싶었다. 그건 말하고 싶지 않았는데.

"어, 아니. 그 내 말은 그런 사랑 고백이 아니라……."

"너는 어떤데?"

"어? 뭐가?"

"너는 김정우한테 마음 있냐고……."

"아니! 바로 거절했다가 혼자 독박 청소나 하고 피곤해서 책도 별로 못 읽고 도서관에서 잠들고. 그러다 집도 늦게 오고. 또 골목길에서는 얼마나 무서웠는데. 마침, 그때 너 만나서 얼마나 다행이었는지 몰라….."

"……그럼 됐어."

"뭐가 돼?"

"애들이 하도 떠들어대서 김정우가 너한테 고백한 거 우리 학교에 모르는 애 없어. 자꾸 얽히면 괜한 소문만 더 커지니까 오늘처럼 괜히 버티지 말라고."

"쳇, 소문이 거기까지 났어? 근데 말이야, 너 혹시 땡땡이 쳐봤어?"

"땡땡이? 너 지금 이러고 있는 게 땡땡이 아니야?"

"아니, 보건쌤 오후 내내 안 계신다고 들었거든? 그러니까 너도 담임 쌤한테 아프다고 말하고 와라."

"난 아픈 데가 없는데 왜 그래야 하는데? 고2나 돼서 무슨 땡땡이냐."

"아, 얼른. 제발, 친구야. 내가 꼭 해보고 싶은 게 있어서 그래. 응?"

친구 관찰일지를 시작한 후부터 문학 공책에 한껏 예민해진 친구들은 각자 공책을 지키느라 바빴다. 도영이도 그새 반에 들러 공책을 챙겨왔는지 손에 공책이 들려 있었다. 그 공책을 재빨리 뺏었다.

"오, 이거 설마 관찰일지? 너 이거 애들한테 들킬까 봐 그새 챙겨 온 거지? 이거 보면 누가 마니또인지 알겠네?"

"야, 내놔. 당장."

뻗을 수 있을 만큼 최대한 하늘 높이 공책을 들어 올렸다.

"같이 땡땡이 쳐주면."

도영이가 긴 팔로 공책을 잡으려는 순간, 뒤로 팔을 뻗다가 그만 침대에서 넘어질 뻔했다. 다행히 도영이가 내 허리를 꽉 붙잡았다. 놀라서 헛기침하며 딴 곳을 바라봤다.

"너, 진짜……."

다시 원래 자세로 앉아 공책을 도영이에게 건네려다가 살짝 뒤로 뺐다.

"야박하게 그러지 말고. 아, 같이 좀 가줘라."

"못 말려, 진짜. 뭐, 어디? 어디가 아프다고 말하면 되는 건데?"

"음, 글쎄…. 아! 배. 배가 아프다고 해."

"배가 어떻게 아파야 하는데?"

"여기가 막 콕콕 찌르는 것 같고. 아파서 찜질해야 할 것 같고……."

"……지금 연기를 하라는 거야?"

"뻣뻣하기는. 자연스럽게 하면 돼. 처음에만 어렵지."

"아주 좋은 거 알려준다."

도영이 교무실 문을 열고 들어갔을 때 하필이면 옆자리 선생에게 신상 효자손을 선물 받은 담임이 한 손으로 새 효자손을 요리조리 흔들어 보고 있었다. 쭈뼛거리며 다가간 도영은 봄이 말한 대로 배가 아프다고 말했다. 담임의 얼굴이 순식간에 일그러지더니 효자손을 더 세게 휘저으며 의심스러운 눈빛으로 도영을 바라보았다. 평소 소녀 같은 담임이지만 남학생들한테 관대하지는 않았다.

"얀마, 무슨 남자애가 여자애처럼. 몸을 배배 꼬면서 배가 아프다고 난리야. 뭐, 모범생인 네가 아프다면 그런 거겠지. 한 시간만 쉬다가 와라."

"네, 감사합니다."

도영이 교무실을 나오자마자 몰래 뒤에서 지켜보고 있던 봄이 도영의 손목을 잡고 냅다 계단 밑으로 뛰어갔다.

"야, 갑자기 왜 뛰어."

"도영아, 얼른 나가자."

"어디를?"

"꽃구경하러."

학교 담장을 향해 냅다 뛰는 봄이 손에 이끌려온 도영은 이 상황이 어이가 없어 절로 헛웃음이 났다.

"이거를 넘는다고? 멀쩡한 문을 두고?"

"대놓고 나갈 수는 없잖아. 지금 운동장에 다른 반 애들 체육 수업하는데."

"나는 그렇다 치고 너는 어떻게 넘는다는 거야?"

"네가 있으니까, 가능하지. 그래서 말인데 등 좀 대봐."

"하, 정말. 이봄, 너 진짜 못 말린다."

"아, 빨리! 이러다가 들키겠어!"

도영은 하는 수 없이 봄이 담장을 넘을 수 있도록 등을 대줬다. 넘어가서 착지를 제대로 못 했는지 비명이 애처롭게 들려왔지만.

"아, 내가 담장 넘지 말자니까. 야! 이봄! 괜찮냐?"

"……빠, 빨리 넘어와! 시간 없어!"

도영은 근처에 체육 선생이 보이자 날렵하게 담장을 넘어 봄이 앞에 섰다. 손에 묻은 먼지를 탈탈 털며 봄이 가자는 곳으로 따라 걸었다. 학교 근처에 있는 벚꽃 명소인 개화 호수 벚꽃길에 도착해 벤치에 앉아 숨을 돌렸다.

"너는 꽃이 그렇게 좋아?"

"응, 그럼. 이 꽃구경에 빠질 수 없는 게 있지. 너는 잠깐만 여기서 딱 기다려. 알았지?"

봄이 벌떡 일어나서 슈퍼를 향해 뛰었다.

"야, 이봄. 또 어딜 가, 뛰지 마! 그러다 또 넘어지면 어쩌려고 그러냐…."

도영은 불안한 듯 봄의 뒷모습을 바라보다가 고개를 저으면서도 피식 웃음이 나왔다.

"하여간 너를 누가 말리냐."

봄은 비닐봉지에서 초코우유 두 개와 빨대 두 개를 꺼냈다. 빨대 꽂은 초코우유 하나를 먼저 도영에게 건넸다.

"짜잔, 초코우유. 아, 맞다. 미안, 너 단 거 안 좋아하지? 그럼 어쩔 수 없이 다 내 거네."

도영은 봄이 줬다 뺏으려는 초코우유를 재빠르게 가져가 빨대로 쭉 들이켰다.

"치사하게 줬다 뺏어? 근데 너 이걸 또 먹냐? 그러다가 배탈 나. 그리고 나도 단 거 좋아하거든."

"오, 그래? 너 화이트데이 때 단 거 안 좋아한다고 여자애들이 준 사탕 하나도 안 받았다며."

"그거야…. 야, 그런 거 무턱대고 다 받으면 그거 다 빚이야. 빚. 다음에 빼빼로데이, 화이트데이 때 안 돌려주면 입 댓 발 나와서는 사 달라고 쫓아온다고."

"오, 하긴 그렇지. 너처럼 인기 많은 것도 피곤하겠다."

"근데 너는 왜 초코우유만 마셔? 흰 우유, 바나나우유, 딸기우유 뭐 많잖아."

"이게 제일 맛있으니까. 땡땡이를 같이 쳐준 친구니까 너한테만 특별히 말해주는 건데. 초딩 때 그때도 피구 하는데 김정우 같은 자식이 하나 있었거든? 공에 세게 맞아서 넘어지는 바람에 눈물이 막 나는 거야. 다른 애들은 다 엄마, 아빠 찾아대는데 난 그럴 수가 없었거든. 우리 엄마, 아빠 나 어렸을 때 사고로 돌아가셔서 안 계셔. 그때 언니가 사준 초코우유를 마셨는데 기분이 나아지더라고. 괜찮아질 거라는 말에 정말 괜찮아지는 거야. 그 뒤로는 그냥 일종의 심신 안정제 같달까……."

봄은 계속해서 담담히 말했다.

"그래서 공 맞으면 되게 아픈 거 잘 아니까 공격은 못 하는데 그래도 피하는 건 되게 잘해. 짱 잘해."

도영은 그런 얘기를 나눌 만큼 사이가 가까워진 것 같아서 내심 기뻤다. 봄이 모습이 흐드러지게 핀 벚꽃과 닮았다. 봄이 떨어지는 벚꽃잎을 보며 금세 까르르거리며 웃음을 되찾았다. 도영은 하얗고 가느다란 손바닥으로 봄의 머리를 꾹 누르며 별일 아니라는 듯 장난스럽게 말했다.

"이거 완전 애기네. 아가야, 아가."

"야, 지금은 아니거든. 하지 마라."

"김정우 걔 괜히 애들 앞에서 민망해서 그러는 거야. 너한테 차인 게 쪽팔려서. 김정우 걔네 무리가 뭐라고 떠들고 다니던 신경 쓰지 마. 반응하면 애들 더 그러니까."

"두고 봐라, 절대 피구 안 진다. 내가."

"버티지 말라니까. 배려한답시고 피하기만 하지 말고 차라리 공격력을 좀 기르는 게 그래도 낫지 않겠어?"

"너같이 체육 잘하는 애들은 그렇지. 난 체육에는 영 소질 없잖아. 피하는 것도 능력이야."

"그래. 너처럼 종 칠 때까지 피구 공 피하는 애도 처음 보니까. 인정."

"아, 그렇다니까. 피하는 건 상당히 어려운 일이라고."

도영은 삼촌이 단 한 번도 음악 하면서 힘들다고 말한 적이 없었는데 첫사랑에 실패하고 괜찮은 척 버티다가 결국 감정이 터졌던 상황이 떠올랐다. 어머니를 붙잡고 사실 괜찮지 않다고 마음이 너무 아프다고 아이처럼 울던 삼촌의 모습을 보며 꾹 참기만 하는 건 능사가 아니라고 생각했다.

"근데 괜찮지 않으면 좀 어때. 괜찮지 않은데 괜찮은 척하려다 보면 너무 힘들잖아. 자꾸만 몸에 힘주게 되고 더 오바하게 되고. 때로는 힘들면 힘들다고 아프면 아프다고 솔직하게 말할 수 있는 것도 필요해. 그러니까 혼자 이겨내려고 애써 괜찮을 척할 필요 없다고. 혹시 그런 말하는 게 어려우면 나한테 연습해 보던가. 친구 사이에 그 정도는 해줄 수 있는 거니까."

봄은 마음이 동요됐다. 누군가 언젠가 한 번쯤은 그렇게 말해주길 바랐는지도 모른다.

"……방금 한 말, 어른 같았어. 인정. 그리고 고마워."

봄의 시선이 도영의 얼굴에서 다시 벚꽃으로 옮겨졌다.

"도영아, 눈 좀 감아봐."

"눈? 갑자기 눈은 왜?"

도영은 봄을 이상한 눈초리로 바라봤다. 봄은 그런 도영의 의심스러운 표정에 웃음이 절로 나왔다.

"아, 이상한 거 아니니까 눈 감아봐. 어서."

봄은 벚꽃잎이 가득 쌓인 곳에 살금살금 걸어가서 양손 가득 쥐고는 마지못해 눈 감고 있는 도영이 뒤로 다가갔다.

"자, 내가 하나, 둘, 셋! 하면 눈 딱 뜨는 거다?"

"……응."

"하나, 둘, 셋!"

도영이 눈을 뜨자 봄은 손에 가득 든 벚꽃잎을 도영의 머리 위에 한가득 뿌렸다.

"어때? 예쁘지? 얼른 벚꽃잎 잡고 소원 빌어. 아까 나 도와준 거 갚은 거다?"

"어, 어……."

"아, 얼른…. 에이, 꽃잎 다 떨어졌다."

봄은 도영의 손목을 잡아 손뼉 치는 제스처를 하라고 강조했다.

"자, 다시. 이렇게 손을 모아서 잡아봐……."

봄이 다시 벚꽃잎을 모아 도영의 머리 위에 뿌리자, 도영은 벚꽃잎 하나를 잡아 소원을 빌었다. 그때 멀리서 보건 선생이 걸어오고 있었고 봄이 제일 먼저 발견했다.

"헉. 야, 저기 보건쌤 아니야?"

봄은 다시 도영의 손목을 잡고 뛰었다. 앞머리가 다 까지는 줄도 모르고. 두 사람은 그렇게 한참을 뛰었다. 숨이 턱 끝까지 차오른 두 사람은 서로를 바라보며 웃었다.

봄은 여태 도영이가 왜 잘해줬는지 이제야 이해가 갔다. 내 마니또가 너구나. 분명하다고 생각했다. 그렇지 않고서 이렇게 웃는 게 예쁜 아이가 날 보며 웃어줄 리가 없으니까. 그러니까 괜히 착각하지 말자고, 정신 바짝 차리자고.

"근데 너 아까 소원 뭐 빌었어?"

"……야, 뭐 그런 걸 묻냐. 비밀이거든."

"궁금하잖아. 아, 뭔데. 말 못 할 비밀?"

"놀리지 마. 소원 빌라고 재촉할 때는 언제고 그런 걸 물어? 하여간 진짜 이상하다니까."

봄이 입가에 지금의 계절에 맞는 따스한 웃음이 스쳤다. 그런 봄의 모습을 보던 도영이도 자꾸만 비슷한 웃음이 새어 나왔다. 봄은 새하얀 겨울을 닮았다고 생각한 도영이 첫인상과는 다르게 어느새 봄처럼 웃는 모습이 좋아졌다. 도영이 웃을 때 웃는 자기 모습도 좋았다. 어떤 걱정도 고민도 잠시 잊을 수 있으니까.

"도영, 운동하고 갈 거지? 이따 피시방 갈래?"

수업이 끝나자 봄은 가방을 들고 곧바로 교실을 빠져나갔다. 도영은 그 뒷모습을 보다가 승한의 말에 대충 대답하며 봄을 따라 교실 밖으로 나갔다.

"뽀미, 오늘도 도서관?"

"응! 글짓기 대회 준비 좀 하고 가려고."

"너무 늦게까지 있다가 가지 말고. 내일 봐."

"응, 안녕."

복도 중간 계단 앞에서 가을이와 유라에게 손 흔들며 인사하는 봄의 모습을 보고 있는 도영 옆에 승한이 따라왔다.

"정도영. 뭐 하냐, 운동하러 가자니까."

"……어, 그래. 가야지, 가자."

"이쪽으로 가야지. 왜 그쪽으로 가려고 해? 요즘 이상하다니까."

"어, 이쪽. 가, 가자고!"

도영은 시야에서 봄이 사라지자 어쩔 수 없이 승한과 함께 체육관으로 향했다. 수업이 끝나면 숨 쉬듯 하던 운동이었는데. 합기도 연습에 영 집중이 안 되는지 앉아서 생각 많은 얼굴을 하고 있었다. 핸드폰을 꺼내 메시지를 쓰고 지우기를 반복했다.

[봄아 이따 집에 같이 갈래?]

도영이 메시지 전송을 망설이고 있을 때였다. 승한이 헐레벌떡 뛰어오는 바람에 몸이 부딪혔고 그만 툭 하고 메시지가 전송되어 버렸다.

"야, 백승한. 조심 좀 해."

"아, 미안. 근데 너 합기도 하다 말고 뭐 하냐? 요즘 진짜 이상해. 집중도 못 하고 무슨 일 있냐?"

"어? 전송됐잖아. 으악!"

"왜, 왜? 뭔데?"

덩달아 승한도 눈이 커지더니 어리둥절한 얼굴로 도영을 바라보았다.

"······아냐. 됐어."

"브로, 우리 사이 비밀이 너무 많은데?"

도영이 기운 빠진 틈을 노려 핸드폰을 쏙 뺏어 가져간 승한은 메시지를 보더니 알겠다는 듯 씩 웃었다.

"야, 내놔! 남의 핸드폰을 막 가져가! 어?"

입꼬리를 씰룩거리다가 결국 빵 터진 승한은 도영에게 핸드폰을 돌려주며 말했다.

"야, 너 내일 주말인데 뭐 하냐?"

"별거 없는데, 왜?"

"음…, 별거 있어야 할 텐데."

"왜?"

"내일 이봄 생일이잖냐. 몰랐어? 박찬우냐, 김정우냐. 그것이 문제로다. 그래도 김정우보단 박찬우가 낫긴 해. 그렇지? 박찬우 정도면 피아노도 잘 치고 괜찮게 생겼지."

도영은 승한의 말에 박찬우와 함께 있던 봄의 모습이 떠올랐다.

'봄아, 나 다음 주 토요일에 피아노 연주회 있는데 놀러 오지 않을래?'

"뭐라고? 걔가 나랑 경쟁 상대가 되긴 해?"

"너라고 안 했어, 브로. 너 이봄 좋아하는 거 맞네."

승한은 정도영 네 이놈, 제대로 걸려들었구나. 하이에나 같은 장난 가득한 표정을 지었다.

"박찬우, 그 자식은 왜 하필이면 생일에 피아노 연주회를 초대해? 이거 초대 자체가 불순하잖아. 의도가 불순한 걸 마니또로서 지켜보기만 하면 안 되지."

도영은 자리에서 벌떡 일어났다.

"야, 마니또 같은 소리 하네. 좋아하면 좋아한다고 솔직하게 털어놓을 것이지. 무슨 입덕 부정기냐?"

승한은 답답하다는 듯 혀를 끌끌 찼다.

"너 설마 이봄이 첫사랑이냐?"

"야, 안 되겠다. 나 먼저 간다."

도영은 승한의 말을 무시하고 짐을 챙겼다.

"야, 정도영! 합기도 연습하다 말고 어딜 튀어! 피시방 안 갈 거야?"

도영은 승한의 말을 끝까지 무시한 채 가방을 들고 체육관에서 나왔다.

도서관 구석진 자리에서 엎드린 채 잠이 든 봄이를 발견한 도영은 봄이 너무 곤히 잠든 것 같아서 차마 깨우질 못했다. 마침, 봄이 앞자리에 빈자리가 나서 조용히 앉아 봄의 얼굴을 찬찬히 바라봤다. 긴 머리가 흘러내려서 얼굴이 가려지자 조심스레 귀 뒤로 머리를 넘겨줬다.

그러다가 봄이 쓴 관찰일지가 눈에 들어왔다. 봄이 공책 위로 엎드리고 잠들어 버려서 거꾸로 글자를 읽어야 했지만. 안 읽어야지 했다가 자신의 이름이 귀여운 글씨체로 적혀 있어서 결국 눈을 요리조리 굴리며 소리 없이 읽기 시작했다.

도영 관찰일지

나랑 다르게 새벽형 인간. 매일 새벽 30분씩은 꼭 조깅한다. 운동 잘하면 공부는 보통 못하지 않나? 운동, 공부, 외모까지 뭐든 대체로 잘하는 편. 준비물 하나 놓친 적 없고 늘 곱게 다려진 교복에서 깨끗한 비누 향이 난다. 가장 좋아하는 계절과 닮은 계절은 겨울. 사소한 것도 꼼꼼히 잘 챙기고 다정다감한 편이라 친구들과 교우관계 좋음. 피부는 하얗고 검은 머리카락에서 윤기가 흐른다. 겉으로 봤을 때는 무뚝뚝해 보여도 알고 보면 세심하고 다정하다. 어쩌면 내가 널…

"내가 널…?"

잠든 봄의 팔에 가려져서 다음 문장을 뭐라고 썼는지 보이질 않았다. 도영은 궁금해서 얼굴을 내밀다가 봄의 얼굴과 가까워졌다. 그때 마침 잠에서 깨버린 봄이 도영과 눈이 그대로 딱 마주쳤다. 소스라치게 놀란 봄이 벌떡 일어나더니 놀란 토끼 눈으로 도영을 바라보았다.

"뭐, 뭐야! 정도영 네가 왜 여기 있어?"

봄은 펼쳐진 공책을 발견하고는 서둘러 덮었다. 도서관에 있던 사람들의 시선이 전부 봄과 도영에게 쏠렸다.

"봐, 봤어? 이거?"

"뭔데, 그게? 나도 책 읽으러 온 거거든."

"아…, 근데 책은?"

"어, 그, 벌써 다 읽고 반납했지."

도영은 당황하지 않은 척 대답했지만, 괜히 두근거렸다.

"그래? 너도 책 좋아해?"

"응. 그럼 좋아하지, 책. 늦었다. 그만 가자."

두 사람은 같은 버스를 타고 집 근처 버스 정류장에 내려 골목길을 같이 걸어갔다. 해가 지고 컴컴해지기 시작할 무렵이었다.

"너 길 다닐 땐 이어폰 두 쪽 다 끼지 말고, 한쪽만 끼고 다녀. 소리 못 들으면 위험하잖아. 특히 오늘처럼 도서관에서 자다가 늦게 돌아다니지도 말고. 골목길 위험하니까."

"어휴, 잔소리. 너도 잔소리가 심하구나?"

"그거야 네가 워낙 조심성이 없잖아."

"아니거든."

"저기, 있잖아…. 너 혹시 내일 시간 돼?"

"내일? 어쩌지, 나 약속 있는데. 근데 왜?"

"무슨 약속인데? 뭐, 어디 좋은 데라도 가냐?"

"응, 아주 좋은 데."

도영이 어떻게 붙잡을지 고민하던 중에 봄은 다음 주에 보자며 손 흔들고 인사하더니 집으로 쏙 들어가 버렸다.

"어? 이봄, 그렇게만 말하고 가버리면 어떡하냐……."

다음 날 갈색 트렌치코트를 입고 선글라스까지 낀 승한과 도영은 개화 시내 벤치에 나란히 다리를 꼬고 앉았다. 승한에게 털어놓은 걸 후회했지만 도영은 도와준다는 승한의 눈빛이 안 어울리게 진지해서 차마거절할 수도 없었다.

"야, 백승한. 이게 맞냐? 너무 튀는데?"

"이 정도는 입어줘야 어른이지. 절대 못 알아봐. 황금 같은 주말에 이형이 도와주는 걸 고마워해라."

승한은 누군가 뒤에서 자신의 어깨를 톡톡 치자 돌아보는데 가을이의문스러운 얼굴로 바라보고 있었다. 깜짝 놀라 그만 뒤로 넘어질 뻔했다.

"야, 백승한. 너 여기서 뭐 해?"

"누구… 신지."

가을은 승한이 쓰고 있는 선글라스를 쏙 벗겼다.

"야, 뭐 하냐고. 누가 봐도 백승한, 정도영인데. 아닌 척은. 너희 무슨첩보 영화 찍냐? 옷은 또 둘이 쌍으로 왜 이래?"

"아, 내가 티 난다고 했지."

도영은 망설임 없이 선글라스를 벗어버렸다.

"아니, 사실은 그게 말이야. 어떻게 된 거냐면은…."

자초지종 간략하게 있었던 일을 승한이 설명했더니 가을은 이해력이빠른지 금세 고개를 끄덕였다.

"봄이 우리랑 약속 있거든. 우리가 먼저야."

"그럼 혹시 저녁까지 약속이야?"

"아니, 그건 아닌데. 봄이 이따가 어디 간다던데. 어디라더라. 무슨 공연? 축제?"

"야야야, 안 되겠다. 가을아, 정도영 좀 도와줘."

"역시 나는 느끼하고 비겁한 반장은 싫고, 피아노 잘 친다고 나대는 박찬우도 별로고. 그래, 뭐 네가 제일 나은 것 같다. 무엇보다 이 담백한 비주얼이 맘에 들어. 봄이 왔도영. 파이팅!"

봄이 왔도영이라니. 도영은 내심 좋으면서도 아닌 척 기가 찬 얼굴을 했다.

"뭔가 오해가 있나 본데 그런 게 아니라…."

"아니긴. 내가 자연스럽게 금방 빠져나올 테니까. 나머진 너희가 알아서 해."

한 시간쯤 지나자, 가을이 브이 하면서 다시 돌아왔다.

"엄마한테 걸려서 학원 가야 한다고 둘러대고 나왔으니까. 백승한, 넌 이제 나 따라오고. 정도영 너는 얼른 봄이한테 가 봐……."

가을은 승한을 데리고 금세 사라졌다.

도영은 시내 한 카페 앞에서 혼자 남겨진 봄에게 어색한 손 인사를 하며 다가갔다. 도영을 발견하고 눈이 커진 봄이 어리둥절한 얼굴로 바라보았다.

"어? 도영아?"

"어, 봄아. 여기서 우연히 다 만나네?"

어색하게 웃던 도영은 카페 창문 너머 따가운 시선이 느껴져서 뒤돌아봤다. 갈색 앞치마를 맨 여직원이 창문에 얼굴을 딱 붙이고는 부담스러울 정도로 빤히 바라보고 있었다. 이름표에 '이설'이라고 적혀 있었다.

"그, 저… 도영아? 나랑 핫초코 먹을래? 아니, 꼭 먹어야 할 것 같다."

봄이 카페 문을 열자 딸랑. 종소리가 났다. 도영이 뒤따라 들어가자, 설은 도영을 쭉 스캔하듯 머리부터 발끝까지 살폈다.

"키 크고, 하얗고, 잘생긴 이 뉴페이스는 누구실까?"

"아, 친구. 같은 반 친구야. 도영이라고. 우리 옆집으로 이사 온 도영 감자탕 알지? 그 도영이야."

"아, 어. 남사친? 아니면 우리 봄이 남친 후보인가?"

"아이, 그런 거 아니고요. 그냥 남사친. 여기 앉아도 되지?"

"어, 앉아, 앉아."

"근데 누구셔?"

"아, 우리 언니야. 여기서 일하거든."

긴 생머리 봄이랑은 다르게 도영이 본 설은 단발머리에 도도해 보이는 차가운 인상이었다. 하지만 말투는 부드러웠고 살가웠다. 깔끔하고 아늑한 카페를 찬찬히 구경했다. 그러다 어느새 설이 봄과 도영이 앉은 테이블로 다가왔다.

"자, 여기."

설은 테이블에 핫초코 두 잔을 내려놓고 쟁반을 안은 채 도영을 유심히 바라봤다.

"하나는 하얀 토끼, 하나는 분홍 토끼."

핫초코 위에 토끼 그림이 그려져 있었다. 하얀 토끼는 도영이 핫초코에, 분홍 토끼는 봄이 핫초코에.

"봄이가 좋아하는 건데 특별히 다른 버전으로 만들어봤으니까, 먹어봐. 봄이가 남자 친구 아니, 남사친 데려온 건 또 첨이라. 부담 갖지 말고, 마셔."

설이 물끄러미 바라보는 시선에 도영은 얼떨결에 마시려는데 봄이가 잠깐 멈추라는 듯 손으로 막았다.

"잠깐, 사진 찍고."

봄이 사진을 찰칵 소리 내며 몇 장 찍더니 이제 마셔도 된다는 듯 손짓했다. 도영은 조심스레 한 모금 마셨다. 핫초코의 거품이 부드럽고 달짝지근해서 맛있는지 웃음이 절로 났다.

"맛있어요. 부드럽고. 제가 먹어본 핫초코 중에 제일 맛있어요."

그제야 만족한 듯 미소를 지은 설은 자리를 떠나 주방을 정리하러 갔다.

"토끼 귀엽다. 오늘이 제일 잘 나온 것 같아. 언니가 항상 그림 올려주거든. 하얀 토끼 꼭 너랑 닮았어."

"너랑 더 닮은 거 같은데⋯⋯."

"도영아, 나 잠깐 화장실 좀."

도영은 남은 핫초코를 마시며 창문 밖을 바라보고 있었다. 설은 봄이가 앉아 있던 도영의 맞은편 자리에 앉았다.

"이름이?"

"아, 정도영이라고 합니다."

"정도영이. 이름도 참 잘생겼네. 시간 없으니까, 누나가 빨리 얘기할게."

"네? 네⋯."

"너 오늘 봄이 생일인 거 알지?"

"네, 그런데요?"

"지금부터 저녁까지 봄이 생일 책임지도록."

설이 지갑에서 5만 원 한 장을 꺼내 도영이 쪽 테이블 위에 올렸다.

"네? 아, 아니에요. 안 주셔도 돼요."

"아니, 이제부터 엄연히 미션이야. 수행하도록 해."

"네?"

"네가 봄이 오늘 하루 즐겁게 해줘. 누나가 부탁할게."

도영이 고개를 끄덕이자, 설은 마음에 든다는 듯 싱긋 웃었다. 그런데 도영은 테이블 위 놓인 5만 원을 설이 쪽으로 밀며 말했다.

"근데 이건 정말 안 주셔도 돼요."

"아니! 케이크는 꼭 아이스크림 케이크 말고 초코케이크나 딸기 생크림 케이크로 사주고. 이걸로 저녁도 맛있는 거 사줘. 거절은 사양한다."

"저도 돈 있어요. 정말 괜찮아요."

"네가 받아야 누나 맘이 편해. 사실 이건 비밀인데 봄이 부모님 안 계셔서 집에서 생일 같은 거 안 챙긴 지 오래됐거든. 네가 챙겨주면 왠지 봄이가 좋아할 것 같아서 그래."

"누나는요?"

"누나는 오늘 늦게까지 일해야 하거든. 네가 봄이 좀 잘 챙겨줘. 봄이 생일 혼자 보낼까 봐 걱정했는데 잘 됐다. 아, 그리고 혹시 봄이 학교에서 힘들어 보이면 초코우유도 좀 사주고. 응? 봄이가 제일 좋아하거든."

"네, 그럴게요. 걱정하지 마세요."

"대신 나중에 핫초코 또 먹고 싶으면 언제든 봄이랑 같이 카페로 와.

뭐, 지나가다 혼자 와도 되고."

설은 도영에게 핸드폰을 내밀었다.

"번호 찍어. 봄이 관련해서 무슨 일 있음 언제든 연락하고."

도영은 번호를 찍고 다시 핸드폰을 건넸다. 설은 아주 막중한 임무를
준 것처럼 도영에게 한껏 무게를 잡다가 손님이 들어오자 다시 카운터
로 향했다. 검은 단발머리에 이름처럼 다소 차가워 보이는 인상이라 다
가가기 어려울 것 같은 이미지였는데 봄이를 생각하는 마음이 느껴져서
긴장이 풀렸다.

도영에게 봄은 처음 본 순간부터 쭉 그랬다. 꼭 지켜줘야 할 것 같은
기분이 들었다. 단순히 봄이 허당이라서가 아니라 말로 설명이 어려운
감정이었지만 눈앞에 없으면 자꾸만 불안해졌다. 어디서 뭘 하고 있는
지 전부 알고 있어야 안심이 됐다.

봄의 말투, 행동, 표정 전부 귀여워서 자꾸만 웃음이 새어 나왔다. 미
친놈처럼 혼자 실실 쪼개기도 했다. 아침에 눈을 떠서 감을 때까지 생각
났다. 하이에나 백승한한테 이런 표정을 들켰다가는 바로 봄친놈이라고
놀림감 되기 딱이었다.

두 사람은 카페를 나와 개화공원으로 향했다. 도영은 자꾸만 뒤처지
는 봄이 보폭에 맞추어 천천히 길을 걸었다.

"봄아, 있잖아."

"응?"

"저기 그러니까 말이야……."

"뭔데 뜸을 들이고 그래?"

도영은 미션 수행 중이라고. 설의 부탁을 무시할 수 없어서 그런 거라고. 부탁받았다는 명분으로 봄의 어깨를 붙잡았다. 눈을 질끈 감고 솔직하게 말해버렸다.

"너 오늘 거기 안 가면 안 돼? 아니, 가지 마."

"거기?"

"피아노 연주가 뭐 별거 있냐. 졸리기만 하지. 그리고 무엇보다 너 오늘 생일이잖아. 생일을 재미없게 보낼 수는 없는 거니까……."

"……피아노?"

"응, 너 오늘 박찬우 만나러 피아노 연주회 보러 가는 거 아니었어?"

"아, 그거 아마 벌써 시작했을걸?"

도영은 속으로 나이스 외치며 웃음을 숨겼다.

"그래? 왜 안 갔는데?"

"음, 빚이니까?"

"빚? 너 뭐 걔한테 빚진 거 있어?"

"바보야, 그런 게 아니라. 네가 그랬잖아. 그런 거 무턱대고 받고 그러면 나중에 다 돌려줘야 한다고. 피아노 연주는 좋은데 빚지는 거니까. 그래서 안 간다고 표 돌려줬지."

예스! 그까짓 피아노 연주쯤이야 배워서 들려주면 되는 거니까. 도영은 이런 효과라면 꾸준히 적극적으로 주입식 교육을 봄이에게 해줄 필요가 있겠다고 생각했다.

"근데 말이야. 뭐가 더 재밌는 게 있는데?"

"이따 밤에 개화 불꽃놀이 축제한다더라. 우리 동네 언덕 위에 완전

명당인데 알아봐 놨거든. 같이 안 갈래?"

"어? 통했네, 나 안 그래도 그거 보러 가려고 했거든."

굵은 비가 후드득 거칠게 내리기 시작했다. 도영은 세찬 봄비에 손에 들고 있던 트렌치코트를 봄이와 함께 우산 삼아 쓰고는 한참 뛰었다. 백승한의 코트가 이렇게 쓸모가 있을 줄은 몰랐다. 정확히는 승한이 형 코트지만. 트렌치코트로 최대한 봄이 비를 맞지 않게 가려 줬지만, 내리는 굵은 빗줄기에 속절없이 쫄딱 젖어버렸다. 이름 모를 작은 건물에 들어가 내리는 비를 보며 그치기만을 기다렸다.

"……아깝다, 이렇게 봄비가 많이 내리면 벚꽃잎이 금방 다 떨어질 텐데. 그럼 봄이 금방 끝날 것 같잖아."

"꽃은 피고 지는 걸로 끝이 아니니까. 내년에도 또 보면 되잖아. 반드시 다시 필 거니까 너무 아쉬워하지 마."

한껏 시무룩해하는 봄이 모습이 안타깝게도 봄비는 금방 그칠 기미가 보이질 않았다.

"엄마가 그러셨거든. 봄 중에서도 가장 예쁜 봄에 태어나서 봄. 언니는 겨울 중에 눈이 가장 예쁘게 내릴 때 그것도 화이트 크리스마스에 태어나서 설. 아무리 바빠도 그 계절에 가장 예쁠 때만큼은 주변을 꼭 돌아보라고. 앞만 보고 살지 말고, 꽃도 보고 계절을 느끼면서 살길 바라셨거든. 그래서 다른 계절보다도 봄에는 꼭 그 약속 지켜주고 싶었어. 지금 와서 생각해 보니까 엄마는 늘 바쁘셔서 그러지 못하셨던 것 같아. 그래서 딸들이라도 그렇게 살기를 바라셨나 봐. 사실 나 생일 같은 거 안 챙긴 지 오래됐거든. 사람은 죽으면 생일은 사라지고 기일만 남잖아.

부모님이 하필이면 언니 생일에 돌아가셔서 그 후로는 언니 생일을 챙길 수가 없었거든. 그래서 우리 집은 전부 생일을 안 챙기게 됐어. 처음엔 그게 슬펐는데 지금은 괜찮아. 생일보다 바뀌는 계절을 느끼면서 살기로 했거든.”

“그럼, 생일을 네 번 챙기면 되겠네?”

“으응?”

“계절은 봄, 여름, 가을, 겨울. 사계절이잖아. 생일은 일 년에 한 번이고 기일도 한 번뿐인데. 계절은 네 번이니까…….”

봄은 도영의 말에 다시 웃어 보였다.

“그래, 그렇네.”

“웃으니까 얼마나 좋아. 살랑이는 봄에 태어나서 봄에 나타난 이봄이.”

“야, 하지 마. 담임인 줄.”

어디선가 꼬르륵 소리가 났다. 봄은 부끄러운 듯 볼이 더 붉어졌다.

“이, 이거 소화되는 소리거든. 배고파서 그런 거 절대 아니야.”

“누가 뭐래? 그럼, 우리 진짜 맛있는 거 먹으러 갈까?”

“아니라니까!”

“알았어, 내가 배고파서 그래.”

멈추지 않을 것만 같았던 비는 어느새 그쳤고, 하늘에 무지개가 떴다. 봄은 얼른 무지개를 보라며 방방 뛰며 좋아했다. 도영은 아이처럼 웃는 모습이 너무 예뻐 보여서 무지개보다 무지개를 좋아하는 봄의 모습에서 눈을 뗄 수가 없었다.

봄은 꼭 도영 감자탕집 감자탕을 먹어보고 싶다고 고집부렸다. 도영이 혹시 몰라서 파스타 맛집을 알아봐 놨는데 아쉬움에 괜히 퉁명스럽게 말했다.

"맛있는 거 먹으러 가자니까……."

"난 이게 제일 먹고 싶었는데? 내 생일이니까 내가 먹고 싶은 거 먹어야지."

"뭐, 그건 그렇지만."

테이블 위 놓인 감자탕이 보글보글 끓어오르고 있었다.

"너 감자탕 좋아해?"

"그럼! 없어서 못 먹지."

기대에 가득 찬 봄이 핸드폰으로 사진 몇 장을 찍더니 입맛을 다시면서 양손에 수저를 들고 기다렸다. 도영은 주방에서 따가운 시선이 느껴졌지만 애써 외면했다. 주방에는 도영이 부모와 삼촌이 있었다.

"매형, 토깽이는 며느리로 봐야겠는데? 쟤 완전 토끼상인데?"

"그렇지? 내가 그 생각을 못 했네. 우리 아들이 벌써 여자 친구가 생겼나 보네. 도영이가 여자 친구 데려온 건 첨이지?"

"설레발은. 아, 애들 밥 편하게 먹게 내버려 둬. 괜히 가서 말 걸지 말고. 자자, 자연스럽게 움직이자고."

어머니, 아버지, 삼촌. 다 들려요. 도영은 아무래도 여기로 오는 건 아니었다고 생각하며 능숙하게 국자와 집게로 고기를 퍼서 봄이 앞접시에 올렸다.

"뭐, 너 많이 먹어라."

도영은 허겁지겁 맛있게 먹는 봄을 신기하게 바라보기만 했다.

"너는 안 먹어? 아, 하긴. 감자탕 집 아들이니까 너는 감자탕 별로 안 좋아하겠네?"

"그런 건 아닌데. 근데 다른 애들은 감자탕보다 다른 걸 더 좋아하던데. 입맛에 잘 맞나 봐?"

"응, 내가 먹어본 감자탕 중에서 최고인걸. 나 사실 여기 가게 생길 때부터 꼭 와보고 싶었거든."

"바로 옆집인데 왜 못 왔어? 오픈 이벤트도 했는데?"

"그야 뭐 그땐 겨울이었으니까."

"바로 옆집인데 못 올만큼 저체온증이 심한 거야?"

"음, 겨울만 되면 꼭 한 번은 크게 아프거든. 그걸 미리 대비한다고 해야 하나."

담담하게 말하는 봄의 모습에서 어딘가 두려움이 느껴졌다. 쟁반 가득 반찬을 담아온 도영 어머니가 테이블에 반찬을 빼곡히 올렸다.

"아이고. 잘 먹네, 많이 먹어요."

"네! 너무 맛있어요. 제가 먹어본 감자탕 중에 제일 맛있어요. 일등이에요!"

봄이 쌍 따봉을 내밀자, 어머니는 소녀처럼 까르르 웃어 보였다.

"어머, 입맛에 잘 맞나 보네. 옆집 사는 학생 맞죠? 지나가다가 본 것 같아서. 할머니는 잘 계세요?"

"아, 네. 근데 요새 영 기력이 없으셔서요. 저도 어머님처럼 요리를 잘하면 좋을 텐데 말이에요."

봄이 밥을 거의 다 먹어갈 때쯤 도영은 삼촌에게 눈짓으로 신호를 보냈다. 다행히 손님들이 한차례 빠져나간 직후였다. 가게 불빛이 전부 꺼졌다.

"자, 오늘 생일인 손님이 계셔서 잠시 양해를 구하겠습니다."

딸기가 듬뿍 올려진 초코케이크를 들고 오는 삼촌이 록 스타일로 흥겹게 생일 축하 노래를 부르기 시작했다.

"아, 생일 축하합니다아아악!"

도영은 미리 준비해 둔 꼬깔콘 모자를 테이블 밑에서 꺼내 봄에게 씌워주고 어머니, 아버지, 삼촌, 그리고 자기 머리에 썼다. 다들 크게 손뼉치며 생일 축하 노래를 따라 불렀다. 그러다 난생처음 듣는 삼촌의 록 스타일 생일 축하 노래에 사람들 얼굴에 웃음이 번졌다.

생일 초를 불려는 봄에게 도영이 "소원 빌어야지." 말하자 봄은 눈을 꼭 감고 손을 모았다. 봄이 모습을 지그시 바라보던 도영이 생글하게 웃었다. 그런 도영의 모습을 발견한 부모는 서로 눈이 마주쳤고 웃으며 고개를 끄덕였다.

봄은 분명 환하게 웃고 있었는데 초를 불자 금세 눈물을 툭 떨어트렸다. 그러더니 별일 아니라는 듯 눈물을 닦아내고는 씩씩하게 웃어 보였다.

그 모습을 본 도영 어머니는 봄이 나가기 전에 잘 먹은 반찬들을 유심히 본 후 반찬 몇 가지를 싸서 봄에게 건넸다.

"언제든 밥 먹고 싶으면 와요. 숟가락 하나만 더 놓으면 되니까."

"정말요? 고맙습니다. 저 나중에 반찬 만드는 것 좀 알려주시면 안 돼요? 음식이 다 너무 맛있어서요. 저도 배워서 요리 잘하고 싶어요. 할머니랑 언니한테도 꼭 해주고 싶어서요. 그리고 편하게 말씀하세요."

어머니는 평소에도 딸이 있었으면 같이 수다도 떨고 쇼핑도 하는 건데 집에 무뚝뚝한 남자 셋만 있다며 늘 아쉬워했다. 그런 어머니가 봄의 사랑스러운 눈빛과 말에 평소와 다른 온화한 미소를 지었다.

"아휴, 기특해라. 내가 더 고맙네. 이렇게 맛있게 먹어줘서. 방학 때 놀러 오면 아줌마가 간단한 거 알려줄게. 오늘 덕분에 우리도 즐거웠어. 언제든 와서 밥 먹고 가고."

"진짜요? 귀찮다고 말 바꾸시면 안 돼요. 절대요!"

비가 그친 후라서 상쾌한 공기에 기분이 좋아졌는지 봄이 동네 골목길 언덕 위를 폴짝 뛰며 올라갔다. 골목 위 동네 전경이 한눈에 보이는 곳에 자리 잡았다. 불꽃놀이가 시작되길 기다리며 까만 하늘을 올려다봤다.

"도영아, 나 9년 만에 생일 파티했다? 오늘 진짜 재밌었어, 정말 고마워."

"다행이다. 네가 좋아해 줘서. 봄아, 생일 축하해."

팡! 하고 터지기 시작한 불꽃에 봄은 벌떡 일어나서 방방 뛰며 하늘을 다시 올려보기 시작했다.

"와! 우와. 진짜 예쁘다."

"그러네. 진짜 예쁘네."

도영도 같이 일어나서 하늘에 형형색색 꽃 피우는 불꽃을 바라봤다. 불꽃이 터질 때마다 동시에 감탄사가 터져 나왔고 서로 눈이 마주쳤다가 다시 불꽃을 감상했다.

언덕 위 벤치에 나란히 앉은 두 사람은 불꽃놀이의 여운이 가시지 않은 듯 밤하늘을 올려다보고 있었다.

"역시 봄이 좋다. 이렇게 불꽃놀이도 보고 말이야."

"너 말이야. 그럼, 겨울에는 집에만 있으면 안 답답해? 난 겨울에도 매일 아침 나와서 꼭 운동하거든. 아무리 뛰어도 덥지 않아서 겨울이 좋아. 하루만 안 나가도 답답한데 그 긴 겨울을 집에서만 어떻게 보내나 싶어서."

"난 그 반대야. 겨울만 되면 적막함이 늘 무서웠거든. 특히 눈이 내리고 쌓일 때. 고요하고 차분하기도 한데 지나치게 서늘할 정도로 무서운 느낌이 싫거든. 그럴 땐 음악을 듣고 책 읽으면서 버텼어. 세상과 단절돼서 잠시 다른 세상 속에 와 있다고 생각한 거지. 그러면 꼭 이 세상에는 다른 세상이 존재할 것도 같은 느낌이 들거든. 그러면 어둡고 무서웠던 겨울이 조금은 버틸 만해져. 그러다가 봄이 다시 찾아오면 바깥세상으로 나가는 거지. 하늘이 푸르게 빛나고 꽃이 활짝 피고 바람이 살랑일 때 말이야. 따뜻한 햇살을 맞으면 정말 봄이 왔구나, 내게도 봄이 다시 찾아와 줬구나. 하며 안도해. 내가 좀 특이하지?"

"누구나 그래."

"응?"

"누구에게나 때때로 겨울이기도, 때때로 봄이기도 해. 네가 그랬잖아. 태양이 뜨기 전이 가장 어둡고 겨울이 추운 이유는 봄이 오기 때문이라고. 따뜻한 봄은 반드시 찾아올 거니까. 그러니까 내 말은 너만 그런 거 아니니까 하나도 안 특이하다고…….”

봄은 도영의 말에 더욱 해사하게 웃어 보였다.

“음…, 알겠다. 네가 왜 잘해주는지.”

도영의 심장이 튀어나올 듯 뛰기 시작했다.

“뭐, 뭘 알아?”

봄은 도영에게 얼굴을 바짝 들이밀었다. 도영은 한껏 긴장한 얼굴로
바라보았다.

“……너, 내 마니또지?”

“나, 난 또 뭐라고! 뭘 그런 걸 묻냐? 눈치 없이.”

“어? 아니라고 안 하네? 찍어본 건데. 진짜 맞아?”

“그래서 그런 거 아니거든! 가자, 늦었다.”

도영이 먼저 가버리자 봄이 같이 가자며 도영을 뒤따라갔다.

도영은 방에 들어오자마자 창문을 활짝 열었다. 맞은편 봄이 방 창문
에 불이 켜진 걸 확인하는데 자신도 모르게 웃음이 새어 나왔다. 베개를
팡팡 치다가 다시 창문을 바라봤다. 삼촌이 노크도 없이 방문을 벌컥 열
고 들어왔다. 실없이 웃는 도영을 발견하고 놀란 삼촌은 무척이나 당황
한 얼굴로 도영에게 조심스레 다가갔다.

“조, 조카. 너 왜 창문 밖을 보고 실실 웃어? 너 설마 귀신 보니…? 여
기 막 귀신 그런 거 있어? 우리 이사 잘못 온 거냐?”

“아, 삼촌! 그런 거 아니야! 얼른 나가!”

도영은 창문을 닫고 삼촌을 방 밖으로 밀어냈다.

같은 시각, 봄은 창문을 열어 맞은 편 도영이 방 창문을 바라봤다. 불이 켜진 창문을 바라보다가 다시 창문을 닫고 책상에 앉았다. 일기를 쓰려고 공책을 펼치다가 문학 공책을 먼저 펼쳤다.

도영 관찰일지

나랑 다르게 새벽형 인간. 매일 새벽 30분씩은 꼭 조깅한다. 운동 잘하면 공부는 보통 못하지 않나? 운동, 공부, 외모까지 뭐든 대체로 잘하는 편. 준비물 하나 놓친 적 없고 늘 곱게 다려진 교복에서 깨끗한 비누 향이 난다. 가장 좋아하는 계절과 닮은 계절은 겨울. 사소한 것도 꼼꼼히 잘 챙기고 다정다감한 편이라 친구들과 교우관계 좋음. 피부는 하얗고 검은 머리카락에서 윤기가 흐른다. 겉으로 봤을 때는 무뚝뚝해 보여도 알고 보면 세심하고 다정하다. 어쩌면 내가 널… 좋아하는 걸까?

봄은 도영을 떠올릴 때마다 자꾸만 웃음이 났다. 설레고 가슴이 뛰고 종잡을 수 없이 엇박자로 심장이 뛰는 경험을 했다. 가장 좋아하는 최애 음식이 감자탕인데. 감자탕집 아들이라니. 설마 나 감자탕 때문은 아니겠지? 그런 엉뚱한 생각이 들 만큼 사랑은, 그것도 첫사랑은 봄에게 너무 어려운 서툰 감정이었다. 닫힌 창문 밖을 바라보며 말했다.

"도영아, 내 소원은 말이야…. 아주 잠깐이라도 좋으니까, 내 겨울이 따뜻해지면 좋겠어. 꼭 오늘처럼."

"여기는 전부 그대로네."

잔뜩 쌓인 먼지를 뒤로 한 채 방 안쪽 창문을 활짝 열었다. 맞은 편 도영이 방 창문이 보였다. 할머니가 돌아가신 지 몇 달이 지났지만, 아직 집 정리를 못 한 상태였다.

이 집에 있으니까, 마치 10년 전 과거로 돌아간 것 같았다. 하지만 예전엔 항상 따뜻했던 방이 난방을 틀어도 냉기가 돌았고 따뜻해지질 않았다.

"이봄? 너 이봄 맞지?" 도영이 목소리가 귓가에 꽂혔다.

순간 놀라서 어벙한 표정을 짓다가 소리가 난 창문 밖을 바라보니 도영이가 창문으로 날 바라보고 있었다. 놀라서 그만 창문을 확 닫아버렸다.

얼마 지나지 않아 초인종 소리가 날카롭게 들려왔다. 집에 있는 걸 아는 데 없는 척하는 것도 웃기고 또 도영이 아닐 수도 있으니까, 슬며시 문을 열었다.

"죽어도 안 올 것처럼 하더니. 어차피 올 거였으면 같이 왔으면 좋았잖아."

"됐어, 우리가 그럴 사이도 아니고……."

눈치 없는 기침 때문에 고개 들기가 힘들었다.

"괜찮아? 그러니까 같이 왔어야지."

도영이가 새봄 병원 약 봉투를 건넸다. 약도 못 챙길 정신으로 여기를 왔다는 게 무모했지만 어쩔 수 없었다.

"이거 너 병원에 두고 갔더라."

"……고마워."

도영이 열린 문틈 사이로 무작정 집 안으로 들어왔다.

"야, 왜 들어와?"

"후회했거든. 어제 너 혼자 두고 가서."

"볼 일 있어서 잠깐 온 것뿐이야. 너랑 상관없잖아."

"내가 이럴 줄 알았다. 너 여기도 난방 안 돼서 추운데 어떻게 지내려고? 할머니 돌아가시고 집 관리도 못 했을 거 아니야."

"네가 무슨 상관인데. 내가 알아서 해."

도영이는 섬세하고 예리했다. 옛날부터 그랬다. 거짓말을 못 할 만큼 눈치가 빨랐다.

"설이 누나, 빨리 찾아야지. 그러려면 너부터 건강해져야 해. 근데 지금 이대로는 안 되겠다."

도영이가 내 팔을 덥석 잡더니 잡아당기는 바람에 몸이 휘청거렸다.

"당분간 우리 집에서 지내. 삼촌 방 남거든. 우리 집 엄청 따뜻하다 못해 방바닥 뜨거워. 이번에는 거절하지 마. 네가 여기 이렇게 춥게 있으면 내가 신경 쓰여서 안 돼."

얼굴이 닿을 것처럼 가까운 거리에서 단호하게 말하는 도영이에게서 한 발짝 멀어졌다.

"너는 뭐 계획이 어떻게 되는데…?"

"막상 왔는데 어디부터 가야 할지 모르겠지? 우선 이 주변을 다 돌아봐야겠지. 형이 가보려고 했던 보육원도 가보고."

"……개화산도 갈 거야?"

"못 갈 이유는 뭔데."

"정도영."

다시 한 발짝 내게 가까이 다가온 도영이가 내 이마에 손을 얹었다.

"그렇게 불안하면 나 따라오던가. 따라오려면 너 몸부터 챙겨. 이 상태로는 너 어디도 못 가. 지금 완전 불덩이야."

도영이는 소파 위에 놓인 내 짐가방을 가지고 그대로 밖으로 나가버렸다.

"야, 정도영! 너 지금 뭐 하는 거야?"

"너야말로 대체 뭐 하는 건데!"

"뭐?"

"그때 너 때문 아니야. 왜 아직도 다 너 때문이라고 생각하는 건데. 나는 그 순간으로 다시 돌아간다고 해도 내 선택은 똑같아. 네가 있는 곳이라면 어디든 가. 너 지킬 수만 있으면 다치거나 죽는다고 해도 갈 거라고."

"싫어! 네가 그러는 거 정말 진절머리 나게 싫다고. 네가 누굴 지키느라 다치거나 아픈 거 나 정말 싫어. 그러니까 도영아 제발 나 봐도 못 본 척해 주라. 부탁이야."

"봄아, 나 너랑 그렇게 헤어지고 무려 9년을 후회했어. 네가 없는 게 제일 힘들어서 그래. 그래서 너 혼자 두는 일 나 더는 못해."

도영이가 왼손으로 짐가방을 들고 오른손으로는 내 팔을 힘껏 잡아끄는 바람에 순간 몸이 종이 인형처럼 또 휘청거렸다. 간신히 참았던 어지러움이 한꺼번에 몰려왔다. 몸에 힘이 쭉 빠져버린 탓에 그만 도영이 어깨에 기대버렸다. 쌓인 눈에 시선이 닿았다가 눈이 감겼다.

"미안……."

다시 눈을 뜨고 도영이한테서 떨어지려는데 도영이가 오른손으로 놓치지 않고 나를 당겨 꼭 끌어안았다. 그만 정신이 아득해지고 눈꺼풀이 감겨버렸다.

"봄아, 제발 나한테서 멀어지지 말아 줘. 부탁이야……."

그 시절 속에 우리

'삐' 소리가 나더니 체온계가 내 귓가에서 떨어졌다. 온도가 몇 도인지
는 모르지만 도영이 어머니가 걱정스러운 눈빛으로 나를 바라보고 계셨
다.

"열이 아직도 높네."

"도영이 어머니……?"

눈을 뜨고 보니 도영이네 집 삼촌이 쓰던 방이었다. 몸을 일으키려는
데 힘이 잘 들어가지 않았다. 이러면 안 되는데.

"어, 봄아. 정신이 좀 들어? 아직 일어나면 안 돼. 눈 떴으니까, 얼른
죽 먹고 약 먹자."

"아니에요. 저 진짜 괜찮아요……."

없는 힘을 쥐어짜서 몸을 일으켰다. 또다시 어지러움이 몰려왔지만
참을만했다.

"죄송해요. 괜히 저 때문에……."

어느덧 해 질 녘이 되어 있었다. 대체 몇 시간을 잔 거야. 옷걸이에 걸
린 내 패딩을 집었다.

"봄아, 도영이한테 들었는데 개화에 있는 동안 여기서 지내는 게 어때? 아니면 감기 나을 동안만이라도."

"아니에요. 오늘 도와주신 것만으로도 충분해요."

"아줌마가 그래야 마음이 편할 것 같아서 그래. 열 좀 떨어지면 너 좋아하는 감자탕도 해주고. 그러고 싶어서. 그래 주면 안 될까?"

도영이 어머니는 여전히 따뜻하셨다. 도영이네 집도 크게 변한 것 없이 분위기가 똑같았다. 그 시절 속에 우리가 어제 일처럼 생생하게 또렷한 것처럼. 마치 우리에게 아무런 일도 없었다는 것처럼. 거짓말처럼 꼭 그때로 돌아간 것만 같았다.

"저, 저는……."

목이 메어서 더는 말이 나오지 않았다. 울고 싶지 않아서 몸에 겨우 힘을 주고 있었는데 도영이 어머니의 따뜻하고 다정한 포옹에 다시 힘이 쭉 풀리고 말았다. 어린아이처럼 목 놓아 울어버리는 탓에 도영이 어머니는 나를 한참 동안 다독여주셨다.

"그땐 죄송했어요. 인사도 없이 그냥 가버려서……. 다시 볼 용기가 안 났어요."

도영이 어머니는 내 등을 쓸어주시며 같이 우시는 듯했다.

"왜, 봄이 그렇게 생각했어, 왜……. 얼마나 오랫동안 힘들었어, 응?"

"저 때문에 도영이가, 도영이 영영 잃을까 봐 너무 무서웠어요. 제가 도영이를……."

도영이 어머니는 처음 봤을 때처럼 여전히 인자하셨고 그 따뜻함에 기대고 싶은 마음이 무섭게 들었다. 그렇게 겪고도 그런 욕심이 드는 내가 싫어졌다.

"다 제 잘못이었는데 도저히 용기가 안 났어요……."

도영이 어머니는 서랍에 있던 손수건을 꺼내 내게 건넸다. 예전에 개화공원 벤치에 놓여 있던 주인을 찾아주지 못한 손수건과 똑같이 생긴 손수건이었다.

도영이 어머니의 정성스러운 보살핌 덕분인지 다음 날이 되자 정상 체온으로 돌아왔고 빠르게 몸이 회복되었다. 오랜만에 따뜻한 집에서 푹 자고 일어나니 한결 몸이 가벼워졌다. 겨울만 되면 늘 달고 사는 감기지만 이 정도로 크게 겪었으니, 당분간은 괜찮을 것 같았다.

한동안 폭설로 쏟아져 내렸던 눈은 언제 그랬냐는 듯 뚝 멈췄고 쌓였던 눈마저도 거의 사라져 버렸다. 다행히 오늘은 별로 춥지 않아서 주저하지 않고 밖으로 나왔다.

도영이 차 보조석에 따라 탔다. 개화고에 도착했을 무렵이었다. 차에서 내리기 전에 손수건을 물어보려다가 말았다. 세상에 비슷하고 같은 물건이 얼마나 많겠나 싶어서. 결국 손수건 주인에게서 연락을 못 받았지만.

차에서 내리자, 도영이는 걱정스러운 눈으로 나를 바라보았다. 내게 두꺼운 목도리를 감싸주고는 정말 괜찮겠냐며 다정한 목소리로 물었다. 정도영. 네가 자꾸 이러면 내가 기대고 싶어지는데. 마음이 약해질 것 같아서 도영이 시선을 피해버렸다.

"괜찮아, 고마워……."

학교 안에 들어가니 옛 추억이 떠올랐다. 더 추억에 젖기 전에 얼른 가을이에게 연락했다. 가을이는 4년 전 개화고 영어 선생으로 부임했다. 가을이랑은 가끔 연락하고 지낸 터라 개화에 오면 꼭 연락하라고 내게 신신당부했었다. 언니의 실종 소식을 들은 가을이가 먼저 내게 연락해 왔다.

교무실에서 가을이가 나왔다. 나와 도영이를 발견하고 눈이 휘둥그레졌다.

"봄아! 이게 얼마 만이야. 옆에는 정도영? 와, 너 진짜 오랜만이다. 근데 너희 둘이 어떻게 같이 있어?"

"그게……."

가을이를 따라 휴게실로 들어왔다. 자초지종 대략적인 설명을 들은 가을이는 고개를 끄덕였다.

"지금 상황이 그래서 이런 말 하기 좀 그렇긴 한데 학교에서 너희 둘이 이렇게 같이 있는 거 보니까 옛날 생각이 많이 나네. 그때 진짜 재밌었는데."

"아, 참. 가을아 너 지금 학교 근처에서 자취한다고 했지? 혹시 당분간만 같이 지낼 수 있을까? 개화 집 보일러가 고장 나서 지금 도영이네 집에서 신세 지고 있거든."

"그래? 그럼, 진작 연락하지. 우리 집 방도 여러 개…."

"야, 손가을."

도영이가 다급하게 부르자 가을은 뭐냐는 듯 도영이를 바라봤다. 도영이가 고개를 저으며 무언의 눈빛을 보내자, 가을은 여전하다는 듯 웃어 보였다.

"아…, 맞다. 내 정신 좀 봐. 리모델링하느라고 나도 오늘부터 본가에 가 있어서. 미안, 뽀미야."

"그래? 그럼 어쩔 수 없지. 괜찮아. 근데 정말 언니랑 차율 그분 본 사람 한 명도 없었어?"

"음, 내가 개화 토박이고 학교 선생이니까 애들한테도 그렇고 동네에 수소문을 다 해 봤거든. 지금 뉴스에 계속 나오니까 사람들이 이미 다 알고 있기도 하고. 정말 아는 사람이 아무도 없더라. 경찰이 무능해서 못 찾나 했는데 아무 흔적도 없더라고. 우리 삼촌이 개화경찰서 경찰이 잖아. 삼촌한테 물어봤는데 그 시외버스도 흔적이 없다는 거야. 삼촌도 경찰 생활 중에 이런 일은 처음 본대."

실망한 기색이 역력한 내 얼굴을 본 가을이는 바로 다음 말을 이어갔다.

"근데 그 버스 말이야. 설이 언니랑 차율이 탄 그 개화 가는 버스. 사실 내가 그 버스 타려고 했었거든. 근데 버스 기사가 나보고 다음 버스를 타라고 하더라. 얼핏 기사 얼굴을 봤는데 어디서 꼭 본 적 있는 사람 같아서."

"뭐, 정말이야?"

"응. 그날 크리스마스이브였잖아. 분명 엊그제 그 버스가 맞아. 그놈의 약속이 뭐라고. 백승한이 옛날에 크리스마스이브에 눈 내리면 남산타워에서 열두 시에 만나자고 했거든. 그 자식 결국 끝까지 안 나타나더라. 그래서 다시 개화로 돌아가려고 버스를 타려는데 기사가 다음 버스를 타라고 해서 내렸거든. 분명 출발하는 버스 창문에서 설이 언니를 봤어. 삼촌한테 얘기했는데 그 버스를 찾을 수가 없다는 거야. 봄이 너한테 뭐라도 더 찾고 얘기해 주고 싶었는데. 그래도 삼촌이 계속 수사 중이라니까 조금만 더 기다려보자."

대체 그 버스의 정체는 뭘까. 기사는 누구일까. 온통 의문투성이였다.

"그 버스 기사 잠깐이었지만 내 느낌으로는 뭐랄까. 반듯하고 잘 생겼어, 그것도 엄청."

"뭐?"

도영이랑 내가 동시에 두 귀를 의심하며 가을이를 바라보았다.

"아니, 참. 이게 주책없이 들릴 수 있는데 살인범이거나 그런 문제 일으킬 사람으로 보이지 않았고 오히려 버스 기사 하기에는 인물이 지나치게 아까울 정도로 기품이 느껴진달까. 보면 좀처럼 잊기 힘든 얼굴이라 기억이 나거든. 물론 외모로만 섣불리 사람을 평가하면 안 되지만. 내가 분명 어디서 본 것 같단 말이지."

점심시간이 끝나고 오후 수업이 시작되는 종이 울렸다.

"미안, 나 수업 있어서. 뭐라도 더 찾으면 바로 연락해 줄게. 봄아, 언니 꼭 찾을 수 있을 거야."

"응, 고마워. 가을아."

"백승한, 그날 남산타워 갔을 거야."

"정도영, 네가 그걸 어떻게 알아. 그리고 분명 걔 거기 안 왔다니까."

"너희도 옛날이랑 똑같네. 둘 다 용기를 못 내는 게. 승한이 우리 회사에서 일해. 크리스마스이브 때 갑자기 근무 빼달라고 하도 통사정해서 내가 대타했거든. 바빠서 안 된다고 했는데도 하도 고집부려서. 눈이 오니까 남산타워를 꼭 가야 한다고 하더라. 갑자기 무슨 남산타워냐고 했는데. 이제야 알겠네. 늦게 출발해서 너희 엇갈린 것 같아."

가을이는 도영의 말에 잠시 진지해졌다가 금세 미소를 되찾았다.

"고마워, 정도영. 봄아, 연락할게."

나에게 겨울은 늘 사무치게 미웠고 내리는 눈은 치가 떨리도록 무서웠지만. 누군가에게 겨울은 소중한 이와 약속이었고 용기였을 지도 모른다.

그 시절 속에 우리처럼.

운동장 앞 계단에 앉았다. 도영이는 잠깐 화장실에 다녀온다면서 매점에서 초코우유 두 개를 사 왔다. 내 옆에 앉더니 초코우유에 빨대 꽂아 내게 건넸다.

"매점 아줌마 아직도 그대로 계시더라. 다 컸는데 아직도 초코우유 먹냐고. 너 때문에 아줌마가 나 초코우유만 먹는 줄 아시잖아."

순간 나도 모르게 풋 하고 웃어버렸다.

"어? 웃었다. 이봄, 너 방금 웃는 거 다 봤어."

"아니거든. 안 웃었어."

그러다 금세 표정을 없앴다. 이렇게 웃을 때가 아닌데. 지금 언니가 어떤 일을 겪고 있는지도 모르는데. 그것도 이렇게 추운 겨울에. 언니가 무사하다는 말 한마디만 들으면 견딜 수 있을 것 같은데. 뭉개지는 마음

속에서 꼭 옛날로 돌아간 것 같은 기분에 휩싸여서 괜한 실수를 할까 봐 묵묵히 초코우유를 마실 뿐이었다.

예전에 도영이가 축구할 때 이곳에서 자주 바라보고는 했었다. 그 시절이 그립지 않다면 거짓말이다. 도영이와 함께했던 학창 시절은 늘 흑백 필름 같던 내 인생에 얼마 안 되는 컬러 필름과 같은 순간들이었으니까. 다시는 돌아갈 수 없는 그 시절이 사무치게 그리워졌다.

⌒

하복을 꺼내 입을 정도로 날씨가 더워졌다. 하복 체육복을 입고 피구할 때였다. 정우는 어김없이 피구 공을 봄에게 힘차게 던졌다. 봄이는 필사적으로 피했고 결국 또 둘만 남았다. 체육 선생도 늘 흥미롭게 바라볼 뿐 딱히 제지하지 않았다. 도영은 봄이 또 이런 상황에 놓인 게 불만스러웠는지 인상을 팍 쓰고 있었다.

정우가 피구 공에 힘을 가득 실어 봄이에게 힘껏 던진 순간이었다. 봄이 풀린 운동화 끈을 밟는 바람에 중심을 잡지 못했다. 봄이 넘어지려는 아찔한 순간에 도영의 몸이 누구보다 빠르게 움직여버렸다.

라인 뒤에 서 있던 도영은 그대로 달려가서 봄이 넘어지지 않게 봄의 어깨를 붙잡으며 앞을 막아섰고 대신 등에 피구 공을 맞았다. 윽 소리가 새어 나왔지만, 공에 맞아서 아픈 것보다 봄이 안 다친 게 천만다행이었다.

"다행이다. 정말."

"도영이 너, 너 괜찮아?"

도영은 안심하라는 듯 고개를 끄덕이며 환하게 웃어 보였다. 그러고는 그대로 앉아 봄의 풀린 운동화 끈을 단단히 묶어줬다. 순식간에 벌어진 일에 반 친구들의 시선이 전부 두 사람에게 쏟아졌다. 오오, 사귀어라! 사귀어라! 함성이 운동장 가득 울려 퍼졌다.

도영은 정우에게 다가갔다. 평소에는 찾아볼 수 없을 만큼 화난 도영이 얼굴에 정우는 쫄았는지 뒷걸음쳤다.

"피구에 자꾸 감정 섞을래? 너 봄이가 공격 못 하는 거 알고 일부러 그러는 거잖아. 비겁하게."

"뭐? 비겁?"

"그래, 이 비겁하고 찌질한 새끼야. 그만 좀 해."

도영의 마음 같아서는 피구 공을 똑같이 던져주고 싶었다. 약자한테만 강한 스타일. 화가 치밀어 올라서 제어가 안 됐다. 더워진 날씨만큼이나 자꾸만 열이 났다.

"정도영, 네가 뭔데? 네가 뭐 이봄 남자 친구라도 되냐? 다 같은 친구 사이에 너야말로 감정 섞는 거 아니냐고."

도영은 한숨을 푹 쉬다가 돌린 몸을 다시 돌려서 정우에게 바짝 다가가 노려봤다. 정우는 살기가 느껴지는 도영의 눈빛에 버벅거리며 말했다.

"정도영, 너, 너… 진짜 이봄 좋아하냐? 너같이 잘난 애가 대체 왜?"

"그걸 내가 너한테 왜 대답해야 하는데?"

"너야말로 왜, 왜 이렇게 오바하는 건데! 내가 이봄 좋아하는데 그럴 수도 있지! 고작 피구 가지고. 씨발."

"뭐? 씨발? 고작 피구? 하, 이 새끼가 진짜 돌았나."

도영은 조금 전 날아오는 피구 공에 봄이 겁에 질려 눈을 질끈 감는 모습이 떠올랐고, 그만 정우의 멱살을 잡아버렸다. 힘을 조절하지 못해 풀려버린 손목시계가 땅에 툭하고 떨어졌다. 놀란 승한이 허겁지겁 뛰어와서 둘을 말리기 시작했다.

"야! 반장, 너 적당히 해라. 도영아 가자. 말도 안 통하는데 뭘 상대하고 있어."

"놔봐, 너 한 번만 더 봄이 괴롭히면 그땐 각오해라. 봐주는 거 더는 없으니까."

도영은 멱살 잡은 손에 힘을 풀고 정우를 툭 밀치고는 땅에 떨어진 손목시계를 주웠다. 액정이 깨져서 망가진 시계에 묻은 흙을 손으로 대충 털었다.

"야, 너희들 거기서 뭐 해!"

체육 선생이 멀리서 호루라기를 불면서 도영과 정우에게 다가오고 있을 때였다. 어디선가 피구 공이 날아왔고 뻥 소리가 나더니 얼굴에 정통으로 맞아버린 정우가 푹 쓰러졌다. 코피가 줄줄 흐르는 꼴이 처참했다.

"아, 씨. 누구야!"

"야! 김정우! 너 안경 벗은 거 진짜 느끼해! 그래서 너랑은 죽어도 같은 팀 안 하는 거야! 체육 시간에 안경 벗지 마!"

봄의 발언에 친구들이 인정한다는 듯 키득키득 웃는 소리가 가득 퍼졌다.

"……이봄, 진짜 못 말려. 너무 귀엽잖아."

도영도 속절없이 입꼬리가 올라가 버렸다.

"코, 코피! 코피 나잖아."

정우는 창피한지 곧장 화장실로 뛰어갔다.

"저 새끼, 꼴에 창피한가 보다. 가자, 급식 먹으러."

승한은 꼴 좋다면서 비웃었다. 유라가 갑자기 달려오더니 도영에게 손수건을 내밀며 말을 걸어왔다.

"이걸로 닦아, 너 지금 땀범벅이야."

"아, 괜찮아."

"정도영, 너답지 않게 왜 이렇게 열을 내. 봄이 피구 공 좀 맞으면 어때서."

"뭐? 좀 맞으면 어때서라니?"

"아니, 그러니까 내 말은. 네가 그렇게까지 봄이 일에 나서서 도와줄 것까진 없지 않냐고."

"…너 봄이 친구잖아. 난 방금 네 말이 잘 이해가 안 가서."

"나 너랑도 친구잖아……."

도영은 유라의 말에 전학 첫날이 떠올랐다.

낯선 학교와 교실.

친구들 사이에 제일 먼저 말을 걸어온 친구는 유라였다.

"안녕, 전학생. 너는 뭐를 잘해?"

대뜸 뭐를 잘하냐니. 도영은 적잖이 당황했다.

"뭘… 잘하냐고?"

"응, 왠지 뭐든 잘하게 생겨서."

"응?"

"아, 칭찬이야. 똑똑하게 생겼다고, 너."

도영이 바라본 유라는 어딘가 자신의 모습과 닮았었다. 어딘가 숨겨진 외로움이 있는 듯한 느낌이. 원래 사람은 자신과 닮은 모습은 금방 파악하기 마련이었다.

"난 체육. 가장 좋아하고 잘해. 너는?"

"난 수학. 마음먹으면 웬만큼 해서 다른 과목도 잘하는 편. 궁금한 거 있으면 뭐든 물어봐. 우리 반 반장은 그런 거 도와주는 스타일이 아니라서 반장한테는 물어보지 말고."

도영이 역시 그랬다. 어려서부터 뭐든 시작하면 평균 이상은 해냈다. 그중 가장 잘하는 건 체육이었다. 민첩하고 날렵한 편이라서 달리기, 축구, 피구, 농구 가리지 않고 대체로 잘했다. 공부도 평균 이상은 했다. 마음먹으면 어렵지 않게 해낼 때가 많았다. 그렇다고 노력 없이 얻는 결과는 아니었다. 단지 뭐 하나에 딱 꽂히는 건 없었을 뿐이었다.

"야, 너는 최유라를 어떻게 생각해?"

급식 먹는 도영에게 승한이 물었다.

"뭐가? 뭘 어떻게 생각해?"

승한은 요리조리 고개를 돌리며 살피다가 누가 들을까 작은 목소리로 도영에게 말했다.

"내가 너 때문에 최유라 마니또잖아. 관찰일지 적으려고 조사 좀 해봤는데 아무래도 너한테 마음이 있는 것 같아."

"네가 착각한 거겠지."

"아닌데. 아까 너한테 손수건 내밀 때 너 걱정하는 표정 그거 진심이었는데. 내 촉은 백발백중이라고. 뭐, 하긴 지금 남의 연애가 중요하냐. 결국 가을이한테 고백도 못 했는데."

"그러게, 왜. 고백도 하기 전에 차일 생각부터 하냐."

"아니, 10년을 친구로 지냈는데 갑자기 고백해버리면 그래서 진짜 불편해져서 멀어지기라도 하면 그게 더 싫거든. 초딩 때부터 쟤랑 떨어져 지내본 적 없단 말이야. 그리고 결정적으로 손가을 쟤는 아무래도 나를 친구로만 보는 것 같다고."

도영, 또한 그랬다. 봄이 자신을 친구로만 보는 것 같아서 고백할 용기가 도저히 나질 않았다. 어쩌면 정우보다 자신에게 더 화가 났을지도 모른다.

"이러다가 다른 애가 고백이라도 하면 어쩌나 걱정이나 하고 있게 된다고……."

승한의 말이 꼭 자신의 얘기처럼 들려왔다.

'잠시 후 강당에서 조회가 있을 예정이니 전교생 여러분들은 점심시간이 끝나는 대로 대강당으로 모여 주시기 바랍니다.'

교내 방송이 끝나고 대강당에 모두 모였다.

"글짓기 부문 우수상 2학년 2반 최유라!"

박수와 함성이 들려왔고, 유라가 무대 위로 올라갔다. 장려상은 다른 반 학생이 받아 갔다. 봄이 실망한 듯 고개를 푹 숙이고 있었다. 봄이 시무룩해 하는 얼굴에 자꾸만 신경이 쓰였다.

"자, 마지막으로… 글짓기 부문 최우수상 2학년 2반 이봄!"

봄이 고개를 번쩍 들었다. 무대에 올라간 봄이 상을 받고 활짝 웃을 때 도영은 자신도 모르게 따라 웃고 있었다. 역시 그럴 줄 알았다고. 봄이 너만큼이나 기쁘다고 말해주고 싶을 만큼 환하게. 그런 도영의 마음을 봄은 조금은 알았을까.

도영은 봄과 눈이 딱 마주쳤다. 손을 흔들며 해사하게 웃는 그 모습에 덩달아 웃음이 날 만큼 봄은 예뻤다. 도영은 봄이 늘 지금처럼 웃었으면 했다. 아니, 웃게 해줄 수 있는 사람이 되어주고 싶었다.

겨울이 되면 숨어버릴 봄설공주라고 해도 혹은 잠자는 숲속의 공주라고 할지라도. 봄이 어떤 상황에 놓여 있든 그런 건 도영에게 중요하지 않았다. 고요했던 마음에 푸른 마음이 소용돌이쳤고 언제든 기대 설 수 있는 강인한 사람이 되어주고 싶었다. 그렇게 도영은 봄을 좋아하는 자신의 마음에 강한 확신이 들었다.

∽

"자, 자. 한 학기 동안 고생들 많았고, 전에 제출했던 관찰일지는 마니또한테 전달할 거니까 이름 부르면 나와서 가져가도록."

관찰일지를 본 친구들의 반응들은 제각각이었다. 알았다는 둥, 전혀 몰랐다는 둥. 도영은 자신의 마니또가 누군지 진작 알고 있었다. 봄의 관찰일지를 도서관에서 봐버려서. 하지만 봄이 보는 자신은 어떨지 궁금해서 관찰일지를 보는데 괜스레 긴장됐다. 봄의 필체를 보니 새삼 봄이 직접 쓴 게 느껴졌다.

도영 관찰일지

정도영. 도읍 도, 비칠 영. 따뜻한 햇살과 같은 이름을 가졌다. 어둠 속에서 빛을 비추는 등불이 되라는 뜻이다. 도영이는 친구들에게 늘 그런 존재다. 위험에 처한 사람을 모른 척하지 않고 도와주는. 강강 약약. 약한 사람에게 한없이 약해지는 도영이가 지금의 빛을 잃지 않았으면 좋겠다. 도영이라면 누군가를 도와주거나 지켜줄 수 있는 좋은 어른이 될 테니까. 뭐든 잘하는 편이라서 진로 선택의 폭이 넓겠지만 나는 도영이가 따뜻한 빛을 온전히 밝힐 수 있는 진로를 선택했으면 좋겠다.

도영은 누군가 자신을 바라보는 시선이 느껴져서 고개를 돌렸다. 고개를 돌리자 봄이 있었다. 봄이 입 모양으로 "도영아, 책상 밑 봐봐." 하며 손가락으로 책상을 가리켰다.

책상 밑에 손을 무심코 넣는데 무언가 네모난 박스 하나가 잡혔다. 박스를 열어보니 검은색 손목시계가 들어있었다. 전에 체육 시간에 망가진 시계랑 비슷한 제품이었다.

다시 봄을 바라보니 봄이는 또다시 입 모양으로 "마니또 선물, 차 봐." 말하고는 손목을 가리켰다. 도영이 시계를 찬 팔을 들어 봄이에게 보여줬더니 봄은 만족한다는 듯 고개를 끄덕이며 해사하게 웃어 보였다.

체육복으로 갈아입은 봄이 체육관에 힘없이 들어왔다.

"아, 왜. 나 운동 제일 싫어하고 못 하는데……."

"그러니까. 싫어한다고 안 할 게 아니라 그럴 때일수록 더 해야 늘지."

봄은 도영이 적은 관찰일지를 읽고는 운동 신경에 관해 물어왔다. 그 핑계로 도영은 체육관으로 불러냈다. 아무래도 도서관에 늦게까지 있다가 가는 건 도영이 자신의 시야에 있을 때는 괜찮은데 여름방학이 시작되면 어딜 어떻게 다닐지 걱정돼서 호신술을 알려줘야만 걱정이 덜할 것 같았다.

"이게… 안 되네?"

"그러게, 내가 말했지. 몸으로 하는 건 다 못한다니까."

"너 진짜 이게 이렇게 안 돼?"

"어, 안 된다! 내가 못 한다고 했지?"

"알았어, 그럼 제일 쉽고 효과 확실한 걸로 알려줄게. 자, 봐봐. 집중. 만약 이렇게 누군가가 다가오면은 여기 급소를……."

"야! 거길 어떻게 차!"

"이봄, 너 목숨이 걸렸는데 안 찰 거야? 죽을 거야?"

"……해, 한다고! 뭘 또 극단적으로 죽는다는 소릴 해. 참나, 뭐, 이렇게 발차기하면 돼?"

"아니, 미쳤냐. 나 말고 여기 매달려 있는 거에 연습해야지. 누굴 죽이려고. 자, 다시 해봐."

"이, 이렇게?"

"어어……." 봄이 중심을 못 잡고 넘어지려는 순간에 도영이 봄이 머리를 잡아주려고 몸을 날렸다가 품에 봄이 쏙 들어왔다. 얼굴이 맞대어져서 입술이 닿을 것 같은 거리에서 봄이가 굳은 듯 멍하니 도영을 바라보았다. 미묘한 기류가 흐르자, 두 사람은 움직이지 못한 채 넋 놓고 말았다.

"아, 미안."

봄은 애써 아무렇지 않은 척하고 벌떡 일어났다.

"그만 가자. 오늘은 여기까지."

어색해진 둘은 가방을 챙겨 들고 체육관에서 나왔다.

"너 근데 이런 거 갑자기 왜 알려주는 건데? 네가 있는데 왜 배워야 하냐고."

"그야 이제 여름방학 시작이니까."

"뭐, 방학 때는 나 안 만날 거야? 바로 옆집인데? 이웃사촌끼리 각박하네. 마니또 다 끝났다, 이거야?"

봄은 갑자기 성질내더니 날씨가 덥다면서 씩씩거리며 걸음을 재촉해 걸었다.

"야, 같이 가. 이봄!"

도영은 긴 다리로 재빠르게 뛰어가서 봄의 손목을 턱 잡았다.

"뭐, 뭐야. 갑자기."

"봄아, 핸드폰 좀 줘 봐."

"왜?"

"요즘 위치 추적 앱 유행하던데 얼마나 잘 되는지 궁금해서. 뭐, 일종의 테스트 같은 거지."

"그걸 왜 내 걸로 해?"

도영이 손을 내밀자 봄은 할 수 없다는 듯 주머니에서 핸드폰을 꺼내 건넸다. 도영은 봄의 핸드폰에 위치 추적 앱을 깔아서 자신의 핸드폰과 연동시켰다.

"어째 정도영한테 감시당하는 것 같은데?"

"그냥 테스트 같은 거래도."

매미가 시끄럽게 울어대는 푹푹 찌는 여름에도 도영은 봄의 옆에 딱 붙어서 함께 길을 걸었다. 땀이 줄줄 흐르는 더운 날씨에도 함께 걸을 수 있는 게 마냥 좋았다.

❧

"봄아!"

도영이 부르는 소리에 봄이 뒤돌아봤다. 도영은 봄이랑 함께 있다는 사실 하나만으로도 주체할 수 없이 기뻤다. 겨울만 되면 늘 봄의 안부가 궁금했다. 감기에 걸리지는 않았는지 잠은 잘 자는지. 봄이 생각이 늘 머릿속에 떠나질 않았었다. 그런데 지금 봄이와 함께 있다니. 그것도 겨울을 같이 보내고 있다는 사실이 믿기지 않아서 한 번 더 크게 봄의 이름을 불렀다.

"봄아!"

돌 위에 쭈그리고 앉아서 얼어붙은 계곡물을 물끄러미 보고 있는 봄이 옆으로 다가갔다. 봄이 눈을 감았다가 다시 떴다. 그러고는 도영을 표정 없이 보았다.

"도영아."

"응? 안 추워?"

"괜찮아. 있잖아, 차율. 그 사람은 어떤 사람이야?"

"음, 겉보기엔 완벽한데 어딘가 늘 외로운 사람. 책임감도 강하고 강인한 사람이 분명 맞는데 속은 부드러운 그런 사람. 봄아, 우리 옛날에 했던 마니또 기억나?"

"응, 그럼. 당연하지."

"나 네가 써준 관찰일지 보고 진로 정했잖아. 그때 네가 그랬잖아. 내가 누군가를 도와주거나 지켜줄 수 있는 따뜻한 빛을 가졌다고. 군대 갔다 오고 삼촌 회사에 알바 갔을 때 그 형을 처음 봤는데 그때 형도 같은 얘기를 하더라고. 그때부터 쭉 형이랑만 일했어."

"다행이다. 너의 진가를 알아봐 주는 사람이어서."

"난 그럴 때 행복하더라고. 소중한 사람들을 지키고 도와주면서 함께 사는 거. 그러니까 봄아, 율이 형이랑 설이 누나 찾으면 그때는 나한테 다시 기회 주지 않을래……?"

도영의 말에 봄의 눈빛이 흔들렸다. 봄이 없는 시간 속에 도영의 사계절은 무채색에 가까웠다.

"봄이란 계절이 오면 봄이 네가 해사하게 웃으면서 내게 뛰어올 것만 같았고, 여름이 오면 뜨거운 태양 빛에도 손을 놓지 않고 걸어가고 싶었고, 가을이 오면 너와 멀어질 것을 두려워하기보단 손만 뻗으면 닿을 거

146

리에 늘 있어 주고 싶었고, 네가 숨어버릴 겨울이 오면 떨어져 있어도 혼자가 아니라고 늘 함께라고 말해주고 싶었어…….”

오직 도영만이 할 수 있는 고백이었다. 봄은 마음이 동요되기 시작했다. 표정을 들키기 싫은지 고개를 툭 떨궜다.

“봄아, 지금 이대로도 다 괜찮으니까, 그냥 내 곁에만 있어 주면 안 될까?”

“도영아.”

“어, 그러니까 내 말은… 나한테도 율이 형 엄청 소중한 사람이거든. 네가 없으면 나도 불안해서. 적어도 그 두 사람 찾을 때까지는 어디 가지 말고 내 옆에 있어 주라. 부탁이야. 그런 다음에 우리 얘기는 마저 하자.”

“대신 부탁이 있어…….”

“부탁? 뭔데?”

“만약에 말이야, 정말 만약에 나한테 위험한 순간이 오면 그땐 나 지키지 마. 난 그 관찰일지 후회했거든. 네가 누군갈 지키기보다 다치지 않길 바랐으니까…….”

도영은 울리는 핸드폰 진동을 못 느낄 만큼 봄이 마음을 조금은 열어준 것 같아서 기뻤다.

“도영아, 너 전화 오는 것 같은데.”

“어, 아, 잠깐만….”

“어, 삼촌. 보육원이요?”

─응, 삼촌이 직접 보육원 가볼 테니까. 여긴 안 와도 된다고. 율이가 알면 난리 나겠지만 그래도 가봐야지.

"알겠어요."

도영은 전화를 끊더니 한숨을 내쉬었다.

"아, 봄아. 혹시 이모님이랑은 아직 연락 안 돼? 설이 누나가 만나기로 했다던?"

"응, 이모가 바뀐 번호로 언니한테만 연락해서. 나는 이모 연락처를 모르거든. 내가 스무 살 때 번호 바꿨잖아. 이모도 내 연락처를 모르겠지. 정훈 오빠도 이모가 최근에 번호를 바꿨는지 연락처를 모르더라고."

"그래, 일단 어두워지기 전에 돌아가자."

⌒

여름방학이 시작되자 도영은 마니또를 바꾼 죄로 승한의 소원을 들어주기 위해 다 같이 계곡에 놀러 가기로 약속했다. 물론 승한의 엉망진창인 관찰일지 때문에 문학 점수가 확 떨어진 유라에게도 사과의 의미로 다 같이 당일치기 여행을 가기로 약속한 날이었다.

옷장에서 아끼는 옷들을 모두 꺼내 전신 거울 앞에서 한참 골라봤지만 아무래도 무릎 정도 오는 노란색 원피스가 제일 나은 것 같았다.

"너무 오바하나, 데이트도 아닌데. 아무래도 그냥 평소처럼 티셔츠에 청바지가 낫겠지?"

"아니. 노란색 원피스가 완전 찰떡이야. 근데 누구 만나러 가는데? 설마 옆집 도영인가?"

내 방 침대에 누워서 흥미진진하게 바라보는 언니에게 괜히 민망해서 헛기침했다.

"아니, 뭐 친구들 다 같이 보는 건데…."

"으음, 거기에 마침 도영이도 있고? 그럼 무조건 노란색 원피스지. 이게 딱이야."

"진짜?"

"이봄, 너 지금 언니 안목 의심해? 언니 말 틀린 적 있나?"

"아니, 없지. 그럼, 무조건 콜!"

노란 원피스를 입고 집을 나섰다. 때마침 하늘색 셔츠와 청바지를 입은 도영이가 내게 다가왔다. 햇살이 온통 도영이를 향하는 것처럼 도영이가 웃는 모습이 밝게 빛났다.

"안녕, 봄아."

"…응, 안녕."

도영이가 웃을 때면 나도 모르게 저절로 입가에 미소가 지어지는 걸 참느라고 애썼다.

도영이와 길을 나란히 걷다가 버스 맨 뒷자리에 앉아 같이 노래를 들었다. 이 순간이 설레고 좋아서 잠시 눈을 감았을 때 맑고 깨끗한 비누 향이 짙게 났다.

도영이 냄새, 언제 맡아도 좋은 이 냄새. 킁킁거리다가 눈을 떴을 때 도영이가 왜 그러냐는 듯 날 바라보았다.

"나한테서 무슨 냄새나? 아침에 씻고 나왔는데."

"아, 아니! 그런 거 아니야. 냄새는 무슨."

"그럼, 향수 때문인가? 향이 별로야?"

"아니! 전혀. 완전 좋은데."

도영이가 픽하고 웃더니 창문을 가리켰다. 차창 밖 파란 하늘을 같이 올려보았다. 창문을 조금 여니 들어오는 바람이 시원했고 보이는 풍경은 청량해서 웃음이 났다.

친구들이 모인 계곡에 도착했다. 화창한 날씨 덕분에 텐션이 한껏 올라간 상태였다. 가을이를 먼저 발견했다. 반가운 마음에 손을 하늘 높이 들어 흔들어 보였다.

"하이."

"뽀미 왔어? 쟤네 얼굴 보자마자 또 싸운다?"

유라는 승한이 때문에 떨어진 문학 성적과 차마 읽기 힘든 관찰일지의 여파가 컸는지 눈에서 레이저가 뿜어져 나오고 있었다. 가을이는 팔짱 낀 채 싸움을 말리지 않고 지켜볼 뿐이었다.

"백승한, 그만 나대라. 쪽팔려."

어느새 수박 한 통을 들고 온 승한의 차력 쇼가 부진해 보이자, 도영이는 칼로 잘라서 조각난 수박을 나눠줬다.

"이 도구가 괜히 있는 게 아니야."

승한이 씩 웃더니 사방으로 계곡물을 뿌리기 시작했다. 서로 물 뿌리느라고 한바탕 웃음이 번졌다.

"으악!"

그러다 미끄러진 유라가 계곡물에 풍당 빠져버렸다. 가장 가까이에 있던 도영이가 주저하지 않고 계곡물에 들어갔다. 물이 무서운지 유라가 발버둥 치며 소리 지르자, 도영이가 유라를 번쩍 안아 올렸다.

"유라야 괜찮아?"

계곡물에서 바로 나왔지만, 유라가 덜덜 떨며 추워했다. 도영은 자신의 옷깃을 붙잡는 유라를 데리고 가까운 슈퍼가 있는 곳으로 향했다. 그 모습을 지켜보던 나만큼이나 표정이 어두워진 승한이 금세 픽 웃었다.

"유라 괜찮을까?"

가을이와 나의 걱정과는 달리 승한은 걱정할 필요 없다며 여유로운 미소를 지었다.

"이제 우리도 그만 가자. 감기 걸리겠다."

"얘들아, 나 잠깐 화장실 좀 갔다 올게."

근처에 있는 화장실에 가서 거울을 바라봤다. 계곡물에 들어갔다가 나오니 오한이 들기 시작했다. 겉옷을 챙겼어야 했는데 한여름이라 방심했다. 예쁜 옷을 입겠다는 욕심에 체온계가 없어서 측정할 수는 없지만 분명 체온이 뚝 떨어진 게 느껴졌고 감기 걸리기에 십상이었다.

그나저나 유라는 괜찮으려나. 화장실에서 나와 다시 계곡으로 가는데 가까워질수록 둘의 분위기가 심상치 않음이 느껴졌다. 가을이가 승한이를 좋아하고, 승한이가 가을이를 좋아하는 걸 눈치챈 건 오래됐다.

초등학생 때는 서로 친하니까 그럴 수 있다고 생각했는데 어느 순간 서로를 바라보는 눈빛에서 친구 이상의 감정이 나한테도 느껴져서 모를 수가 없었다.

"아차차. 눈치 챙겨야지, 이봄."

이번에는 제발 둘 중 한 명이라도 용기를 내어주길. 서로를 향한 예쁜 마음이 닿기를 바라며 발걸음을 돌렸다. 유라랑 도영이 간 슈퍼에 도착했을 때였다. 슈퍼 앞 평상에 나란히 앉아 있는 둘을 발견했다.

"유라……."

유라의 얼굴이 도영에게 가까워지고 있는 모습을 보고야 말았다. 도영이에게 기대고 있던 유라의 얼굴이 도영이 얼굴에 맞닿았다. 금세 두 사람의 입술이 닿을 것만 같았다. 심장이 쿵 하고 내려앉는 느낌이 들었다. 마음이 쓰리도록 아팠다. 봐서는 안 될 걸 봐버린 듯했다. 놀라서 도망치듯 발걸음을 돌렸다.

눈물이 툭 떨어지고 말았다. 왜 눈물이 나지, 뭐가 그렇게 슬픈 건데 이봄. 사실은 인정하고 싶지 않았다. 유라가 도영이한테 마음 있는 것도, 도영이가 나보다 유라랑 더 잘 어울린다는 것도. 적어도 유라는 그런 트라우마는 없으니까. 겨울이 돼도 도영이와 헤어질 일이 없을 테니까. 하는 생각들이 나를 어지럽혔다.

"대체 도영이한테 뭘 기대한 건데, 이봄. 바보 같다, 진짜."

어느덧 저녁이 되었고 찰떡같던 노란 원피스가 아침과는 달리 너무 춥고 불편했다. 넋을 놓고 한참을 무작정 걸었다. 정신 차리고 보니 숲길에서 길을 잃고 말았다.

"……여기가 어디지?"

핸드폰도 안 터지고 캄캄해진 탓에 시야가 잘 보이지 않았다. 무엇보다 추워진 날씨에 길을 찾는 게 더는 무리였다. 이 길도, 저 길도 모두 비슷해 보였다. 무서워지기 시작했다. 애써 침착하려고 노력할수록 더 짙은 어둠이 나를 집어삼킬 것만 같았다.

결국 이름 모를 큰 나무 앞에 털썩 주저앉아버렸다. 오한이 들어 웅크린 채 나무에 기대 한참을 두려움에 떨었다. 어쩌면 이러다가 생을 마감하는 불운의 여고생이 되지 않을까 하는 부정적인 생각이 머릿속에 가득 찼다. 핸드폰은 아무리 눌러봐도 배터리만 줄어들 뿐이었다. 그러다가 핸드폰 전원마저 나가버렸다.

"무서워⋯⋯."

숲속에는 알 수 없는 동물 소리가 나기 시작했다. 까마귀 같은 검은 새들도 떼로 날아다녔다. 이러다가 동물한테 잡아먹히지는 않을까 온갖 상상에 빠졌을 무렵이었다.

팍! 소리를 내며 튀어나온 물체에 놀라서 "으아악!" 크게 소리 질렀다. 누군가 내 이름을 아주 크게 불렀다.

"봄아, 이봄!"

"사, 살려주세요, 제발⋯⋯."

"나야, 나라고!"

"네?"

"정도영, 도영이라고!"

"도영이?"

"그래. 나야, 나라고."

도영이 헉헉 숨을 헐떡대며 내 앞에 나타났다.

"진짜, 너야? 도영이 너야?"

반가움에 눈물이 터져 나왔다. 그만 도영이를 와락 끌어안아 버렸다.

"너 생각이 있어, 없어? 혼자 이런 곳을 오면 어떡하냐! 어딜 가면 간다고 나한테는 말했어야지. 내가 널 얼마나 걱정했는데….”

“화내지 마, 미안…….”

“이봄, 너 괜찮아? 왜 이렇게 창백해졌어.”

“잠깐만, 잠깐만 있어 줘. 나 진짜 너무 무서웠었어. 으어엉.”

“내가 왔잖아. 이제 괜찮아, 봄아.”

도영이는 한참 내 등을 두들겨주며 진정될 때까지 기다려줬다.

“이제 좀 괜찮아?”

“으응…….”

“너, 또 딴생각했지? 길을 걸을 때는 다른 생각하지 말고 앞 잘 보고 가라고 몇 번을 얘기했는데.”

분명 맞는 말인데 괜히 울컥했다. 도영이가 입고 있던 하늘색 셔츠를 벗어서 내게 걸쳐주려고 하길래 흰색 반팔 티만 입고 있는 도영이가 추울 것 같아서 손사래 치며 사양했다.

“됐어.”

“너 지금 몸 차가워. 그러니까 왜 이렇게 얇은 원피스를 입고 오냐.”

“내 맘이거든.”

“멋 부리다가 얼어 죽어. 가뜩이나 추위에도 약한 애가. 여름 감기가 더 독하대.”

도영이는 결국 내게 셔츠를 걸쳐줬다.

괜히 심술 났다. 누구한테 잘 보이려고 입은 옷인데. 누구 때문에 울다가 길을 잃었는데. 분하다는 듯 쏘아봤다.

“얼른 가자, 내가 왔던 길 그대로 나가면 될 거야.”

아까 유라와 함께 있던 도영이 모습이 다시 떠올라서 그만 도영이를 밀치고 품에서 떨어졌다. 도영이 내게 바짝 다가오더니 등을 내보였다.

"뭐, 뭔데."

"업혀."

"됐거든. 내가 걸어갈 수 있어."

퉁명스럽게 말하고 가려는데 도영이가 황급히 뛰어와서는 다시 등을 내보였다.

"너 지금 몸에 힘 하나도 없잖아. 몸도 차갑고. 여기 빨리 나가려면 업고 가는 게 빨라."

"돼, 됐다니까."

도영이가 내 양팔을 잡아끄는 바람에 도영이 등에 금세 업혀졌다. 내가 뭐라 말하기 전에 나를 업고 벌떡 일어난 도영이는 터벅터벅 걸어왔던 길을 기억해 내며 걸어갔다.

"어휴, 이봄 고집은. 많이 무서웠냐?"

왜 늘 넘치게 다정해서 사람 헷갈리게 만드는 건데.

"너 진짜 나쁘다. 정도영. 나 내려줘, 얼른."

"뭐? 안 돼."

"아, 내려달라고."

발버둥 쳐서 결국 도영이 등에서 내려왔다. 성큼성큼 앞질러 갔다. 분명 유라와 도영이 얼굴이 맞닿았다. 그 모습이 잊히질 않았다. 어쩌면 그동안 내가 착각해서 두 사람 사이에 끼어든 것일지도 모른다는 생각에 마음이 꼭 무너질 것만 같았다.

"봄아, 화났어? 같이 가! 봄아!"

낡은 버스 정류장에 도착했다. 집으로 가는 버스가 오길 기다렸다. 도영이는 내 옆에 앉더니 친구들에게 나를 찾았으니 걱정하지 말고, 그만 집으로 가라고 연락했다.

"근데 너 내가 있는 곳은 어떻게 알았어?"

"응? 아 그거. 위치 추적 앱. 저번에 애들 하는 거 보고 궁금해서 설치했었잖아. 이게 이럴 때 쓰일 줄은 몰랐지만. 그래도 설치해 놓길 잘했다. 안 그랬으면 너 빨리 찾기 힘들었을 테니까."

"아, 그랬구나. 저기 있잖아, 너 혹시 유라……."

그 순간 캄캄해서 지나칠 뻔한 버스가 우리를 발견했는지 끼익 소리를 내며 가까스로 멈췄다. 버스에 올라타느라 유라와의 일을 결국 물어보지 못하고 버스 맨 뒷자리에 나란히 올라탔다.

버스 창문을 묵묵히 바라보는데 도영이가 이어폰 한쪽을 내 귀에 꽂아줬다. 잔잔하고 감성적인 첫사랑 노래가 흘러나오는 데 마음을 후벼파는 것 같았다.

역시나 용기가 나질 않아서 차마 물어보질 못했다. 도영이 입에서 유라가 좋다는 말이 나오면 마음이 무너질 것만 같아서 말을 삼켰다.

짝사랑의 아픔이 이렇게나 클 줄은 몰랐다. 내가 아니라 다른 사람이었어도 도영이는 찾으러 왔을 테니까. 도영이는 그런 다정한 아이니까.

계곡을 다녀온 후 사랑의 열병처럼 지독한 여름 감기에 걸려 며칠이나 앓았다. 사랑 때문에 몸보다 마음이 더 아픈 건 살면서 처음 느껴봤다.

일주일 정도 지났을까. 몸을 회복하고는 주로 도서관에 다니거나 집안일을 도우며 시간을 보냈다. 종종 친구들과 연락하며 지냈지만, 가을이와 유라는 여전히 늘어난 학원에 가서 공부하느라 바빴다.

도영이와는 가끔 집 앞에서 마주쳤지만, 간단한 안부만 물었다. 아니, 정확히는 내가 뚝딱거리며 도영이를 피해 다녔다.

도영이에 대한 내 마음이 커질 대로 커져 버려서 마주할 때면 예전처럼 편한 친구의 마음보다는 이러다가 좋아하는 마음을 들켜버릴까 조마조마했다. 괜한 실수를 할까 봐 거리를 둘 수밖에 없었다.

언제부터인지도 모를 짝사랑이 잔뜩 부풀어 오른 풍선처럼 커져 버렸고 언제 터질지 몰라서 피하는 것 말고는 아무것도 하지 못했다.

그렇게 여름방학이 끝났고 어느새 시원한 바람이 불어왔다. 올해도 어김없이 학교는 11월까지만 나가기로 했다. 담임 선생님은 11월에도 저체온증 증상이 있으면 언제든 등교를 멈추라고 하셨다.

내년이면 고3이라니.

이번 겨울방학에는 진로나 대학 진학 문제를 고민하고 결정해야만 해서 마음이 무거워졌다. 친구들도 한창 공부에만 매달리기 시작했고 난 겨울을 맞이할 준비를 했다.

점심시간에는 방송부에서 공부에 지친 학생들을 위해 노래를 틀어주는 라디오 같은 형식의 방송을 진행했다.

'첫눈이 내리기 시작합니다. 오늘 같은 날에는 지친 학업의 스트레스를 내려놓고 잠시 여유를 가져보는 건 어떨까요?'

방송을 듣고 창문 밖을 보니 첫눈이 내리기 시작했다. 생각보다 많이 쌓이는 눈에 공포심이 들었다. 어김없이 새하얀 눈이 붉게 보이면서 몸이 떨려왔다. 부모님의 사고가 또다시 생생하게 떠오르기 시작했다. 이런 모습을 친구들한테 보일 수는 없었다. 신난 친구들 사이 서둘러 가방을 챙겼다. 첫눈인데도 불구하고 금세 쌓이기 시작했고, 눈발이 쉴 새 없이 흩날렸다.

"선생님, 저 조퇴할게요."

담임 선생님은 창문 밖 내리는 눈을 힐끔 보시고는 더는 묻지 않았고 얼른 가보라고 말했다. 고개 인사를 한 후 교무실을 나와서 곧장 교문으로 향했다.

떡볶이 코트만으로는 추위를 감당할 수 없었다. 몸이 덜덜 떨려왔다. 눈이 하얗게 보였으면 좋겠다고 여태 수도 없이 빌었다.

제발……. 눈을 잠시 감았다가 떠봐도 올해도 똑같았다. 고개를 조금 숙여 땅도, 앞도 아닌 먼 허공을 바라보며 운동장을 가로질러 갔다.

운동장 한가운데쯤 걸음이 멈춰졌다. 머리가 찢어질 것 같은 고통스러운 두통이 몰려왔고, 사방에 내리는 눈들이 온통 새빨간 피처럼 붉게 보였다. 공포심과 트라우마에 머리를 부여잡고는 눈을 질끈 감고 주저앉았다.

누군가 멀리서 내 이름을 크게 불렀다.

"봄아! 이봄!"

도영이었다. 자전거를 타고 내 앞에 나타난 도영이는 자전거에서 내려 옆에 세워두고는 나를 붙잡아 일으켜 세웠다.

"봄아! 괜찮아?"

"괘, 괜찮아. 나는 괜찮……."

도영이가 재차 괜찮냐고 묻는 말에, 예전에 도영이가 했던 말이 떠올랐다.

'근데 괜찮지 않으면 좀 어때. 괜찮지 않은데 괜찮은 척하려다 보면 너무 힘들잖아. 자꾸만 몸에 힘주게 되고, 더 오바하게 되고. 때로는 힘들면 힘들다고, 아프면 아프다고 솔직하게 말할 수 있는 것도 필요해. 그러니까 혼자 이겨내려고 애써 괜찮을 척할 필요 없다고. 혹시 그런 말 하는 게 어려우면 나한테 연습해 보던가. 친구 사이에 그 정도는 해줄 수 있는 거니까.'

"……흐으, 아니, 나 사실은 괜찮지 않아. 도영아, 나 그렇게 빌었는데 올해도 눈이 붉게 보여. 그래서, 그래서 사실은 너무 아프고 무서워……."

처음이었다. 이렇게 누군가에게 내 아픔을 솔직하게 말한 게. 도영이는 나를 와락 끌어안았다.

"내가 왔잖아, 괜찮아, 봄아. 너 혼자 아니야. 내가 있으니까, 다 괜찮아질 거야. 그렇지 않아도 내가 꼭 그렇게 만들 거니까 아무 걱정하지 마."

도영이는 자전거 뒷자리에 나를 앉혔다. 도영이 허리춤을 붙잡은 손이 덜덜 떨려왔다. 도영의 따뜻한 손이 내 손에 닿았다. 그대로 내 손을 꼭 붙잡더니 허리를 붙잡을 수 있도록 앞으로 당겼다. 도영이 허리를 꼭 안았다.

"봄아, 놓치지 말고, 꽉 잡아. 잠깐만 눈 감고 있어. 집 도착하면 알려 줄게."

"응, 고마워……."

도영이 말대로 눈을 지그시 감고 말했다.

"……근데 아직 학교 안 끝났는데 이렇게 나와도 돼?"

"나도 추운 거 싫어서 조퇴했어. 너랑 다를 거 없어."

문득 그런 생각이 들었다. 사방이 아무리 혹한 추운 겨울일지라도 도영이 품이 너무 따뜻해서 이 순간이 춥지만은 않은 기억으로 오래 남을 것 같다고. 어쩌면 가장 따뜻한 계절은 겨울일지도 모르겠다는 그런 말도 안 되는 생각이 들 때쯤 눈을 다시 떴다.

다행히 눈이 새하얗게 보였다. 안도의 한숨을 쉬자, 도영이는 금방 도착한다고 그러니 추워도 조금만 참아달라고 다정하게 말했다.

집 앞에 도착하자 자전거에서 내려 도영이 앞에 섰다.

"태워줘서 고마워, 그럼 방학 잘 보내."

도영이도 자전거에서 내리더니 나를 불렀다.

"봄아."

"응?"

"나 피하지 말아 줘."

"그런 거 아니야……."

"그럼 기다릴 테니까 우리 봄에 만나자. 심심하면 언제든 연락하고.

알았지?"

"응……. 아니, 싫어."

"……싫다고?"

"네가 다정한 게 싫어."

"다정한 게 싫다니 그게 무슨 말이야?"

도영이가 웃음기 가신 얼굴로 나를 바라보았다.

"네가 이렇게 다정하게 굴면 내가 자꾸 착각하잖아. 너는 아무한테나 늘 다정한 사람인데."

괜한 마음의 소리가 튀어나온 것 같아서 집으로 들어가려는데 도영이가 나를 붙잡았다.

"뭔가 오해가 있나 본데 나 안 그래. 아무한테나."

단호한 도영이 목소리가 귓가에 맴돌았다.

"너…, 혹시 유라… 좋아해?"

시선을 아래로 떨구고 기어가는 목소리로 물었다. 아니라고 말해주길 바랐다. 지금, 이 순간만큼은 눈보다 도영이 입에서 유라가 좋다는 말이 나올까 봐 그게 더 무서웠다.

"최유라? 아니. 근데 너 왜 내 눈 피해?"

도영이가 내 눈을 마주치려고 고개를 요리조리 돌리며 바짝 다가오는 바람에 결국 눈이 마주쳤다.

"정말 아니야?"

"응, 아니야. 갑자기 그게 왜 궁금한데?"

"그냥……."

"그냥?"

"아, 또 내가 눈치 없이 구는 걸까 봐. 그래서 그랬다, 왜. 그리고 너도 싫을 거 아니야. 이런 이상한 겨울 트라우마에 저체온증까지 시달리는 친구……."

"하, 진짜 눈치가 더럽게 없긴 하네. 이봄. 그래서 지금까지 나 피한 거였어?"

"그런 거 아니라니까."

"그러니까 봄아, 내가 연락하면 피하지 말고, 답장 꼭 해. 기다릴게. 그리고 난 그런 이유로 네가 이상해서 싫다고 생각해 본 적 한 번도 없어. 봄아, 너는 봄이란 계절에 남들보다 몇 배로 더 빛나잖아. 겨울에 어둠이 잠시 드리워질 때도 너무 겁내지 마. 봄이 오면 꽃은 더 활짝 필 테니까. 그러다 보면 언젠가 겨울이 괜찮아지는 날이, 좋아지는 날이 올지도 모르잖아."

내게도 그런 날이 올 수 있을까.

따뜻한 도영이 말에 금세 눈에 눈물이 고였다. 도영이 눈에도 눈물이 맺혀있었다. 도영이는 다시 환하게 웃어 보이며 손을 흔들었다. 내가 집에 들어갈 때까지 꼼짝도 안 하고 그 자리에 서서. 늘 그 자리에 있겠다는 듯이. 내가 돌아보면 들어가라고 손짓했다.

몸에 힘이 쪽 풀려서 방에 들어오자마자 침대에 걸터앉아 깊은 한숨을 내쉬었다. 이번 겨울도 어김없이 힘든 겨울이겠지만 외롭지는 않을 것 같았다.

창문을 열고 눈을 감았다가 다시 떴다. 창밖에 쌓인 눈을 바라봤다.

또다시 소름 끼치는 그 느낌이 들었다. 역시나 같은 두통이 몰려들자, 창문을 닫고 침대에 웅크리고 앉았다. 겨울만 되면 바보같이 숨는 나를 기다려주겠다는 그 말이 당장이라도 밖으로 나가고 싶게 만들었지만 아직은 용기가 나질 않았다. 귀에 이명까지 들리는 듯했다.

조금 전 도영이 특유의 다정한 눈빛과 말들이 계속 맴돌았다. 봄, 여름, 가을, 겨울. 사계절을 모두 도영이와 겪었다. 돌이켜보면 도영이는 내가 강할 때도, 약할 때도 어떤 순간에도 한결같이 대했다. 더울 때도, 추울 때도 늘 다정하고 따뜻했다.

"나도 너한테 그런 사람이 되어주고 싶어……."

그렇게 나의 열여덟의 겨울이 다시 시작됐다.

⌁

도영은 집 근처에 있는 아이스크림 가게에서 아르바이트를 시작했다. 직접 돈 벌어서 꼭 사고 싶은 물건이 생겼다. 부모님은 가게에서 일하라고 하셨지만 결국 부모님 돈으로 용돈 받는 것 같아서 사양했다.

크리스마스를 앞두고 손님들이 끊임없이 몰려오는 바람에 정신없는 하루가 지나갔다.

도영은 알바가 끝나고 집에 돌아갈 때면 늘 봄이 방 창문을 확인했다. 오늘도 불이 켜져 있었다. 늦은 밤까지 봄이는 뭘 하고 있을지 궁금해져서 주머니에서 핸드폰을 꺼내 메시지를 보냈다.

[봄아, 안 자고 뭐 해?]

[중고 책 사려고 알아보고 있었어. 너는 뭐 해?]

[알바 끝나고 집 앞이야]

[늦었네. 피곤하겠다.]

[봄아 창문 좀 열어봐]

도영의 메시지를 읽었는지 봄의 방 창문이 열렸다. 고개를 들자 귀여운 캐릭터 잠옷을 입은 봄이 모습이 잘 보였다. 도영은 어느새 피곤함은 사라지고 입가에 미소가 번졌다.

"봄아!"

반가운 마음에 손을 크게 흔들자, 봄이도 따라서 손을 흔들었다. 그렇게 몇 번을 반복했다. 도영은 이렇게라도 봄이를 볼 수 있다는 것만으로도 좋았다.

도영은 봄이 좋아할 만한 신작 소설책과 옆 동네에서 파는 초콜릿 붕어빵을 사서 봄의 집 앞에 서성거렸다.

"편지까지 다 썼고. 근데 이걸 어떻게 전하지." 대문 앞에서 망설이는데 마침 설이 대문 밖으로 나왔다.

"어, 도영이?"

"네, 안녕하세요, 누나."

"어, 안녕. 어쩐 일이야? 봄이 만나러 왔어?"

"아, 네. 봄이한테 줄 게 있어서 왔어요."

도영은 설에게 분홍색 상자 하나를 건넸다.

"이것만 좀 부탁드려요."

"도영아, 잠깐만."

"네?"

"그러지 말고, 봄이한테 직접 전해줄래?"

"아니에요, 봄이가 부담스러워할 것 같아서요. 이것만 봄이한테 전달해 주세요, 누나."

"그래, 그럼. 아, 도영아. 다음에 봄 되면 봄이랑 또 카페에 놀러 와, 누나가 또 핫초코 만들어줄게."

"네, 그럴게요."

설은 도영이 건넨 상자를 들고 다시 집으로 들어갔다. 도영은 발걸음을 돌려 집으로 돌아갔다. 봄이를 보고 싶은 마음이 굴뚝같았지만. 문득 봄이 새하얀 눈을 보고 겁에 질린 얼굴이 떠올랐다. 금방이라도 푹 쓰러질 것 같았던 그 모습에 그저 잘 버텨주기만 바랄 뿐이었다.

봄이에게
봄아, 부디 너의 겨울이 따뜻하길 바라.
이번 봄은 빨리 찾아온대.
꽃 피는 봄이 찾아올 때까지 기다리고 있을게.

도영은 방에 들어와서 목도리를 두르고 털장갑을 끼고는 눈 오리 집게를 챙겨 다시 집 마당으로 내려왔다.

"도영아!"

자신을 부르는 익숙한 목소리에 재빨리 뒤돌아봤다. 믿을 수 없어서 몸이 얼음처럼 굳어버렸다.

"어어어……."

봄이 얼마나 급하게 나왔는지 슬리퍼를 신은 채 눈길에 뛰어오다가 미끄러졌다. 굳은 몸을 빠르게 움직여서 봄이를 잡아주다가 그대로 같이 넘어졌다. 도영의 품에 봄이 쏙 안기게 되면서 둘의 입술이 스치듯 살짝 닿아버렸다. 분명 접촉 사고였다. 웃어넘겨야 하는데 도영은 당황해서 굳었고 그대로 멈춰버렸다.

"……괜찮아?"

"어, 어……. 괜찮고말고."

놀란 봄이 손으로 입을 막으며 벌떡 일어났고, 도영도 따라서 일어났다.

"무슨, 무슨 일이야. 왜 뛰어와…."

봄은 도영에게서 한 발짝 떨어지더니 도영의 눈을 똑바로 바라보았다. 발그레한 볼은 여전히 귀여웠다.

"저, 그러니까 말이야. 나 너한테 꼭 해주고 싶은 말이 있어서. 꼭 얼굴 보고 말하고 싶어서 나왔어."

"무슨 말인데 그래?"

봄이 잠시 망설이다가 눈을 꾹 감고 말했다.

"나 있잖아, 괜찮을 것 같아!"

"뭐가?"

"너만 있어 준다면 겨울이어도 괜찮을 것 같다고!"

도영은 웃음이 터져 나와 주체할 수가 없었다.

"왜… 웃어? 야, 나 지금 진지한데. 웃어?"

도영은 봄이 너무 귀여워서 웃음을 멈출 수가 없었다. 도영은 슬리퍼를 신은 봄에게 다가가 신발을 벗어 내밀었다.

"괜찮아."

"얼른. 추워, 봄아."

도영은 벗은 신발을 봄이 발에 신겨주고는 목도리를 풀어 봄이 목에 둘러줬다. 장갑을 벗어 봄이 손에 장갑을 끼워줬다. 그래도 발그레한 볼은 여전히 잘 보였다. 고개를 살짝 숙여 봄의 얼굴을 찬찬히 내려봤다. 못 본 지 얼마나 됐다고 보고 싶었던 그 얼굴이 이렇게 가까이 있다는 게 믿기지 않았다. 봄이 입술이 움직이더니 입 모양으로 작게 말했다.

"보고 싶었어…."

도영은 봄을 따라 입 모양으로 작게 말했다.

"나도, 보고 싶었어…."

"알아, 너 대학교 갈 때까지는 연애 그런 거 안 한다고 한 거."

"내가?"

"애들이 그러던데. 그래서 아무랑도 안 만난다고 했다고……."

"아, 그건…."

"기다릴게! 네가 내 겨울을 기다려준 것처럼 나도 기다릴게. 그냥 내 마음이 그렇다고 얘기해 주고 싶었어. 나 사실 대학교 진학 포기하려고 했거든. 근데 생각이 바뀌었어. 이제부터는 시작하기도 전에 포기부터 하는 미련한 짓 안 하려고. 용기 내보려고. 그럼 나 갈게!"

도영은 서둘러 봄의 손목을 잡아 끌어당겼다.

"봄아, 잠깐만."

이대로 봄이를 보내면 후회할 게 분명했다.

"봄아, 고마워. 용기 내 줘서. 나는 너를……."

"지금 대답하지 마!"

"어?"

"고맙다며! 그냥 내 마음이 그렇다고 말한 거니까. 내년 겨울에 대답해 줘. 대학교 붙으면 그때 다시 얘기하자."

"그러면 여기서 잠깐만 기다려줄래? 금방 나올게."

도영은 떨리는 심장을 부여잡고 2층으로 올라갔다. 봄이가 기다리는 게 싫어서 계단을 두 개씩 성큼성큼 올라갔다. 서둘러 장갑과 목도리를 하나씩 더 챙기고 핫팩 두 개를 뜯어 주머니에 넣고 신발을 갈아 신고 나왔다.

"봄아, 가자."

"어디를?"

도영은 한 손에는 오리 집게를 다른 한 손에는 봄의 손을 붙잡아 이끌었다.

두 사람은 개화공원에 들어갔다. 공원은 인적이 드물었고 적당히 쌓인 예쁜 눈에 눈놀이하기 딱 좋았다. 봄의 안색이 밝지 않은 걸 도영은 금세 눈치챘다. 주머니에서 이어폰을 꺼내 한쪽을 봄에게 건넸다.

눈 오리 집게로 오리 모양 눈을 만들자 봄이 눈이 반짝였다. 한 번 해 보라는 말에 봄이 신나서 집게로 오리를 공장처럼 만들어냈다. 도영이 그러지 말고, 눈사람도 만들어보자고 말했다. 같이 눈을 굴려 만든 눈사람에 눈코입을 같이 꾸몄다. 이어폰 줄 때문에 바짝 붙어있던 봄이 어린아이처럼 웃으며 좋아하는 모습을 보니 도영은 뿌듯했다.

한참 놀다가 벤치에 나란히 앉았다. 도영은 자판기에서 핫초코 음료를 꺼내 봄에게 먼저 건넸다. 봄이 추운지 얼굴이 붉어져 있었다.

주머니에 넣어놓은 핫팩을 꺼내 봄의 양 볼에 대자 한층 더 귀여워진 봄이를 놀리고 싶어져서 얼굴에 더 가까이 다가갔다. 그 순간 눈을 감는 봄이를 보고 그만 웃음이 터졌다. 봄이 부끄러운지 갑자기 벌떡 일어났다.

"우, 웃지 마!"

"봄아, 우리 좀 걸을까?"

온통 새하얀 눈으로 덮인 동네를 뽀드득 소리 내며 봄이랑 함께 발맞춰 천천히 걸었다.

"나 눈사람 처음 만들어봤다?"

"진짜?"

"응, 여기 자판기 핫초코도 처음 마셔봐. 핫초코는 겨울에만 팔잖아. 그리고 이렇게 뽀드득 소리 내면서 겨울에 길 걷는 것도 정말 오랜만이야. 고마워, 나 요즘 일기에 적을 게 없었거든. 매일이 너무 똑같고 지루해서. 근데 오늘은 적을 게 아주 많아. 그래서 너무 재밌었어."

"다행이다. 네가 좋아해 줘서."

"도영아, 아까 말한 것처럼 너랑 함께 있으면 겨울이어도 괜찮을 것 같아. 정말 신기하게 예전처럼 무섭지 않아."

"너에게 겨울이 따뜻할 수 있단 걸 꼭 알려주고 싶었어."

봄이 오기 전에,

가장 따뜻했던 우리의 청춘이, 이토록 찬란할 수 있을까 싶을 정도로 행복했던 우리의 겨울이 지나가고 있었다.

꿈

도영의 말처럼 예년보다 봄은 성큼 빠르게 찾아왔고 어느덧 고3이 되었다.

교실에 앉아 있는 봄이 사뭇 진지해졌다. 장래 희망과 대학 진학 여부를 적어야 하는 데 쉽사리 쓸 수가 없었다. 봄은 도영이 적어준 관찰일지에 적힌 내용을 다시 천천히 읽어봤다.

도영은 그런 봄에게 다가가 봄이 앞 의자를 뒤로 돌려 앉아 턱을 괴고 봄을 바라봤다. 그러다 입꼬리를 길게 올리며 웃었다.

"네가 소설을 읽고 글을 쓸 때 정말 행복해 보였거든. 그래서 나는 네가 좋아하는 일을 했으면 좋겠어."

"만약 아무도 안 읽어주면? 좋아하는 거랑 잘하는 거는 다를 수도 있잖아."

"넌 최우수상까지 받아놓고 그렇게 자신감이 없냐?"

"교내 글짓기랑 소설이랑 같냐고. 난 아직 소설을 제대로 써본 적이 없단 말이야."

"봄아, 널 믿어. 넌 잘할 거고, 또 잘 해낼 거야. 널 믿지 않는 사람들이 있을 수도 있지만 널 꼭 믿었으면 좋겠어. 두려워하기보다 후회로 남기지 않을 선택을 했으면 좋겠으니까. 그러다 보면 사람들이 너의 진가를 알아봐 줄 날이 찾아올 거야."

"정말 그럴 수 있을까?"

"응, 걱정 같은 거 왜 했나 싶을 정도로 봄날 같은 순간들이 분명히 찾아올 거야. 못 믿겠으면 내가 네 1호 팬 해줄게. 벌써 팬이 생긴 거다?"

"그럼 내가 언젠가 첫 작품을 쓰게 된다면 너한테 제일 먼저 보여줄게. 1호 팬이니까."

"그래, 좋아. 자, 약속."

도영이가 내민 손가락에 봄은 손가락을 걸어 약속했다.

"근데 도영이 너는 정했어? 체대 가기로?"

"체대는 맞는데 아직 과를 못 정했어. 특별히 뭘 하고 싶은 게 딱 없어서."

"하긴 너는 잘하는 게 많으니까. 행복한 고민이려나."

"근데 곧 찾을 수 있을 것 같아. 네가 써준 관찰일지에 답이 있는 것 같아서."

도영은 봄을 만나고 그저 그랬던 삶에서 의욕이란 게 생겼다. 그동안 뭐든 다 괜찮다고만 생각해 왔다. 특별히 잘하고 싶은 것도 잘해야만 하는 것도 없다고 생각했다. 그런데 도영은 봄을 만나고 누군갈 지켜줄 수 있는 사람이 되고 싶어졌다. 고민 끝에 경호학과에 진학하기로 했다.

여름방학이 시작되자 도영은 삼촌에게 피아노를 배웠고 놀라울 정도로 금세 실력이 늘었다.

"조카, 너 왜 잘해? 왜 금방 배우는 건데? 피아노까지 잘하면 어쩌자는 거니."

도영은 언젠가 봄이에게 들려줄 수 있도록 틈틈이 배웠다. 그러다가 문득 궁금해졌다.

"삼촌은 왜 음악 시작했어? 뮤직 이즈 마이 라이프, 마이 소울, 이런 거 말고 직업으로 선택한 이유 말이야."

"삼촌도 네 나이 때 인마, 고백 좀 해보려고 배웠지. 삼촌이 고등학생 때부터 짝사랑한 사람이 음악을 좋아했거든. 근데 어느 날 그 사람이 서울 사는 번듯한 직장인이 좋다는 거야. 그래서 음악 포기하고 직장에 들어갈까도 했는데 음악만 하고 공부는 진작 놓아버려서 그러기도 어려웠거든. 그때 방에 나처럼 덩그러니 남아 있는 이 기타가 보이더라고. 사람 사는 게 다 타이밍이 있는 것 같아. 처음부터 그 사람이 좋아했던 건 음악을 잘하는 게 아니라 공부 잘하는 서울에서 같이 살 잘난 놈이었는데. 그냥 기타만 잘 치면 마음 얻을 수 있는 건 줄 알았거든. 나는 그런 것도 모르고 그 잘난 놈이 취미로 하던 거를 계속 치다 보니까 아직도 치고 있잖니. 근데 삼촌이 제일 후회하는 건 음악을 선택한 게 아니라 용기 내서 고백 한 번 제대로 해보지 못한 거. 그게 제일 후회되더라고. 차일 때 차이더라도 솔직하게 마음 다해 표현해 봤으면 적어도 후회로 남진 않았을 테니까……."

"삼촌도 해."

"응? 서울 사는 직장인?"

"아니, 잘난 놈. 혹시 알아? 삼촌이 더 잘난 놈이 될지? 아직 인생 안 끝났네요."

"아이고, 고맙네요. 조카님."

"보는 눈이 없네, 삼촌 첫사랑."

"조카, 여기서 가장 중요한 게 뭔 줄 아냐?"

삼촌은 손가락을 튕겨 딱 소리 내며 강조해서 말했다.

"바로 타이밍. 아무리 질긴 인연이라고 해도 타이밍 놓치면 말짱 도루묵. 그리고 더 중요한 건 정말 이 사람이다 싶으면 아무리 힘들어도 놓지 말고, 꼭 붙잡는 거. 힘들다고 놓아버리면 잃는 게 더 많은 것 같아. 몇백 겁, 몇천 겁에 한 번 만나는 게 사람 인연이래. 헤아릴 수 없는 긴 시간이 지나 어렵게 다시 만난 귀한 인연인데 말이야. 안 그래? 삼촌은 옆집 토깽이 맘에 들어. 귀엽더라, 싹싹하고."

"뭐야, 삼촌 알고 있었어?"

"모르기가 더 힘들지 않겠니. 조카야. 토깽이 걔가 어버이날에 카네이션 들고 가게 왔더라. 너 몰랐지?"

"그랬어? 봄이가?"

"응. 누나한테 반찬 만드는 것도 틈틈이 배워가고 너 운동 갔을 때 가게 일도 야무지게 도와주고. 어버이날에 카네이션 들고 와서는 누나랑 매형 옷에 예쁘게 매달아주고 갔어. 손님들이 그거 보고 딸이냐고 부럽다고. 이 무심한 놈아. 너보다 백배는 낫더라. 피아노만 배우지 말고, 나가! 밖에 나가서 실행해. 대체 어떤 놈이 피아노를 잘 치는지는 모르겠는데 너는 그냥 있는 그대로 너의 모습으로 승부를 봐. 이 동네에서 제일 잘생긴 놈이 무슨 걱정이야."

"고마워요, 삼촌……."

열린 창문 사이로 봄의 방 창문을 바라보는 게 도영의 일상이 되었다. 삼촌의 조언대로 도영은 자신만의 방식으로 솔직하게 마음을 전하는 게 가장 좋을 거라는 결론을 냈다.

두 사람은 한국대를 지망했다. 도영은 대학교 합격을 하고 겨울이 오면 봄이에게 아주 멋지게 고백할 계획을 세워놨다. 봄이에게 아주 특별하고 멋진 겨울을 선물하기로. 그날이 오기만을 손꼽아 기다렸다.

네가 내 첫사랑이라고.

그러니까 서툰 게 있어도 이해해달라고, 부족한 게 있어도 나를 좋아해 달라고. 봄의 손을 꼭 붙잡고 말할 그 순간만을 기다렸다.

이 편지와 함께.

봄이에게

봄아, 너에게 따뜻한 겨울을 선물해 주고 싶었어.

너의 길고 길었던 겨울이 이제는 혼자가 아니야.

내가 늘 함께할게.

따뜻한 등불이 되어 너의 세상을 환히 밝혀줄게.

사랑해.

설산의 붉은 저주

개화를 다 돌아다녔지만, 두 사람의 흔적은 그 어디에서도 찾을 수가 없었다. 개화산 딱 한 군데 빼고. 꿈에서 보았던 풍경은 분명 설산이었다. 개화산을 꼭 가봐야 할 것 같은 느낌을 피할 수가 없었다.

다시는 이 산에 오지 않으리라 굳게 다짐했었는데 지금은 꼭 올라가야만 했다. 도영이한테는 집에 먼저 가 있겠다는 말을 남기고 이곳에 혼자 왔다. 도영이만큼은 절대 이곳에 오게 할 수 없었다.

아직 날이 밝지만, 다시 내리기 시작한 눈 때문에 미끄러워서 급한 마음과 달리 발걸음에 속도가 나질 않았다. 산 초입에 있는 작은 절을 발견했다. 들어가서 보이는 의자에 잠시 앉았다. 눈을 지그시 감고 심호흡하는 사이 스님이 내게 다가왔다.

"노란 나비가 돌고 돌아서 기어이 이곳으로 다시 돌아왔네. 급하게 움직이고 말고 이곳에서 천천히 머물다가 가세요."

"…네? 네, 고맙습니다."

"죽었던 산이 다시 예전처럼 살아날지도 모르는데 내가 고맙지요. 허나, 이곳은 다른 산에 비해 낮지만, 엄연히 아주 오래된 산이니 항시 조심하셔야 합니다."

도통 영문을 알 수 없는 말들이었다.

"어쩌면 머지않아 꽃필 날이 찾아올지, 그곳만 여전히 살아 있을지 아니면 그곳마저도 죽게 될지는 지켜봐야겠지만요. 부디 완연한 봄을 맞이하길 바랍니다."

내게 인사하는 스님을 따라 인사한 후 절에서 나왔다. 다시 산에 오르려던 참이었다.

"이봄!"

나를 부르는 소리에 뒤돌아봤다. 숨 가쁘게 뛰어온 도영이가 보였다.

"너 진짜… 나한테 왜 그래?"

"너, 너 여기 어떻게 왔어?"

"그게 중요한 게 아니라 같이 있기로 약속했잖아."

"여기는 안 된다고 했잖아."

"네가 아무리 그래도 너 혼자 두고 나 못 가, 절대. 그러니까 이봄, 네가 포기해."

"제발, 가라고! 부탁인데 따라오지 마! 네가 이러면 내가 너무 힘들어."

"겨울이잖아, 봄아. 다른 계절도 아니고 겨울이잖아."

"그러니까 겨울이니까. 겨울이라서 너랑 같이 있을 수가 없다고……."

목소리가 떨려왔다. 눈물이 뺨에 흐를 것 같아서 돌아섰다. 흐르는 눈물을 닦는데 도영이가 뒤에서 나를 끌어안았다.

"봄아, 나는 너를 좋을 때만 보고 싶지 않아. 네가 힘들거나 지칠 때, 무섭거나 약해질 때, 괜찮지 않을 때, 내가 필요할 때 모든 순간 나는 네 옆에 있고 싶어."

기어이 눈물을 보이고 말았다. 뺨에 흐르는 눈물을 닦을 새도 없이 또 눈물이 흘러내렸다.

"네가 자꾸 그러면 내가 약해지잖아……."

원망스러운 겨울이어도 겨울인 건 어쩔 수가 없었다. 결국 참지 못하고 엉엉 소리 내어 울었다. 예전이나 지금이나 늘 도영이 앞에서는 강한 척하는 게 어려웠다.

～

대학교 합격 발표일이었다.

도영은 긴장되는 마음과 기대되는 마음이 반반 공존했고 봄이와 함께 결과를 확인했다.

"하, 합격! 봄아! 너 합격이라고!"

도영은 자신의 결과를 먼저 확인하고 봄의 결과를 확인했다. 신난 봄이 방방 뛰다가 도영을 끌어안았다.

두 사람은 그렇게 대학 진학을 앞두고 있었다.

도영은 작년 겨울에 했던 아이스크림 가게 알바를 다시 시작했다. 봄이에게 아이스크림을 사줄 테니 꼭 놀러 오라는 메시지를 남겼다.

봄이에게 선물해 주고 싶어서 용돈벌이 겸 다시 시작한 알바는 바빴지만 봄이 좋아할 모습을 생각하니 힘들지 않았다.

알바를 끝내고 가게 문을 잠그고 있을 때였다. 봄이 가게 앞에 쭈그려 앉아 있는 걸 도영이 발견했다. 오래 기다렸는지 얼굴이 벌겋게 얼어있었다.

"봄이? 봄아, 너 왜 여기서 이러고 있어?"

"아, 그게⋯. 그냥 네가 일하는 데 방해될까 봐."

"들어오지, 날도 추운데. 오래 기다렸어?"

"아니, 괜찮아. 얼마 안 기다렸어."

입김이 나올 정도로 추운 날씨에 차가운 바람까지 불었다. 도영은 가방에서 핫팩 두 개를 꺼내 흔들고는 봄의 양 볼에 대줬다.

"감기 걸리겠다. 얼른 집에 가자."

그렇게 나란히 길을 걷다가 집 근처에 다다랐을 때였다. 걸음을 갑자기 멈춘 봄이 도영과 시선이 맞닿았다.

"왜 그래?"

"저기, 도영아⋯."

"응?"

"아니야, 아무것도. 오늘도 고생 많았다고. 얼른 가자."

도영은 그땐 알지 못했다. 대학에 가서도 지금처럼 봄이랑 함께 지낼 수 있다는 생각에 그저 마냥 기뻤다.

✥

도영은 아이스크림 가게 알바비를 정산받자마자 개화 놀이공원 입장권 두 장을 샀다. 새로 산 카메라가 잘 작동되는지 확인까지 마쳤다.

방학식이 끝나면 봄이랑 같이 놀이공원에 놀러 갈 생각에 한껏 들떠서는 삼촌이 록 음악에 심취해 제 말을 못 듣더라도 종일 싱글벙글했다. 가게 진상 손님도 웃으며 가볍게 상대했고 매일 걷는 거리도 예뻐 보인다면서 폴짝거리며 다녔다.

봄은 작년과는 다르게 11월이 지나 12월이 되어도 학교에 나왔고 겨울 방학식까지 무사히 학교를 마쳤다. 도영은 방학식이 끝나자마자 봄이에게 기다려달라는 말을 남기고 집에 와서 짐을 챙겨 자전거를 끌고 다시 나왔다.

[봄아, 학교에 있어. 내가 금방 갈게.]

메시지를 남기고 내리는 눈을 잠시 보다가 봄이 걱정되는 마음에 서둘러 학교로 다시 돌아갔다.

그런데 학교에 도착했을 때 봄이는 그 어디에도 보이지 않았다. 친구들과 선생님께 물어봐도 전부 모른다는 말뿐이었다. 어느새 친구들은 다 사라졌고 봄이에게 아무리 전화해 봐도 전화기가 꺼져 있다는 음성만 들려왔다.

도영은 혹시 봄이 집으로 간 건가 싶어서 봄의 집으로 향했다. 봄의 집에 초인종을 다급히 눌러봤지만, 연로하신 할머니는 반대로 도영에게 봄이 학교가 끝났는지 물어봤다. 위치 추적 앱을 켜봐도 봄이 위치 확인이 되질 않았다.

"봄아, 어디를 간 거야. 대체……."

어느새 해가 지고 캄캄한 밤이 되었는데도 봄이는 연락이 되질 않았다. 봄이를 찾으러 다니다가 한없이 내리는 눈 때문에 자전거가 미끄러져서 넘어졌지만, 다시 벌떡 일어났다.

도영이 마주친 부모에게 이 사실을 알리자, 동네 사람들이 봄이를 찾기 시작했다. 마침, 설이 알바를 끝내고 집으로 돌아왔을 무렵이었다. 이 사실을 알게 된 설은 도영을 붙잡으며 믿을 수 없다는 듯 재차 확인했다. 설은 도영을 부여잡고 흔들며 말했다.

"너 봄이한테 겨울이 어떤 의미인 줄 알고. 대체 왜 그랬어! 왜 그랬냐고……."

"누나……."

"봄이 찾아내! 네가 봄이 겨울에 밖으로 나오게 했잖아. 그러니까 네가 우리 봄이 어떻게든 찾아내라고……."

설이, 도영을 붙잡다가 힘없이 털썩 주저앉았다.

애써 몸에 힘을 주고 있던 도영의 눈시울이 붉어지기 시작하더니 뺨에 눈물이 흘렀다. 급하게 세워둔 자전거가 눈길에 미끄러져서 쓰러졌다. 자전거 바구니에 있던 카메라와 놀이공원 티켓이 땅에 무참히 떨어지고 말았다.

⁓

방학식이 끝나고 도영이는 금방 돌아온다는 말을 남기고는 어디론가 가버렸다. 친구들과 하나둘씩 인사하고 교실에 혼자 남아 창문 밖을 바라보았다. 고요히 내리는 눈을 바라보다가 눈을 감았다가 다시 떠봤다. 다행히 눈이 붉게 보이지 않았다. 입가에 미소가 흘렀다.

도영이가 돌아오면 꼭 말해줘야지.

겨울이 따뜻할 수 있단 걸 알게 해줘서 고맙다고, 너를 닮은 따뜻한 겨울은 더는 무섭지 않다고. 그러니까 겨울이 돼도 헤어지지 않고 늘 너와 함께할 거라고. 네가 있어만 준다면 어떤 겨울도 나는 이겨낼 수 있을 것 같다고. 너무 커져 버린 마음에 어떤 말로 설명할 수 없을 만큼 내가 너를 좋아한다고.

유라가 내 옆으로 다가왔다.

"봄아, 아직 집에 안 갔어? 눈이 이렇게 많이 오는데?"

"어? 유라야. 응, 도영이가 기다리라고 해서."

"도영이? 도영이 아까 개화산 간다던데. 너 거기서 만나기로 했다고."

"……개화산? 눈 내리는 이런 겨울에?"

"어, 너한테 꼭 해줄 말이 있다고 했어."

"그래? 이상하다. 여기서 기다려 달라고 했는데…."

"응, 너 이럴까 봐 아까 마주쳤을 때 혹시 모른다고 너한테 꼭 전해달라고 했어."

"아, 그래? 고마워. 그럼, 방학 잘 보내."

유라와 인사하고 교실을 나와 발걸음을 재촉했다. 도영이가 기다린다는 생각에 마음이 급해져서 뛰었다. 도영이가 며칠 전부터 방학식 끝나고 꼭 같이 갈 때가 있다고 하길래 한겨울 추운 날씨에도 불구하고 패딩이 아닌 떡볶이 코트를 입고 한껏 꾸미고 나와서 금세 얼굴과 손이 얼어

붙었다.

개화산은 학교랑 그리 멀지 않았다. 설산은 처음이라 겁이 났지만, 얼른 도영이를 보고 싶은 마음에 의심치 않고 올라갔다. 올라가다 보면 도영이를 만나겠지 싶었다.

혼자서 산에 올라가는 것 자체가 처음인데 길이 생각보다 엄청 미끄러워서 계속 넘어질 뻔했다. 몇 번 고비가 있었지만, 중턱까지 어떻게든 올라갔다. 아무래도 도영이에게 연락해 봐야 할 것 같아서 핸드폰을 꺼냈는데 배터리가 다 되었는지 켜지질 않았다.

아무래도 도영이가 정상에 있으려나. 산길을 따라 올라가다가 그만 눈길에 미끄러지는 바람에 속절없이 넘어졌다. 언덕에서 굴러떨어져서 그만 정신을 잃어버렸다.

⌒

도영은 다시 학교로 돌아왔다. 아무리 샅샅이 찾아봐도 봄이 보이질 않자, 도영은 두려워져만 갔다. 교실에 누군가 있는 듯 기척 소리가 들리자, 문을 벌컥 열고 교실 안으로 들어갔다.

"봄아?"

창가에서 돌아보는 여학생은 봄이 아니라 유라였다.

"최유라? 너 아직 안 갔어?"

"그, 그러는 너는 왜 다시 왔어?"

"너 혹시 봄이 못 봤냐?"

"……봄이를 왜 나한테 찾아?"

도영은 유라한테서 불안한 듯한 떨림이 느껴졌다.

"봄이가 지금 연락이 안 돼. 핸드폰도 꺼져 있고, 집에도 없고, 학교에도, 동네 어디에도 없어. 너 정말 못 봤어?"

"너… 정말 이봄 좋아해?"

"그게 지금 무슨 말이야? 봄이가 사라졌다니까!"

"말해! 봄이 좋아하는 거 맞냐고."

"너한테 또 대답할 이유 없잖아. 그리고 친구라면 이런 상황에 봄이 걱정부터 해야 하는 거 아니야? 너한테 이봄은 친구 아니야?"

"친구니까! 그래서 그러는 거야."

"뭐?"

"내가 먼저였어. 널 만난 것도, 널 좋아한 것도. 다 내가 먼저였다고……."

"그 얘기라면 전에 계곡에서 이미 대답했잖아."

"그때는 네가 지금은 연애 같은 거 안 한다고 했잖아. 처음부터 이봄 좋아해서 그런 거면서."

어릴 때부터 인기가 많았던 도영은 누군가 자신에게 고백해 올 때면 그저 지금은 연애 같은 걸 할 생각이 없다고 습관적으로 말해왔다. 대학교 가서 생각해 보겠다고. 유라에게는 더욱 그랬다. 도영은 봄이에게 제대로 고백하기도 전에 자신의 마음을 다른 사람 입에서 듣게 하는 최악의 상황을 피하고 싶었을 뿐이었다. 그런데 지금 유라의 행동을 보니 그때 확실하게 말해줬어야 했다.

"최유라, 말해!"

"왜… 내가 알 거라고 생각해?"

"말하라고! 봄이 있는 곳. 알잖아, 너는. 그러니까 지금까지 집에 못 가고 있던 거 아니야? 네가 봄이 친구라면 봄이한테 겨울이 얼마나 힘들지 짐작은 할 거 아니야……."

"……개화산."

"뭐? 이 겨울에 산?"

"너희 둘이 절대 만나지 못할 장소라고 생각했어. 네가 거기서 기다리고 있다고 거짓말했어. 근데 나 아무래도 안 되겠어서 전화했는데 봄이가 전화를 안 받아, 도영아……."

"최유라, 너 오늘 일 꼭 봄이한테 사과해. 봄이한테 겨울은 그냥 춥기만 한 그런 겨울이 아니라고……."

도영은 교실에서 나오자마자 죽어라 달렸다. 개화산에 도착했을 무렵 설에게 전화를 걸었다.

"누나, 봄이 개화산에 있는 것 같아요. 제가 금방 올라가서 봄이 찾을게요."

―뭐? 도영아, 잠깐만. 너 위험하니까 올라가지 마. 기다려, 당장 신고하고 누나가 바로 갈 테니까.

"봄이, 지금 혼자 많이 무서울 거예요. 제가 먼저 올라갈게요."

―도영아, 안 돼! 아까는 누나가 너무 마음이 급해서 그랬어. 너 때문이 아니야. 조금만 기다려. 누나가 금방 갈게.

"누나, 봄이 제가 금방 데리고 올게요. 걱정하지 마세요."

―도영아!

184

도영은 전화를 끊고 미친 듯이 뛰어 올라갔다. 밤에 어둠이 짙게 깔린 설산은 한 치 앞도 보이질 않았지만 뛰고, 또 뛰어다녔다.

"봄아! 들리면 대답 좀 해줘! 봄아! 어디 있어! 이봄!"

있는 힘껏 소리쳤지만, 답이 없었다. 그렇게 한참을 올라갔을 때였다. 도영의 발에 무언가가 밟혔다. 봄의 핸드폰이었다. 분명 봄이 핸드폰이 맞다. 그렇다면 이 주변이다.

"봄아! 이봄!"

핸드폰 플래시로 비추면서 주변을 찾다가 봄의 옷 끝자락이 보였다. 산 끝자락에서 봄의 모습이 보이자, 마음이 울컥해서 눈물이 나왔다.

"봄아! 봄아……."

넘어지지 않도록 조심스럽게 비탈길을 내려가서 봄이를 발견하자마자 품에 끌어안았다. 봄의 몸이 차갑다 못해 완전히 얼었고, 얼굴은 창백했다.

"봄아, 정신 차려 봐. 봄아!"

입고 있던 떡볶이 코트를 벗어서 봄의 몸에 감쌌다. 정신을 잃은 봄이를 아무리 흔들며 불러봐도 대답이 없었다. 미세하게 움직이기는 했지만 위태로워 보였다.

"아무래도 여기 있다가는 얼어 죽겠어."

도영은 교복 재킷까지 벗어서 봄에게 덮어준 뒤 봄을 안아서 다시 언덕 위로 올라가려는데 길이 미끄러워서 좀처럼 쉽지 않았다. 온 힘을 다해 봄을 데리고 올라가려는데 그만 눈길에 미끄러져 버렸다. 봄이 나무에 부딪힐 것 같은 아찔한 순간에 도영이 몸으로 막았다.

결국 도영은 큰 나무에 머리를 세게 부딪쳐버렸다. 하얀 얼굴을 타고 새빨간 피가 뚝뚝 떨어졌다. 도영은 순식간에 정신을 잃으면서도 봄을 걱정했다.

"안 되는데. 봄아 제발……."

눈앞이 아득해진 도영의 눈이 결국 감겨버렸다.

◦◦◦◦

순식간에 벌어진 일이었다.

칼에 찔리자마자 몸에 힘이 쭉 빠졌고 그대로 차가운 눈밭에 쓰러졌다. 쓰러지는 순간, 한 남자의 얼굴이 희미하게 보였다. 그 남자는 나를 찌른 칼날을 꽉 잡고 있어서 손에서 새빨간 피가 뚝뚝 떨어지고 있었다. 저렇게 하얗고 가느다란 예쁜 손은 도영이밖에 없는데. 그럴 리가 없는데. 그렇다면 나를 죽인 사람이 도영인 건가. 그 남자의 얼굴이 흐릿해서 잘 보이지 않았지만 애처롭게 슬픈 눈으로 나를 바라보고 있었다.

'왜, 나를 죽였어요…….'

나를 죽인 그 남자는 애달프게 울고 있었다. 서서히 눈이 감기는 바람에 시야가 희미했다. 그 남자가 자신을 향해 칼을 겨누었다.

"꽃이 피고 져도 우리의 이야기를 꼭 기억해 줘. 그리 머지않은 미래에 다시 또 만날 거야. 아무 일 없단 듯이. 마치 기다렸단 듯이. 가장 아름다운 봄날에. 꽃이 다시 피는 순간에 만나. 연모한다, 봄아. 지켜주지 못해서 미안해……."

희미한 그 남자의 음성이 드문드문 들려올 뿐이었다.

'안 돼!'

그 남자는 내 말이 들리지 않는 듯 눈을 꼭 감은 채 손에 쥔 칼을 자신에게 꽂으려는 순간이었다.

"안 돼!"

꿈이었다. 아주 생생한 꿈. 꿈속 그 남자가 죽지 않았기를 바랐다. 그런데 눈물이 멈추질 않았다. 마음에서도 피가 나는 것처럼 아프고 심장도 빨리 뛰고 슬픈 감정이 증폭됐다. 아무래도 꿈속에서 내가 죽은 건가. 그 남자는 내게 무슨 말을 하려고 했던 걸까. 입 모양만 보일 뿐이었다. 드문드문 들린 말들이 무슨 말인지도 다 알지 못하는데 눈물이 멈추질 않았다.

그가 했던 말의 모든 문장이 궁금한 것도 잠시 정신을 차리고 주위를 돌아보니 개화산이었다. 도영이를 만나러 왔던 개화산에서 미끄러져 정신을 잃은 것까지 기억이 났다. 그제야 나를 안고 있는 도영이 얼굴이 보였다.

"도영아! 정도영!"

나무에 부딪혔는지 머리에서 새빨간 피가 뚝뚝 흘렀다. 피가 하얀 얼굴을 타고 내려와 쌓인 새하얀 눈에 떨어져 붉게 물들어갔다.

"도영아, 안 돼. 정신 차려 봐, 도영아!"

'봄아. 지켜주지 못해서 미안해……'

희미한 음성이 다시 들려왔다.

"아니야, 아니야! 안 돼, 도영아! 제발…, 제발 도영이 좀 살려주세요! 도와주세요! 도영이만 살려주신다면 뭐든 할게요. 다시는 겨울에 나오지 않을게요. 도영이만큼은 안 돼요. 제발 소중한 걸 빼앗지 말아 주세요. 산신님, 제발 좀 도와주세요……!"

어딘가 있을지 모를 이 산의 신에게 빌고 또 빌었다.

"도영이 좀 살려주세요, 제발요. 살려만 주신다면 두 번 다시는 아무것도 욕심내지 않을게요."

부모님이 돌아가신 그날의 사고, 겨울의 붉은 저주가 떠올랐다. 빌고 또 빌었다. 제발 조금만 더 버텨줘, 도영아.

한참을 울부짖었다.

"제발 나 지키지 마. 도영아, 제발… 세상에서 너를 제일 소중히 생각하란 말이야! 도와주세요! 제발요!"

간절히 외친 순간이었다. 내 목소리를 들은 구조대원들이 금세 다가왔다. 플래시가 우리를 비추자, 도영이 머리에서 흐르는 붉은 피가 잘 보였다.

부모님이 돌아가셨던 그날의 겨울이 선명히 떠오르고 말았다. 호흡이 가빠지고 어지러워지기 시작했다. 사방의 눈이 어김없이 붉게 보였다.

"학생! 학생은 괜찮아요?"

구조대원들이 뭐라고 말을 거는데 뭐라는지 하나도 안 들렸다. 그저 같은 말만 반복했다.

"도영이, 도영이 좀 살려주세요! 제발요……."

겨울이 오면 늘 불안하고 무서웠다.

이런 나라도 정말 괜찮냐고. 불안정한 정신력에 약한 모습을 도영이에게 들키고 싶지 않았다. 그를 의심하는 게 아니었다. 그저 아이스크림 하나를 같이 먹어주지 못하는 내가. 겨울의 트라우마를 이겨내지 못하는 내가 어쩌면 너를 만나는 게 욕심일지 모를 나의 마음이 너를 다치게 하진 않을까 불안하고 두려웠을 뿐이다.

우려하던 일은 결국 벌어졌고, 내가 너를 다치게 했다…….

도영이는 병원에 도착하자마자 곧바로 응급실로 들어갔다. 난 심한 저체온증 증상에 결국 입원했다. 환자복으로 갈아입은 나를 언니가 와락 끌어안았다.

"살아 있어 줘서 고마워. 다행이다. 정말로 다행이야."

산에서 넘어지는 바람에 굴러떨어졌을 때 다쳐서 까진 손과 다리, 얼굴 상처에 간호사가 약 발라주고 갔다. 이런 상처쯤은 아무렇지도 않다.

"언니, 도영이는……."

"도영이 지금 수술 중이래. 조금만 기다려보자. 도영이도 분명 괜찮을 거야."

"……수술?"

"뇌진탕인 것 같아. 다행히 빨리 와서 수술하면 괜찮을 거래."

병원 시계가 자정을 가리켰다. 계속된 수술에 난 수술실 근처를 맴돌았다. 도영이 부모님과 삼촌이 수술실 앞을 지키고 있었다.

차마 그들에게 다가갈 수 없었다. 다 나 때문이었다. 도영이가 날 지키다가 결국 이렇게 되고 말았다. 도영이 가족들에게 사과해야 하는데 발걸음이 떨어지질 않았다. 무서웠고 비겁했다.

"아줌마, 아저씨, 삼촌……."

조금 떨어진 곳에서 혼자 쭈그리고 앉아 한참을 울었다. 그리고 아주 간절히 기도했다. 네가 살아만 준다면 수술이 잘 되어서 예전처럼 회복하기만 하면 너를 두 번 다시는 욕심내지 않겠다고. 그러니까 제발 살아 줘, 도영아.

"도영아, 제발……."

새벽녘, 수술이 끝나자, 의사가 먼저 나왔다.

"수술은 잘 끝났습니다. 다행히 응급처치가 빠르게 이뤄져서 심하지 않았어요. 회복은 경과를 지켜봅시다. 환자가 어려서 금방 잘 회복할 테니까 너무 걱정하지 마세요."

의사의 말에 도영이 부모님과 삼촌은 감사하다는 말만 반복했다. 뒤에서 지켜보다가 안도의 한숨을 내쉬었다.

그래도 도영이 가족들 앞에 나설 자신이 도저히 나질 않았다. 도영이가 깨어난 것만 확인하면 그때부터 멀어지는 거야. 마지막 욕심이었다.

도영이는 긴 잠에 빠졌고, 이틀이 지난 후에야 눈을 떴다. 늦은 밤, 아무도 없는 병실 앞 복도에서 서성거리다가 도영이가 일어난 것을 볼 수 있었다. 혹시나 눈이 마주칠까 봐 아주 잠시 눈에 담았다.

"……정말, 정말 다행이다."

괜찮다는 듯 환하게 웃어 보이는 그 아이의 미소 띤 얼굴이 마지막이었다. 퇴원 절차를 마친 후 도영이가 검사받으러 갔는지 비어 있는 병실에 쪽지 하나를 남겼다.

도영아,

겨울이 따뜻할 수 있단 걸 알게 해줘서 고마웠어.

언니는 정말 도영이에게 인사도 안 하고 가도 되겠냐고 재차 물었다. 굳힌 마음이 흔들리면 안 되니까 말없이 고개를 끄덕이고는 병원을 나왔다.

그렇게 우리는 사귄 적도 없지만 헤어졌다. 좋아한다고 제대로 말 한마디 못 해본 내 첫사랑이 이렇게 끝나버렸다.

나에게 겨울은 어김없이 헤어짐의 계절이었다.

도영이를 처음 만났던 그해, 봄.

그날 공책에 적어놓은 시 한 구절이 문득 떠올랐다.

'사랑한다는 것과 완전히 무너진다는 것이 같은 말이었을 때 솔직히 말하자면 아프지 않고 멀쩡한 생을 남몰래 흠모했을 때 그러니까 말하자면 너무너무 살고 싶어서 그냥 콱 죽어버리고 싶었을 때 그때 꽃피는 푸르른 봄이라는 일생에 단 한 번뿐이라는 청춘이라는'

~~~

'꽃향기가 불어온다. 향기에 이끌린 노란 나비가 날아든다. 나비는 전생으로부터 왔고, 그녀가 노란 나비가 되는 꿈을 꾼다.'

"안 돼!"

봄을 향하는 칼날을 막기 위해 미친 듯이 뛰어가 손으로 잡았지만 이미 늦어버렸다. 도영은 손에서 뚝뚝 흐르는 새빨간 피보다 봄의 죽음이 믿기지 않았다. 칼날에 찔려 차디찬 눈 속에 쓰러져 눈을 감아버린 봄을 아무리 붙잡고 애원해 봐도 그녀는 작은 미동조차 없었다. 이따금 쌓인 새하얀 눈들이 봄의 몸에서 쏟아져 나오는 붉은 피로 물들어 붉어지기 시작했다.

"내가, 내가…… 결국 너를 지켜내지 못했어……."

지켜준다는 약속, 나와 함께하자는 약속. 그 약속들을 믿고 자신을 선택해 준 봄이를, 사랑스러운 그녀를 이렇게 외롭게 보낼 수는 없는 거니까. 도영은 한순간도 봄이 없는 세상을 살아갈 자신이 없었다. 사계절 모든 순간 봄이 전부였으니 마음이 처참히 무너졌다. 도영은 주저하지 않고 자신을 향해 칼을 들었다.

"꽃이 피고 져도 우리의 이야기를 꼭 기억해 줘. 그리 머지않은 미래에 다시 또 만날 거야. 아무 일 없단 듯이. 마치 기다렸단 듯이. 가장 아름다운 봄날에. 꽃이 다시 피는 순간에 만나. 연모한다, 봄아. 지켜주지 못해서 미안해……."

몸에 모든 감각을 잃은 듯 아무것도 느껴지질 않았다.

죽은 봄이 노란 나비가 되어 날기 시작했다. 나비에게 손을 뻗을수록 점점 멀어져만 갔다.

알 수 없는 주마등이 스쳐 지나갔다.

봄이에게 벚꽃잎을 한가득 뿌려주는 모습, 봄이랑 맞잡은 손, 함께 어디론가 멀리 떠나기로 한 약속…….

그렇게 기나긴 꿈에서 깨어났을 때는 병실이었다. 이 모든 게 꿈이라는 사실에 정말 다행이라고 안도했다. 너무 생생한 꿈이라서 꼭 진짜 같았는지 눈물이 흘렀다.

수술이란 걸 했다는데 머리가 깨질 듯 아프기는 했지만, 진통 주사와 약으로 겨우 버틸 만했다. 걱정하는 가족들에게 애써 웃어 보였다. 괜찮다고. 안심해도 된다고.

"봄이, 봄이는?"

봄이가 무사하다는 말에 뭐든 괜찮았다. 마치 어제 겪었던 일처럼 생생한 꿈을 꾸는 바람에 현실을 착각할 뻔했다. 부모님은 치료가 다 끝나면 봄이를 만나라고 하셨다. 봄이도 지금은 치료 중일 테니까.

도영은 걱정하는 부모님을 안심시켜 드리기 위해 그러겠다고 했는데 내심 봄이 괜찮은지 직접 눈으로 보지 않고는 마음이 놓이질 않았다. 검사받고 돌아오면 슬쩍 봄의 병실로 가서 얼굴만이라도 보고 올 생각이었다. 그런데 어느 병실에도 봄이 없었다. 봄이가 놓고 간 쪽지를 발견했을 때는 이미 늦었다.

부모님의 만류에도 며칠 만에 퇴원했다. 봄의 집을 찾아가 봤지만 봄이는 없었다. 봄이 할머니께 여쭤봤지만 봄이는 설이와 함께 떠났다는 말밖에 들을 수가 없었다. 언제 갔는지, 어디로 갔는지 아무리 여쭤봐도 그저 떠났다는 말만 해주실 뿐이었다.

봄이 없는 세상을 상상해 본 적이 없었다. 갑작스러운 이별에 뭔가 단단히 잘못된 거라고. 부정하다가 이내 마음이 고장 나버렸다.

병원을 오가며 치료받았다. 마음과는 달리 시간이 흐를수록 몸은 점차 회복했다. 어느덧 2월이 되어 졸업식을 했다. 혹시 봄이 학교에 오지 않을까 싶어서 내심 기대도 했지만 끝내 봄이는 나타나지 않았다.

봄의 졸업장과 꽃다발을 대신 챙겨 봄의 집으로 향했다. 언젠가 봄이 이곳에 다시 돌아오면 볼 수 있지 않을까 싶었다. 초인종을 눌러 할머니께 전했다.

"아이고, 또 왔어? 집에 없다니까. 봄이도, 설이도."

"할머니, 제 이름은 도영이에요. 정도영. 봄이 오면 저한테 꼭 좀 연락 달라고 해주세요. 꼭 해주고 싶은 말이 있어서 그래요……."

아무리 전화를 걸어봐도 없는 번호라는 말만 흘러나올 뿐이었다. 친구들, 주변 사람들 누구를 붙잡고 물어봐도 봄의 소식을 아는 사람은 아무도 없었다. 반대로 봄의 안부를 묻는 사람들뿐이었다. 언제든 방 창문만 열면 볼 수 있었던 봄이었다. 그런 봄이 흔적도 없이 꿈에서처럼 나비가 날아가듯 그렇게 사라져 버렸다.

도영은 겨울의 끝자락이 되어서야 깨달았다. 꿈결처럼 지나가 버린 그 시간은 다시는 돌아오지 않을 봄날 같은 순간들이었다는 것을. 봄이 했던 말이 떠올랐다.

"……아깝다, 이렇게 봄비가 많이 내리면 벚꽃잎이 금방 다 떨어질 텐데. 그럼 봄이 금방 끝날 것 같잖아."

봄은 짧고, 벚꽃은 금방 지듯이 행복했던 순간들은 찰나였으며 다시는 돌아갈 수 없다는 것을. 그때는 알지 못했다. 이 순간이 계속될 거라고 믿었다.

결국 소중한 걸 잃고 나서야 그 사실을 깨달았다. 세상에는 완벽한 타이밍 같은 건 없었음을. 삼촌의 말처럼 마음에 확신이 들었을 때 바로 고백했더라면 어땠을까 하는 후회가 파도처럼 밀려들었다.

봄의 집 앞, 굳게 닫힌 문에 기대앉아 봄이 남긴 쪽지를 다시 펼쳐 읽었다. 도영의 눈시울이 붉어지다가 흐른 눈물이 쪽지에 뚝 떨어졌다. 이런 와중에도 어디로 가버린 건지 모를 봄이, 겨울을 어떻게 버티고 있을지 걱정되는 마음이 앞섰다.

새하얀 눈이 서서히 내리기 시작했다. 도영은 자리에서 일어나 손을 뻗었다. 손에 내리는 눈이 차갑게 닿았다.

"부디 너의 겨울이 더는 아프지 않기를 바라······."

봄이 오기 전에

설은 개화로 가는 시외버스에 올라탔다. 검은 마스크를 쓰고 검은 모자를 깊게 눌러쓴 남자의 모습이 보였다. 어딘가 익숙한 느낌에 그의 눈을 본 순간 차율임을 알아봤다. 하지만 지금 상황에는 모르는 척해 주는 게 맞는 것 같아서 아는 척하지 않았다.

한창 인터넷에 떠들썩하게 율의 기사가 올라왔고 회사 사람들뿐만 아니라 어디를 가도 사람들은 율에 대해 떠들기 바빴다. 이런 상황에는 아무래도 본인이 제일 속 시끄러울 테니까.

율은 창가 자리에 앉았고 설도 반대쪽 창가 자리에 앉았다. 버스가 출발하자 설은 금세 잠들었다. 율은 그런 설을 지그시 바라보았다.

한참을 달린 버스가 개화에 도착했을 무렵 버스 기사는 공사 중인 길이 있어서 돌아가야 한다고 말했다.

그러다 얼마 지나지 않아 종점이니 얼른 내리라는 말에 설은 다급히 내렸다. 뒤따라 율도 내렸다. 내리자마자 종점이라던 버스는 순식간에 가버렸고 어딘지 모를 사방이 어두운 곳이었다.

"……여기가 어디지? 산인가?"

산 초입과 중턱 사이 어딘가인 것 같았다. 결국 율은 모자를 벗고 여기저기 둘러보는데 설과 눈이 딱 마주쳐버렸다.

"……알고 있었죠? 나인 거."

설이 고개를 끄덕이자, 율이 마스크도 벗었다.

"근데 여기가 어디죠? 개화는 맞겠죠?"

설이 핸드폰을 꺼내 아무리 올렸다가 내려봐도 신호가 안 터졌다. 갸우뚱거리며 사방을 둘러보는데 어두워서 어디를 봐도 다 비슷하게만 보였다.

"분명 개화는 맞아요. 아마 개화산인 것 같아요."

두 사람은 길을 찾기 위해 조금 더 산길을 따라 걷다 보니 '개화 찻집'이라는 오래된 문패가 걸린 곳을 발견했다. 춥고 배고픈 상황에 망설임 없이 대문을 열고 들어갔다. 안에 들어가니 여기 이런 곳이 있다는 게 믿기지 않을 만큼 기와집이 정갈하고 깔끔했다.

"계세요……?"

설이 슬며시 찻집 문을 열고 들어가서 몇 번이고 더 불러봐도 대답이 없었다. 안에도 아무도 없는 듯했다.

"여기 앉아서 기다려볼까요? 불이 환하게 켜져 있는 걸 보면 사장님이 금방 돌아오실 수도 있으니까요. 핸드폰도 안 터지고 어두워서 아무래도 기다리는 게 낫겠어요."

정원 앞, 놓인 의자에 앉아 사장이 오길 기다렸다.

"안 물어봐요?"

"뭐를요?"

"이런 상황에 왜 여기까지 왔는지?"

"말하고 싶지 않을 것 같아서. 억지로 말할 필요 없잖아요."

"난 궁금한데, 설이 씨가 왜 개화에 왔는지……."

"아, 누굴 좀 만나기로 했거든요. 아무래도 못 만나게 생겼지만. 그리고 저 예전에 개화에서 살았거든요. 근데 여기는 처음 와봐요. 이런 곳에 이런 찻집이 있다고는 들어본 적이 없어서요. 생긴 지 얼마 안 됐다고 치기엔 꽤 연식이 있어 보이는데……."

설이 고개를 갸웃하다가 다시 말을 이어갔다.

"그럼 나도 물어봐도 되나, 지금 왜 여기 있는지……."

"누굴 좀 찾고 있어요. 한 번쯤은 꼭 다시 만나보고 싶은 사람이 있거든요."

"아, 다행이다."

"뭐 가요?"

"저 사실 그쪽 팬이거든요."

"팬이요?"

"아, 뭐 거창한 거 아니고. 그냥 마음속으로 늘 응원하는 팬심 정도랄까요. 그러니까 이런 상황에 제일 힘든 사람은 그쪽이잖아요. 어찌 됐든 힘들 때 보고 싶은 사람이 있다는 건 좋은 거니까요. 그래서 다행이라고요."

"아, 무작정 왔는데 찾을 수 있을지는 모르겠어요."

"음…, 그게 누군진 모르겠지만 해보는 데까지 해봐야죠. 보고 싶은 사람이라면서요. 만날 인연이면 어떻게든 만날 수 있대요."

198

설은 하얀 눈이 예쁘게 내리다가 눈발이 굵어지기 시작하자 아무래도 안 되겠는지 벌떡 일어났다.

"그 보고 싶은 사람, 찾기도 전에 얼어 죽겠어요. 일어나요. 얼른!"

"네?"

"아무도 없는데 무단 침입할 수도 없고, 추워서 얼어 죽는 것보단 마당에 있는 장작이라도 좀 태워야겠어요."

"주인 허락도 없이 막 건드려도 돼요?"

"보상하면 되죠. 우리가 여기서 얼어 죽는 것보단 주인 입장에서도 그게 나을 것 같은데요? 길도 모르는데 이 늦은 밤에 산 밑으로 내려가기도 어렵잖아요."

시종일관 웃지 않던 율은 설의 당찬 말에 입꼬리가 자연스레 올라갔다. 어설프게 장작 패는 율을 바라보던 설은 왠지 자신이 알던 그의 이미지와는 다른 인간적인 모습을 보는 것 같아서 웃음이 나왔다.

"그게 아니죠. 나와봐요."

설이 딱 소리를 내며 한 번에 장작을 패자 율이 박수를 쳤다.

"이건 힘이 아니라 기술이에요. 기술. 여기 이 부분을 이렇게 탁! 내리치면 돼요. 자, 봐요. 뽀짝 갈라지죠?"

"설이 씨는 손으로 하는 건 다 잘하나 봐요?"

"뭐, 대체로 잘해요. 손재주 하나로 먹고사는 데 이 정도쯤이야. 사실 이거 처음 해봐요."

"네? 정말요?"

"아니, 전에 영상으로 본 적 있어서 대충 이렇게 하면 되겠다 싶었는데. 어라? 이게 되네."

율이 쪼개진 장작을 난로에 넉넉히 넣었다. 불이 꺼지지 않고 활활 타오르기 시작했고 그 앞에 설이 쪼그리고 앉았다.

"우린 대체 어느 세계로 온 걸까요……?"

개화에서 10년이나 살았던 설이 알고 있는 정보로는 개화산에는 이런 찻집이 존재할 리가 없었다. 이 근방에는 찻집은커녕 개화산 앞에 있던 슈퍼도 사라진 지 아주 오래됐다. 개화를 떠났던 사이에 생겼다고 보기엔 오래된 물건들도 꽤 보였다. 핸드폰은 먹통이 되어버려서 이곳을 검색할 수도 없었다.

신기하게도 안에는 누군가 관리한 듯 먹을 것도 있어 보였고 불도 켜져 있었다. 마치 우리가 올 줄 알았다는 듯이. 하지만 찻집이어도 주인 없는 곳에 함부로 들어갈 수는 없었다. 얼어붙은 손을 녹이고 있는 설에게 율이 말했다.

"메리 크리스마스……."

설이 말없이 율의 얼굴을 가만히 바라보았다. 율은 장작에 시선을 둔 채 말을 이어갔다.

"지금쯤 자정이 다 됐을 테니까. 오늘 크리스마스잖아요."

"아, 그러네요. 메리 크리스마스. 율이 씨는 산타가 없다는 걸 언제 알았어요?"

"산타가 없다는 건 아주 어렸을 때부터 알았어요. 그래서 선물 같은 거 달라고 소원 빌어본 적도 없어요. 그냥 크리스마스에 태어나서 생일이니까 그날 하루만큼은 행복하게 해달라고만 했죠. 어머니가 돌아가시고 보육원에 혼자 있을 때 그날도 이렇게 눈이 많이 내리는 화이트 크리스마스였어요……."

∽

크리스마스이브였다. 아이들은 보육원에서 나눠준 작은 크리스마스 선물을 열어보느라 바빴다. 율은 구석에 앉아 선물은 열어보지도 않은 채 큰 창문 밖을 넋 놓고 바라보고 있었다. 크리스마스트리 장식을 같이 꾸미기로 했던 어머니가 떠올랐는지 율의 큰 눈에서 굵은 눈물이 뚝 떨어졌다. 율의 우주이고 세상 전부였던 어머니가 율의 곁을 갑작스럽게 떠나버렸다.

율은 그토록 손꼽아 기다렸던 크리스마스였지만 눈 내리는 하늘이 통곡하듯 슬프게만 보였다. 율이 바라보는 세상은 그러했다. 염세적인 눈으로 바라보는 율의 세상은 짙게 깔린 어둠이 자리 잡아버렸고 작은 빛조차 보이질 않았다.

혼자 쭈그리고 앉아 내리는 눈을 하염없이 바라봤다. 보육원에 한 젊은 여선생이 율에게 다가와 물었다.

"너는 선물에는 관심 없니? 혼자 있으면 심심하지 않아?"

"그딴 거 필요 없어요."

그때 율은 고작 11살이었다. 넓은 세상에 혼자 덩그러니 남겨진 외롭고 비참한 기분이 고작 작은 선물 같은 걸로 위안이 될 리가 없었으니까.

낯선 보육원의 원장 선생은 율을 보더니 잘생겨서 금방 입양이 되겠다는 말을 내뱉었다. 무슨 물건도 아니고. 벌써 입양하겠다는 집이 나타났다면서 "율이는 좋겠네. 금방 가족이 생겨서."라고 말했다. 꼭 어디론가 팔려 가는 것처럼 들렸다.

"뭐가 좋다는 거지. 나는 가족을 잃었는데. 엄마가 죽었는데……."

율의 어머니는 혼자 율을 키우며 건물 청소 일을 했다. 그날은 어머니가 다가올 크리스마스 겸 생일 선물로 뭘 갖고 싶냐고 율에게 물었다. 건물에 핸드폰을 두고 와서 금방 다녀온다고 나갔는데. 그때가 어머니와 마지막이었다…….

선물 같은 거 필요 없으니까, 돌아만 와달라고 울고불고 아무리 외쳐도 어머니를 두 번 다시는 볼 수 없었다.

다른 아이들을 돌보러 떠난 선생의 빈자리에 누군가 앉았다.

"안녕?"

율은 못 보던 친구인데 새로 들어온 친구겠거니 싶었다. 검은 단발머리에 눈처럼 하얗고 웃는 모습이 예쁘장하게 생긴 친구였다. 율이 대답하지 않아도 그 여자애는 계속 대화를 시도했다.

"왜 혼자 여기서 이러고 있어?"

"상관하지 마."

"나 크리스마스에 태어났다? 신기하지?"

"……너도?"

"어? 너도 크리스마스에 태어났어?"

"응…."

"와, 진짜 신기하다. 크리스마스에 생일이면 선물을 한 번만 받아서 아쉽기는 한데. 그래도 가족들이랑 다 같이 지낼 수 있으니까, 그래서 좋아."

보육원에 들어온 친구가 아니라는 걸 율은 금세 알아챘다. 질투가 났다. 이런 상황에 자랑을 듣고 싶지 않았다.

"너랑 나는 달라."

"다르지 않아. 나한테 여동생이 하나 있거든. 겨울만 되면 감기에 자주 걸려. 사실 지금도 병원에 있거든. 같이 놀고 싶어도 내 생일만 되면 더 조심하게 돼. 그래서 매년 내 소원은 똑같아. 동생이 아프지 않게 해 달라고."

"그러니까 너랑 나는 다르다니까."

"나랑 같이 우리 집에 가지 않을래?"

"……뭐?"

"우리 집에 와서 나랑 같이 놀자. 내 동생이라서가 아니라 내 동생 진짜 귀엽거든. 물론 귀찮아도 소꿉놀이는 꼬박꼬박 같이 해줘야 할 거야. 그리고 어, 크리스마스가 되면 생일도 같이 챙길 수 있고. 무엇보다 혼자보다는 여럿이 있는 게 좋은 거니까. 혼자 있으면 심심하잖아. 그러면 너랑 나는 다르지 않아."

"싫어."

"……싫어?"

"내 가족은, 내 가족은……."

율의 큰 눈에 눈물이 다시 고이기 시작했다. 우는 모습을 보이기 싫은지 자리에서 벌떡 일어났다.

"너랑 나는 가족이 될 수 없어."

율은 괜히 심술이 났다. 입양 가면 어머니의 존재가 정말 사라지는 것만 같아서. 그 여자애를 등졌다.

몇 발짝 걸어갔을까, 율은 누군가의 품에 쏙 안겨버렸다. 따뜻한 손길이 닿았고, 율의 머리를 부드럽게 쓰다듬었다.

"네가 율이지?"

율은 꾹 참았던 눈물이 뺨을 타고 흘러내렸다. 누군지 모를 아줌마의 품에서 한참 울었다. 어느새 늦은 밤이 되어 보육원 아이들은 하나둘씩 잠들기 시작했다.

율이 뱃속에서 꼬르륵 소리가 나버려서 창피한지 고개를 푹 숙이자, 아줌마는 주방 안에 잠시 앉아 있으라며 그 여자애와 함께 담요를 덮어줬다. 그 아줌마는 그 여자애의 어머니였다.

"눈이 많이 와서 여기 있는 재료로만 만들어야겠네. 율이 맛있는 거 해주고 싶었는데 아쉽다."

율이 아줌마가 요리하는 모습을 바라보는데 어머니가 앞치마를 맨 모습과 겹쳐 보였다. 냉장고를 열어 샅샅이 찾는데 재료가 마땅하지 않았는지 아줌마는 아쉬운 얼굴이었지만 금세 웃어 보이더니 참치 통조림 캔을 집었다.

"아줌마가 여기 허락 맡았거든. 율아, 아줌마가 금방 맛있는 밥해줄게. 밥 먹으면서 우리 같이 눈이 그치기를 기다리자. 눈이 그치고 크리스마스가 지나서 율이 우리 집 오면은 아줌마가 더 맛있는 거 해줄게."

어느새 보육원 주방에는 온기가 가득했고 맛있는 냄새로 진동했다. 통조림 참치로 만든 미역국이 담긴 그릇이 율이 앞에 놓였다. 연기가 폴폴 나는 미역국을 아줌마는 뜨겁겠다며 숟가락으로 휘저어 식혀주었다.

"이제 먹어도 되겠다. 맛있게 먹어."

아줌마의 기대에 찬 시선에 부응하듯 율은 한 숟가락 떠서 먹었다.

"어때? 먹을 만해?"

"……맛있어요, 부드럽고."

율이 밥을 남김없이 먹었을 때는 율이 옆에 앉아 있던 여자애의 눈이 감겨 있었다.

"시간이 많이 늦었네. 생일 축하해, 율아. 아줌마가 크리스마스 지나고 꼭 데리러 올게. 우리 집에 같이 가는 거다? 자, 약속."

율은 고개를 끄덕이더니 손가락을 걸어 약속했다. 아줌마는 웃어 보이더니 잠든 여자애를 품에 안았다.

데리러 오겠다는 그 말을 철석같이 믿었는데 시간이 아무리 지나도 아줌마는 돌아오지 않았다. 그 여자애 이름조차 물어보지 못했는데…….

율은 처음에는 배신감이 들어 원망스럽기도 했다. 보육원에서는 입양하기로 한 집에서 갑자기 연락이 안 된다며 기다려보자고 했다가 결국 무산된 것 같다며 이곳에서 더 지내면서 새로 입양 갈 집을 찾아보자고 말했다. 아마 너 정도면 금방 찾을 수 있을 테니 실망하지 말라는 말은 율이 듣기에 지나치게 거북할 정도로 자신을 꼭 물건처럼 여기는 것 같아 혼자 애꿎은 하늘만 바라보았다. 어느새 겨울이 지나버렸다.

율의 마음은 아직 차디찬 겨울에 멈춰 있는데 그 마음과는 달리 세상은 온통 하늘이 푸르고 꽃이 피는 봄으로 물들어버렸다.

$$\backsim$$

율은 겨울이 지나고 봄이 오자 보육원에서 받은 작은 용돈들을 모아 혼자 무작정 서울로 향했다. 아줌마와 그 여자애가 사는 서울에. 보육원 사무실에서 아줌마의 주소와 연락처가 적힌 서류를 발견했고 선생님 몰래 적은 종이를 손에 꽉 쥔 채.

초인종을 누르고 문을 두들겨 봤지만, 모르는 아줌마가 나왔다. 율이 찾던 사람들이 아니었다. 버려진 게 맞다는 걸 인정하고 싶지 않았는지 발걸음이 떨어지질 않았다. 주위를 혼자 서성이는 율에게 한 젊은 여자가 말을 걸어왔다.

"안녕. 혼자 여기서 뭐 해?"

"누구세요?"

"아, 나는 이런 사람이야."

율은 여자가 내미는 명함을 받았다. 잘 모르지만 캐스팅 디렉터라고 적혀 있었다.

"우리 회사랑 이미지가 잘 맞는 것 같아서. 여기는 큰 회사라서 연습생 되면 숙식도 다 무료로 제공해 주니까 생각 있으면 언제든 이쪽으로 연락해 줘."

율은 서울에 있다 보면 아줌마를 다시 만날 수 있을 거라는 막연한 희망과 기대가 아직 남아 있었다. 그리고 무엇보다 보육원에 다시 돌아가고 싶지 않았다.

"제가 뭘 어떻게 하면 되는데요……?"

율의 소속사에서는 율이 데뷔조에 합류하자 철저히 고아임을 비밀로 해왔다. 누군가 물어올 때면 가족들이 해외에 있어서 혼자라고 율 대신 답해줄 뿐이었다.

율은 캐스팅 당시 아줌마와 그 여자애를 찾고 싶었을 뿐이었다. 중학생이 되고, 고등학생이 되며 치열한 연습생 생활에 점점 버려졌음을 깨닫고는 연습에만 매진했다.

같은 연습생이었던 금수저 친구 부모가 개화소망보육원에 후원하게 되면서 율이 보육원에서 지냈을 때 찍혔던 사진을 발견했다. 어느 순간부터 연습생들 사이에서 고아라는 소문이 순식간에 퍼져버렸다.

"너 고아라며……?"

무리 지어 키득키득 비웃던 연습생들이 율의 어깨를 치고 지나갔다. 금수저 친구는 같은 멤버로 데뷔를 앞두고 있던 시점이어서 할 수 없다는 듯 연습생들한테만 소문내고 다녔다.

율이 데뷔한 후 메이저 방송에서 들어온 첫 프로그램이 요리 프로그램이었다. 데뷔해도 치열한 이 시장에서 이런 프로그램 하나 잡기는 신인에게 꽤 어려운 일이었다.

율은 금수저 친구가 갑자기 배탈이 나는 바람에 급히 대신 투입되었다. 어떤 프로그램인지도 모른 채 생방송에 들어가야만 했다. 어머니가 해주셨던 요리를 재연하는 프로그램이었고 생방송으로 진행되는 바람에 취소할 수도 없었다.

율은 고민하다가 아줌마가 끓여준 미역국이 번뜩 떠올랐다. 미역과 참치 통조림 캔을 집자 신기하다는 반응과 함께 카메라가 전부 율에게 몰려들었다. 아줌마가 해줬던 처음이자 마지막 음식을 기억만으로 재현해 냈다.

차율 미역국 레시피가 뜨면서 순식간에 사랑 많이 받고 자란 이미지가 되어버렸다. 또한 그룹을 알리는 계기가 되어서 금수저 친구도 둘이 남았을 때만 질투심에 괜히 비아냥거릴 뿐이었다.

율은 상관없었다. 누가 자신에게 고아라고 해도 좋았던 기억들도 있었으니까. 어머니와의 기억도, 아줌마와의 짧은 기억도. 그래서 진짜 고아는 아니라고 생각했다. 어떤 사정일지 몰라도 분명 피치 못할 사정이 있었을 거라고. 그때는 그렇게 생각했다.

문제는 일주일 전쯤이었다. 그룹도 해체된 지 오래됐고 솔로 활동이 부진했던 금수저 친구가 개인 라이브 방송에서 술을 마시고는 율에 대해 함부로 떠들었다. 관심 끌기 위해서였는지 율이 사실 고아라며 보육원 출신이라는 말을 발설해 버리면서 문제가 터졌다.

그 여파로 율의 모든 활동이 중지되어 버렸다. 율은 잊고 지내다가 떠오른 기억에 문득 궁금해졌다. 개인 시간이 생기자, 개화소망보육원에 직접 가보기 위해 개화로 가는 버스에 무작정 올라탔다.

율은 자신을 데리러 오지 않았던 아줌마와 그 여자애를 한때 원망도 했었다. 하지만 어떤 사정이 있었을지는 모를 일이었다.

어머니의 갑작스러운 죽음과 관련된 일도 당시 율에게는 어리다면서 아무도 자세히 알려주지 않았었다. 그저 불의의 사고였다는 말만 해줄 뿐이었다.

율은 오랜 시간 덮어두고 살았다. 아무 일도 없었던 것처럼. 원래 혼자였던 것처럼. 묵묵히 주어진 일을 하며 살았다. 하지만 많은 사람들의 박수와 함성을 들으며 살아도 어딘가 늘 공허했다.

가족. 그 여자애가 말한 것처럼 율에게는 늘 가족이 필요했다. 구체적으로는 모든 순간 자신의 편이 되어줄 그런 가족. 어떤 소문에도 휘둘리지 않고 온전히 믿어줄 수 있는. 그렇지 못하더라도 곁에 같이 있어 줄 그런 사람이 필요했다.

아줌마도, 그 여자애도 작은 가능성으로 재회할 수 있다고 해도 이제 와서 가족이 되어줄 수 있을 거라는 기대나 희망으로 율이 개화에 간 건 아니었다.

다만 겨울이라는 새하얀 눈이 쏟아져 내리는 이 계절이, 크리스마스가 율을 이곳으로 이끌었는지 모른다.

∽

시간이 얼마나 지났을까.

설은 졸다가 새벽녘 추운 날씨에 덜덜 떨며 눈을 번쩍 떴다. 옆에서 같이 꾸벅 졸고 있는 율의 모습이 보였다. 아직도 사장이 안 온 건가 싶어서 주변을 두리번거리는데 누군가 설의 어깨를 톡톡 두드렸다. 설이 고개를 들어 돌아보았다.

"……누구세요?"

그 소리에 율도 눈 비비며 잠에서 깼다.

단정한 옷차림의 단아한 중년 여성이었다. 고운 미소로 설과 율을 바라보았다.

"감기 걸리겠어요. 안으로 들어와요, 어서요."

두 사람은 그 중년 여성을 따라 찻집 안으로 들어갔다. 따뜻하고 포근한 인테리어가 눈에 들어왔다. 깔끔하고 정갈하게 정리 정돈되어 있었다. 무엇보다 추운 몸을 녹이기 좋을 만큼 따뜻해서 좋았다.

설이 이리저리 구경하다가 쌍화차 두 잔을 쟁반에 받쳐 들고 다시 눈앞에 나타난 그녀와 마주했다. 분명 입은 웃고 있는데 어딘가 깊은 슬픔이 느껴지는 눈이었다.

"……엄마?"

율의 말에 설은 율과 그녀를 번갈아 가며 바라봤다. 닮았다. 그러고 보니 둘은 무척이나 닮았다.

조심스레 고개를 끄덕이는 율의 어머니는 활짝 웃어 보였지만 금세 눈물을 툭 떨궜다. 율을 안아 등을 토닥였다. 마치 자신의 슬픔보다 율의 감정이 먼저인 것처럼. 율이 걱정되는 마음이 더 컸던 것처럼.

"많이 컸네, 우리 아들."

"어떻게, 어떻게 엄마가 여기 있어?"

믿을 수 없다는 듯 어머니 얼굴을 바라보는 율에게서 전에는 보지 못한 아이 같은 모습이 보이자 괜스레 울컥해진 설도 눈물이 맺혔다.

"다행이다. 크리스마스가 끝나기 전에 우리 아들 보고 갈 수 있어서……."

율의 어머니는 찻집의 주인이 제게 이곳을 잠시 맡기고 떠났다고 말했다. 보고 싶은 사람을 만나게 해주는 조건으로.

"율아, 엄마가 약속 못 지켜서 미안해……."

༄

"엄마, 금방 다녀올게, 율아."

"엄마, 빨리, 빨리 갔다 와! 얼른 트리 꾸며야 해!"

"알았어, 엄마가 금방 다녀올게. 다녀와서 율이가 좋아하는 미역국 맛있게 끓여줄게."

율의 어머니는 아무리 고되어도 조금이라도 아들과 함께 시간을 보내기 위해 건물 청소 일을 했다. 정신없이 일하느라 핸드폰을 두고 오는 바람에 다시 집에서 나왔을 때였다.

겨울의 짧은 해가 빠르게 지고 있었다. 슈퍼에 들러 미역 한 봉지를 산 율의 어머니는 이번에도 소고기를 사지 못한 것에 못내 아쉬운 듯 정육점을 기웃거리다가 어쩔 수 없이 일하는 건물로 향했다.

건물 전체 불이 소등된 터라 우선 창고를 찾아 불을 켜려는 순간이었다. 어디선가 들려오는 발소리가 점차 가깝게 들려왔다.

"누구, 누구세요? 거기 누구 있어요?"

"나예요……."

"네?"

"나, 한 씨."

율의 어머니가 창고 불을 켜자, 플래시를 든 한 씨의 얼굴이 그제야 보였다.

"아, 경비아저씨. 아직 퇴근 안 하셨어요?"

"예, 좀 둘러보려고요. 근데 왜 다시 왔어요?"

"핸드폰을 두고 와서요."

서둘러 청소용품이 놓인 창고에서 핸드폰을 찾아 챙기려던 순간이었다.

"그럼 수고하……."

한 씨가 율의 어머니를 뒤에서 힘껏 끌어안았다.

"지, 지금 뭐 하는 거예요?"

"이러려고 다시 온 거 아니야?"

"…이게 대체 무슨 짓이에요! 당장 놔요!"

율의 어머니는 평소에도 집적거리던 한 씨가 늘 거슬렸다. 날 잡은 듯 옷깃을 부여잡고 놓지 않는 한 씨에게 저항하다가 그만 선반에 몸이 부딪혔다. 쏟아지는 물건들을 피할 새도 없이 온몸으로 맞아버린 율의 어머니가 바닥에 쓰러졌다. 놀라서 뒷걸음질 치던 한 씨는 뒤돌아보지 않고 도망치듯 사라졌다.

"사, 살려주세요……."

집에서 혼자 자신을 기다리고 있을 율이 생각에 온 힘을 다해 소리 질러봐도 아무런 소용이 없었다.

"지, 집에 애가 혼자 있어요! 도와주세요! 제발요. 율아, 율아……!"

핸드폰을 잡지 못하고 뻗은 손에 점점 힘이 빠졌다.

한참을 소리쳐봐도 아무도 없는 건물에 메아리처럼 자신의 목소리만 들릴 뿐이었다.

율의 어머니는 개화 찻집을 잠시 맡은 임시 관리인이라며 곧 주인이 돌아올 거라고 설과 율에게 말했다.

어젯밤 율이 해준 이야기를 들었기 때문에 설은 어릴 적 보육원에서 만났던 그 남자애가 차율이라는 것을 알 수 있었다.

설은 모든 게 혼란스러웠지만 오랜 기억들이 퍼즐 조각 맞춰지듯 이제야 모든 게 이해 가기 시작했다.

20년 전 그 사건의 담당 변호사였던 부모님은 이모부가 아닌 율의 어머니를 국선 변호하겠다고 결정했다. 그 여파로 이모와 갈등을 크게 겪었지만.

그런데 평소 과로까지 겹친 율의 어머니는 얼마 지나지 않아 병원에서 치료받던 중에 돌아가셨다. 율의 어머니가 눈을 감기 직전 설의 어머니에게 간절한 부탁을 해왔다. 혼자 남은 아들을 꼭 좀 지켜달라고.

그렇게 부모님은 혼자 남겨진 율이 보육원에 들어가자, 그 약속을 지키기 위해 입양을 선택했다. 그래서 설에게 오빠도, 동생도 아닌 동갑인 한 남자애를 소개했다.

제 의견을 묻는 부모에게 설은 소원을 같이 빌어줄 사람이 한 명이라도 더 있으면 좋겠다는 생각에 좋다고 말했다. 어린 마음에 소원을 다 같이 빌면 좋다고 생각했으니까. 설에게는 그런 희망이 존재했다. 동생 봄이가 겨울이 되어도 아프지 않도록 해달라는 소원. 겨울만 되면 양팔 곳곳에 피멍 들도록 병원 신세를 지던 작고 어린 동생이 아프지만 않으면 우리 가족은 분명 행복할 테니까.

그런데 징역살이를 간신히 면한 이모부가 부모님 차에 뛰어들었다. 그 사고로 부모님은 돌아가셨고 동생 봄이만 기적처럼 살아났다. 가족을 앗아간 장본인조차 죽어버려서 설은 누구를 원망해야 할지 몰라 오랜 시간 아물지 못한 상처가 그대로 남아 있었다.

그 뒤로는 소원이란 걸 빌지 않았다. 그렇게 행복과는 점점 멀어져만 갔다. 그 사고로 동생 봄이가 매년 겨울만 되면 트라우마까지 시달려야 했다. 생일 같은 거 안 챙겨도 그만이라고 생각했다. 그저 크리스마스는 부모님의 기일일 뿐이라고.

설은 마음이 이상했다. 율과 그의 어머니를 보니 사실 그게 아니었나 보다. 부러운 마음이 들기도, 안타까운 마음이 들기도. 다양한 마음이 동시에 공존해서 어지러웠다. 어떻게 이런 일들이 벌어질 수 있을까.

대체 여기는 어떤 곳인지 의문투성이였다. 설은 율에게 차마 그때 부모님이 돌아가셔서 데리러 가지 못했었다고 이야기하지 못했다. 우선 지금은 어머니와의 시간이 그에게 더 중요해 보였으니까. 이야기를 나눌 수 있도록 조용히 자리를 비켜주었다.

～

어느새 날이 밝아왔다. 햇살이 비추자, 이곳의 풍경이 더 아름답게 보였다. 설은 걱정이 앞섰다. 봄이 병원에서 기다리고 있을 텐데. 밤늦게라도 다시 병원에 돌아오기로 약속했는데. 율의 어머니가 마당에 혼자 앉아 있는 설이 옆에 앉았다.

"설이 씨."

"네?"

"너무 걱정하지 말아요. 아직 봄이 안 왔잖아요. 나비는 곧 오게 될 거래요. 여기 주인이 그랬어요."

"주인이요? 여기는 대체 어떤 곳이죠?"

"모든 게 멈춰 버린 곳이죠. 이 찻집만 빼고요. 봄이 찾아오면 이곳의 시간도 다시 흘러갈 거예요."

"멈춰 버린 곳이라…. 날이 밝았으니 저는 이만 가볼게요. 동생이 아픈데 기다리고 있거든요."

"우선 밥부터 먹어요. 배고플 텐데. 미역국 끓여놨거든요."

"아, 저 쌍화차로 충분한데요."

말과는 다르게 기가 막힌 타이밍에 꼬르륵 소리가 눈치 없이 났다. 율의 어머니는 인자하게 웃었다. 그러지 말고, 다시 안으로 들어오라며 설을 이끌었다.

셋은 식탁에 앉았다. 설은 미역국을 한 숟가락 떠먹었다. 율이 마지막에 넣은 통조림 참치가 더 부드럽게 완성시켰다. 율은 한껏 뿌듯한 표정을 짓고 있었다.

설은 생일에 미역국을 먹은 게 너무 오랜만이라서 율이 어떠냐는 말에 목이 메어왔다. 부모님의 기일에 미역국을 먹는 게 죄송할 만큼 맛있었고, 마음이 아팠다.

"생일 축하해, 율아. 생일 축하해요, 설이 씨."

율의 어머니 말에 설은 그동안 참아왔던 눈물이 왈칵 쏟아졌다. 그런 설의 사정을 굳이 말하지 않아도 다 안다는 듯, 다 쏟아내라는 듯 율의 어머니는 설을 따뜻하게 안아 토닥였다.

밥을 다 먹은 세 사람은 마당 안쪽에 있는 큰 크리스마스트리를 발견했다. 붉은색 상자 안에는 트리를 꾸밀 수 있는 장식용품들이 잔뜩 들어있었다. 율의 어머니가 도와달라고 말하자 셋이 옹기종기 모여 용품들을 하나둘씩 꺼내 꾸미다 보니 금세 트리 장식이 완성되었다.

전구까지 켜놓으니 반짝거리는 게 이제야 이곳의 빛이 완성된 듯한 느낌이 들었다. 율이 잠시 자리를 비운 사이 율의 어머니가 설의 손을 꼭 붙잡고 말했다.

"부탁할게요."

"네? 무슨 부탁이요?"

"우리 율이 잘 좀 부탁해요. 그리고 동생 아픈 것도 모두 이곳에 답이 있다고 했으니, 해답을 꼭 찾길 바라요. 내가 해줄 수 있는 말은 이것밖에 없어요."

"이곳에 답이 있다고요? 무슨 말씀인지 잘 이해가 안 가서요. 그리고 지금 동생은 병원에 혼자 있어요. 겨울만 되면 동생이 많이 아프거든요. 그래서 지금은 동생을 혼자 둘 수가 없어요."

"안타깝지만 여기는 들어온 이상 마음대로 나갈 수는 없어요. 그건 내가 정한 게 아니라 이곳 주인이 정한 거라서."

"네? 그게 무슨…."

"나는 이제 곧 떠나야 해요. 이곳에 지내면서 율이랑 함께 이곳을 관리해 주면 돼요."

"못 나간다고요? 저 문 열고 나가면 되는 거 아니에요?"

설은 믿을 수가 없었다. 그런 게 어디 있나. 때마침 다가오는 율의 손목을 잡아 이끌었다. 같이 문을 열고 나가는데 다시 찻집으로 이어져서 결국 안으로 들어올 수밖에 없었다. 여러 번 반복해도 똑같았다. 율도 놀랐는지 당황한 기색이 역력했다.

"그러니까 이곳을 잘 부탁해요. 주인이 올 때까지. 손님은 여기 주인 말고는 없어요."

설과 율이 뒤돌아봤을 때 이미 율의 어머니는 흔적도 없이 사라져 버렸다. 율은 아주 오랫동안 그리워한 어머니를 만나자마자 헤어져서 아쉬웠지만. 그래도 마지막 선물 같은 시간을 보냈음에 금세 평정심을 되찾았다.

두 사람은 깊은 고민에 빠졌다. 아무리 생각해 봐도 여기서 나갈 방법이 떠오르질 않았다.

"우리 이제 어떻게 하냐고요."

"나랑 같이 해봐요, 여기 관리라는 거. 그 해답 찾아야 하잖아요."

"설마 어머니랑 한 얘기 다 들었어요?"

"정말 동생 아픈 거랑 관련 있을 수도 있잖아요. 그러니까 한 번 해봐요, 내가 도와줄게요."

율의 차분한 언행은 설을 늘 안정시켰다. 처음 만났을 때부터 그래왔다. 율과 같이 있으면 어떤 일도 별일이 아닌 것처럼 요동치던 마음이 가라앉았다.

"……뭐, 당장 여길 나갈 방법도 없으니까요. 근데 왜 안 물어봐요? 그때 데리러 가겠다는 그 약속 못 지켰는지?"

"그만한 사정이 있겠다는 것쯤은 예상했어요. 어릴 땐 버려졌다고 생각했는데. 근데 그렇게 생각하니까 자꾸 안 좋은 쪽으로만 생각이 들어서. 그마저도 덮어두고 살았어요. 근데 이제는 물어볼 수 있을 것 같아요. 그때 왜 데리러 안 왔어요?"

"얘기하자면 긴데. 정확히는 안 데리러 간 게 아니라 못 데리러 간 거였어요. 그게 그러니까 어떻게 된 거냐면. 보육원 갔다 온 다음 날 사고로 부모님 두 분 다 돌아가셨거든요……."

두 사람은 마당에 있는 돌담 의자에 앉아 한참 이야기를 나눴다. 해가 다 지도록. 그동안 누구에게도 말하지 못했던 서로의 가족 이야기를 털어놨다. 그렇게 두 사람은 가까워졌다. 뱃속에서 꼬르륵 소리가 들릴 때쯤 자리에서 일어났다.

"근데 여기 주인이라는 분은 대체 어떤 분인 걸까요?"

인연, 그리고 심연

'조이율'

이율은 강의실 칠판에 이름을 적고 학생들을 바라봤다.

"이번 역사학 교양수업을 맡은 조이율이라고 합니다."

반듯하고 이목구비가 뚜렷하고 나올 것 같은 조각상처럼 수려한 외모에 학생들 시선이 집중됐다. 특히 30대 중반 정도로 보이는 젊은 교수에 대한 여학생들 반응이 뜨거웠다. 그 사이 뒷문을 조용히 열고 살금살금 들어오는 봄을 놓치지 않고 발견한 이율은 큰 소리로 외쳤다.

"거기 지금 뒷문으로 들어온 여학생!"

일제히 이목이 쏠리자 봄의 얼굴이 금세 붉어졌다.

"이름이 뭐예요? 출석 체크해야 하니까."

"아, 저는 이봄입니다! 늦어서 죄송합니다!"

"첫날이니까 지각 체크는 안 할게요. 어서 앉아요."

"감사합니다……"

재빨리 맨 뒷자리에 앉는 봄을 여유로운 미소로 보던 이율은 뒷말을 이어갔다.

"이번 강의는 1학년 학생들이 많고, 교양수업이니까 시험과 과제는 딱 하나만 낼게요."

이율의 말에 여학생들은 어쩜. 생긴 것만큼이나 배려심이 넘친다는 우호적인 반응을 보였다.

"자, 이번 강의에서 가장 중요한 건……."

이율이 본격적으로 강의를 시작하려는데 뒷문을 열고 들어오는 도영을 발견했다.

"거기! 학생은 이름이 뭐예요?"

"정도영입니다."

"학생도 첫날이니까 지각 처리는 안 할게요. 다음 강의부터는 늦으면 지각 처리할 거니까. 이번만 봐주는 거예요."

도영이 창가 맨 뒷자리에 앉는 모습을 확인한 이율은 다시 칠판에 큰 글씨로 적기 시작했다.

'심연'

"바로 심연입니다. 심연은 깊을 심, 연못 연자를 써서 말 그대로 연못과 물속 같은 깊은 곳을 의미해요. 바닥이 보이지 않을 정도로 아주 깊어서 도저히 빠져나오지 못할 것 같은 막막함이죠. 자, 우리가 한 학기 동안 찾을 건 절망감이나 막막함이 아니에요. 반드시 거쳐야 할 것. 위험을 감수하더라도 빠질 수밖에 없는 것. 필연적인 운명과 같은 것들이죠. 우리는 억겁이라는 무수히 긴 세월을 보내야 인연을 다시 만날 수 있다고 해요. 여러분들의 심연을 찾아내는 게 이번 학기 시험이자 과제입니다……."

뒷문 쪽 가장 구석진 자리에 앉은 덕에 강의가 끝나자마자 제일 먼저 강의실에서 빠져나올 수 있었다.

정도영. 도영이 목소리가 들릴 때 고개를 푹 숙였다. 한국대 캠퍼스가 얼마나 넓은데 강의 첫날부터 도영이와 같은 수업이라니. 도영이는 대체 체대 수업이 아닌 왜 문과 교양수업을 듣는 건지 도통 알 수가 없었다.

그래도 도영이가 학교에 나올 만큼 회복했구나 싶어서 안도하는 마음이 들었다. 혹시나 도영이랑 마주칠까 봐 문과대 건물에서 도망치듯 뛰어나왔다. 누군가가 나를 부르는 소리가 들려왔다.

"저기요! 이거 떨어뜨렸어요. 볼펜, 당근 볼펜이요!"

"괜찮아요! 가지세요!"

"네?"

차마 뒤돌아볼 수 없어서 괜찮다는 말만 반복하며 앞만 보고 뛰었다. 세상 남자들이 다 도영이 목소리로 들리는 건지 아니면 진짜 도영인지는 잘 모르겠지만. 혹시나 하는 생각에 도망치듯 문과대 건물에서 빠르게 멀어졌다.

아직은 날이 쌀쌀하구나. 그래도 첫 강의가 일찍 끝나서 캠퍼스를 구경할 여유가 있었다. 다행히 눈이 내리지도, 많이 춥지도 않아서 학교에 나올 수 있었다. 온전히 출석하기는 어려울 테지만.

한국대에 합격하고도 진학을 망설였을 때 담임 선생님의 도움으로 예전에 신청해 놓았던 문학 장학금이 당첨되면서 한 학기는 걱정 없이 다닐 수 있게 되었다. 정 힘들면 휴학하더라도 대학 생활을 해봤으면 좋겠다는 언니의 말에 나오긴 했는데 보고 싶지 않은 얼굴이 내 앞에 또 나타났다.

"이봄?"

"……최유라?"

"너도 문창과 맞지? 네 이름 발견하고 얼마나 반가웠는데. 졸업식에는 왜 안 나왔어? 가을이랑 얼마나 아쉬워했는데. 너 못 보고 학교 졸업한다고."

알고 있었다. 유라도 한국대 문창과에 합격한 것을. 그런데 막상 얼굴을 마주하니 어떤 말을 꺼내야 할지 몰랐다.

"내가 지금 급한 일이 있어서 가 봐야겠다."

"잠깐만. 같은 과라서 앞으로 자주 볼 텐데. 못 본 사이에 너무 무심해진 거 아니야?"

"너 나한테 뭐 할 말 없어?"

"응? 할 말? 무슨?"

"여전하구나, 너는……."

"왜 그래. 봄이 너답지 않게."

"나다운 게 뭔데?"

"그야 싫은 소리 한 번 못 할 정도로 바보처럼 착하고. 무슨 말을 해도 잘 웃고 그랬잖아, 너는."

어이가 없어서 코웃음이 나왔다. 여태 그렇게 생각했구나, 너는 나를. 아주 만만하게.

"그때 왜 그랬어?"

"……뭐를?"

"그때 왜 거짓말했냐고! 개화산에서 보기로 한 거 아니었잖아. 도영이가 나한테 보낸 메시지에는 분명 학교에서 기다리라고 적혀 있었어."

"너 아직도 그 일 생각하고 있었던 거야? 뭔가 오해가 있었겠지. 너 생각보다 뒤끝이 심하구나? 난 반가워서 그런 건데."

"그런 식으로 어물쩍 넘어가지 말고. 도영이한테는 꼭 사과해. 도영이 그날 죽을 뻔했어. 그렇게 별일 아닌 것처럼 웃으면서 할 얘기 아니야. 너도 알잖아."

"그거 너 때문이잖아."

"뭐라고?"

"그거 다 너 때문이라고! 그러니까 네가 강했어야지. 도영이가 지켜주지 않아도 될 만큼 강했어야지. 안 그래? 왜 도영이가 널 지켜줘야 하는 건데? 내가 아니라 네가 정도영 망치고 있는 거라고!"

"……유라, 너 혹시 아직도 도영이 좋아해?"

"내가 왜 답해줘야 하지? 네가 정도영도 아닌데."

"맞구나, 좋아하는 거."

아무리 생각해도 이것 말고는 이해가 가질 않았다. 내 말에 아니라고 대답 못 하는 유라의 모습을 보고 그대로 돌아섰다.

"이봄, 너 변했다……."

～

　도영은 체대 동아리방에 있는 소파에 앉아 골똘히 생각하기 시작했다. 대학교 입학 날만 손꼽아 기다렸다. 봄이 한국대에 왔기를 바라며. 오늘도 어김없이 설에게 메시지를 남겼다.

　[누나. 봄이 아직도 연락이 안 돼요. 봄이 괜찮은 거 맞아요? 한 번만 연락 주세요. 부탁이에요. 기다릴게요.]

　설에게 아무리 전화해 봐도 신호는 가는데 통화 연결이 끝내 되지 않아 메시지를 남기는 수밖에 없었다.

　동아리방 문이 벌컥 열렸고 승한이 들어왔다.

　"야, 정도영. 너는 왜 수업 안 들어가고 여기서 뻐기고 있냐?"

　"아직 회복 중이잖아."

　"그러면서 문과 수업은 왜 들어가는 건데? 야, 너 설마 이봄 때문에…?"

　"그런 거 아니야. 체대 수업만 들으라는 법 없잖아."

　"아니긴. 야, 어디 여자가 걔 하나냐. 이왕 대학 온 거 애들이랑 소개팅 안 할래?"

　"응, 안 해."

승한도 결국 가을에게 제대로 마음을 고백하지 못했다. 지난가을, 가을은 다른 대학교인 교대에 합격해 진학을 앞두고 있을 때였다. 승한이 가을에게 대학 가서도 계속 보고 싶다는 소심한 고백을 해버렸고, 가을은 무덤덤했다.

"친구니까 당연히 봐야지. 시간 날 때 가끔 보자."라는 말에 승한은 혼자 상처받았다. 승한이 다시 용기 내어 크리스마스에 고백하려고 했는데 또 타이밍을 놓치고 말았다. 그렇게 졸업식 이후 두 사람은 완전히 멀어지고 말았다.

"이번 문과대 애들이 그렇게 예쁘대. 너도 한다고 벌써 말해놨어."

"뭐? 누구 맘대로?"

"문과잖아, 도영아. 문과. 네가 마음에 드는 애가 있을지도 모르잖아."

"봄이가 그런 데 나갈 것 같지 않은데…."

"그 애가 이봄이라고 안 했는데? 너 아직도 머릿속에 이봄뿐이냐? 잠수 탄 지가 언젠데 이제 그만 잊어야지."

"아, 됐어. 문과대 가서 찾는 게 더 빠르겠다."

"야, 정도영! 그래서 진짜 안 나갈 거야?"

도영은 승한의 말을 뒤로한 채 동아리방에서 나왔다. 틈만 나면 문과대에 가서 서성거렸다. 아무리 찾아봐도 봄의 모습이 보이질 않았다.

"정도영……?"

도영은 유라와 마주쳤다. 유라는 마치 아무 일도 없었다는 듯이 반가운 목소리로 불렀다.

"뭐 찾아? 두리번거리고 있길래."

"어, 혹시 너 여기서 봄이 본 적 있어?"

"봄이? 또 이봄 말하는 거야?"

당황한 유라의 얼굴이 굳어졌을 때 지나가던 문창과 학생들이 몰려왔다. "어머, 이 존잘남은 누구야? 무슨 과?" 동기들이 하도 정신없이 물어보자, 유라는 "미안, 지금은 바빠서. 다음에 또 보자."라고 말하고는 과방으로 쏙 들어가 버렸다.

"봄이가 진학을 안 한 건가. 교무처에 물어봐도 개인 정보라서 알려줄 리 없을 테고……."

도영은 오늘도 봄을 찾아다녔지만, 아무런 정보도, 흔적도 찾을 수가 없었다.

⸎

흐드러지게 핀 벚꽃잎이 흩날리는 4월의 봄날.

도영이 역사학 교양수업을 듣기 위해 문과대로 향하는 길이었다. 문과대 앞 가장 큰 벚나무 앞에서 떨어지는 벚꽃잎을 잡으려고 아등바등 손을 뻗는 한 여학생이 보였다.

"이봄 같은 애가 여기 또 있었네."

간절하게 보고 싶으면 그 사람으로 보일 수도 있는 건가. 그 여학생과 거리가 가까워질수록 봄의 모습으로 보였다. 마침내 손에 벚꽃잎을 소중히 잡고는 소원 비는 모습에 도영은 멈춰 서서 그 여학생을 물끄러미 바라보았다. 꼭 시간이 멈춘 것처럼.

긴 머리가 벚꽃잎과 함께 흩날리는 모습이 예뻤다. 시계를 보더니 서둘러 문과대로 들어가는 그 여학생을 넋 놓고 바라보다가 정신 차리고 따라갔다. 강의실에 도착해서 눈으로 많은 학생 중 그 여학생을 찾아냈다.

분명 이봄이었다.

강의실에 들어온 교수가 출석 체크를 했다.

"이봄." 교수는 봄의 출석을 부르더니 오랜만이라고 말했다.

3월에는 왜 보지 못한 걸까. 도영은 아차, 싶었다.

봄이는 3월에는 학교에 나오지 않는데…….

강의가 끝나기만을 기다렸다. 봄이에게 묻고 싶은 말도, 하고 싶은 말도 많았다. 찾기만 하면 될 줄 알았는데. 막상 찾으니 어떤 말부터 꺼내야 할지 머릿속이 분주해졌다. 강의가 끝나자마자 뒷문 쪽에 앉아 있던 봄이 쏜살같이 사라졌다.

"봄아! 이봄!"

체육 실기 때도 이렇게까지 죽어라 전력 질주하진 않았던 것 같은데. 봄의 팔을 겨우 붙잡았다.

"잠깐, 잠깐만. 봄아, 도망치지 마. 제발……."

봄이 무표정한 얼굴로 돌아봤다. 차가운 눈빛이 꼭 봄이 아닌 듯 낯설었다. 따뜻해진 날씨와는 달리 온기가 없이 냉기만이 흐르는 차가운 분위기 속에서도 그저 봄이를 찾은 게 기뻤다. 그 기쁨을 주체할 수 없어 바보 같은 웃음이 났다.

"봄아, 보고 싶었어."

봄의 눈썹이 살짝 일그러지더니 인상을 찌푸렸다.

"……나는 너 안 보고 싶었어."

봄은 도영의 손을 망설임 없이 뿌리쳤다. 도영이 알던 봄의 모습과는 많이 달랐다. 도영은 그래도 상관없었다. 그저 봄이를 찾았다는 사실이 가장 중요했다.

"아, 잠깐만."

도영은 가방에서 전에 봄이 떨어뜨린 당근 캐릭터 볼펜을 꺼내 봄에게 건넸다.

"이 당근 볼펜 떨어뜨리고 간 사람 너 맞지?"

"아, 그때 너였구나. 응, 맞아."

봄은 볼펜을 건네받다가 도영이 손목에 차고 있는 시계를 발견했다. 눈물을 머금고 아끼는 분홍색 돼지 저금통 배를 갈라서 모아놓은 용돈을 모두 털어 샀던 시계였다. 도영이 마음에 드는지 활짝 웃던 모습이 떠오른 봄은 잠시 마음이 동요됐다. 건네받은 볼펜을 가방에 넣으며 표정을 숨겼다.

"……그럼 갈게."

"봄아, 왜 나 피해? 말도 없이 사라지더니 나 봐도 왜 모른 척하는 건데? 대체 왜?"

"그런 거 아니야."

"뭐가 아닌데? 너 지금도 내 눈 피하고 있잖아."

"……네가 뭘 착각하나 본데. 나 원래 이런 사람이야! 도망치고, 숨고 피하는. 무책임한 사람이라고. 그러니까 나 따라오지 마."

낮게 깔린 봄의 목소리가 단호했다.

"나는 싫어. 너랑 멀어지는 거. 아니, 적어도 이유라도 말해 줘야 알 거 아니야. 우리 사이가 겨우 이 정도밖에 안 돼? 아니잖아, 봄아….."

봄은 아랫입술을 깨물며 도영의 눈을 똑바로 응시했다.

"정도영. 너 다 잊었어? 너, 나 때문에 그 산에서 죽을 뻔했어. 네가 죽을 수도 있었다고!"

도영은 착각하고 있었다. 봄이를 찾기만 하면 다시 예전처럼 지낼 수 있을 거라는 그런 착각. 아무 일도 없었다는 듯이 다가가고 싶었다.

"그건 네 잘못이 아니잖아. 그게 어떻게 너 때문이야. 그건 그냥 사고 일 뿐이잖아…….."

"아니. 난 아직도 널 보면 그때가 떠올라서 미쳐버릴 것 같은데. 웃으면서 네 얼굴 보라고? 난 못 해, 난 절대 못 한다고!"

"나 괜찮아, 봐봐. 나 지금 다 멀쩡하잖아. 그리고 봄아, 너 지킬 수만 있다면 나는 다 괜찮아. 그러니까 봄아…."

"나는 네가…, 나를 지켜준다는 그 말이 세상에서 제일 싫어. 너무 끔찍하다고! 제발 부탁인데 다신 아는 척하지 말아 주라."

울먹이듯 말하고는 점점 멀어지는 봄의 뒷모습에 도영은 큰 소리로 외쳤다.

"……이봄! 난 너 절대 포기 안 해! 기다릴게!"

도영은 봄을 놓을 수 없었다. 아니, 애초에 놓는 법 따위는 알지 못했다. 기다리는 것쯤은 얼마든지 할 수 있고 봄이 제게서 멀어지려 하면 그만큼 더 다가가면 되니까. 그러니까 오늘은 재회한 것부터 다시 시작하면 된다고 믿었다.

⌒

　소개팅할 생각은 전혀 없었는데. 그것도 단체 소개팅을.

　그나마 유일하게 친해진 친구인 여자 과대가 학과 일을 도와달라고
해서 도와주다가 자연스레 따라오게 된 자리였다. 마치 계획된 것처럼
소개팅 자리가 순식간에 형성되어 버렸다.

　캠퍼스 안, 시끌벅적한 포차에서 술 마시기 시작한 동기들이 떠드는
소리에 귀가 아플 정도였다. 서로가 하는 말들이 잘 들리지 않았다.

　내 옆자리에 앉은 과대가 텐션을 가득 올려 분위기를 한껏 끌어올리
고 있었고 앞자리에는 처음 보는 남학생이 있었다. 다른 과 남학생인 듯
했다.

　"……네? 뭐라고요?"

　앞자리에 앉은 이름 모를 남학생이 아까부터 계속 말을 걸어왔다.

　"볼이 엄청 빨개요! 술 많이 마신 거 아니에요?"

　원래 홍조가 있는 얼굴인데 술을 많이 마신 걸로 착각했나 보다. 술은
입에 대는 척만 했으니까, 그럴 리가 없지.

　"괜찮아요!"

　"귀여워요!"

　"예? 뭐라고요…?"

　시끄럽게 울려대던 음악이 갑자기 뚝 끊겼다. 누군가 음악을 바꾸려

다가 실수로 멈춰 버린 듯했다. 이때 포차 문이 열리더니 사람들 몇 명이 더 들어왔다.

"귀엽다고요!"

테이블에 앉아 있던 사람들의 시선이 모두 나와 그 남학생에게 쏟아졌다.

"오오…, 오오오!"

"벌써 커플 매칭 들어가나요?"

"아이, 그런 거 아니에요."

손을 내저으며 아니라고 해봐도 분위기만 한껏 달아오를 뿐이었다.

"러브샷! 아, 러브샷!"

도파민이 터진다는 반응과 흥미진진하게 바라보는 눈들이 부담스러웠다. 이름도 모르는 사람이랑 무슨 러브샷이냐고. 앞자리 남학생이 벌떡 일어나자, 동기들이 나를 일으켜 세웠다. 내 손에는 어느새 맥주가 가득 찬 500cc 잔이 들려 있었다. 남학생은 술을 잘 못 마시는 듯 난감해하는 얼굴을 하고 있었다. 그럴 거면 왜 일어났니.

"그냥 제가 다 마실게요."

무슨 패기였을까. 러브샷이 부담스러워서 피할 방법이 이것 말고는 도저히 떠오르지 않았다.

"자, 원샷을 못 하면 시집을 못 가요. 아, 미운 사람! 오오오!"

다들 큰 소리로 원샷! 원샷! 외치는 바람에 맥주를 마시기 시작한 순간이었다. 서 있는 도영이와 눈이 딱 마주치고야 말았다. 맥주를 뿜을 위기를 간신히 넘기고 애써 고개를 돌려 눈을 질끈 감고 꿀꺽꿀꺽 다 마셨다. 인상을 팍 쓰다가 앞자리 남학생 맥주잔도 들어서 원샷 했다.

"오! 이봄! 멋있다!"

맥주를 다 마시고 테이블에 잔을 내려놨는데도 누군가가 나를 바라보고 있는 강한 시선이 느껴졌다. 결국 고개를 돌리다가 또 눈이 마주쳐버렸다. 얼음처럼 서서 나를 뚫어져라 바라보고 있는 도영이었다.

화난 건가. 웃음기 없는 차가운 얼굴을 하고는 여태 한 번도 보여준 적 없는 표정으로 나를 빤히 바라보고 있었다. 옆에 있던 승한이 나와 도영이를 번갈아 보다가 도영이를 끌고 옆 테이블에 앉혔다. 앞자리에 있던 남학생은 날 경이롭다는 눈으로 바라보고 있었다.

어느새 시끄러운 음악이 다시 흘러나왔다. 제각각 지방 방송처럼 떠들고 술 마시느라 바빴다. 신입생들 모임이라 자유롭게 마음 맞는 사람끼리 얘기하는 분위기가 조성됐다.

술기운이 확 올라와서 과대에게 잠시 화장실에 다녀오겠다고 말했지만 나올 때 가방을 챙겨 나왔다. 과대는 얼른 다녀오라고 말했지만 금세 다른 테이블에 합류해 얘기를 나누느라 바빠서 이대로 집에 간다고 해도 딱히 찾을 것 같진 않았다.

"정신 차리자, 이봄."

화장실에서 나와 양 볼을 두드리다가 캠퍼스 풍경을 바라봤다. 한국대 캠퍼스는 벚꽃이 예쁘기로 유명한 학교였다.

갑자기 실없는 웃음이 터져 나왔다.

봄밤, 까만 하늘에 분홍색 벚꽃잎이 찬찬히 흩날리는 풍경이 좋았다. 술 깨기 좋은 적당히 선선한 바람이 불어왔다. 벤치에 앉아 눈을 지그시 감고 있는데 옆자리에 누군가 앉더니 내게 말을 걸어왔다.

"괜찮냐?"

게슴츠레 눈을 뜨고 옆을 바라보니 도영이가 앉아 있었다. 심장이 걷잡을 수 없이 빨리 뛰기 시작했다. 맥주를 너무 빨리 마셨나. 아니지, 난 애초에 맥주를 마셔본 적이 살면서 없었다. 그래서 그런 것뿐이겠지.

"이봄, 너 오늘 술 처음 마시지?"

눈을 끔벅이다가 눈치 없이 헤벌쭉 웃음이 났다.

"응! 근데 나 잘 마시는 것 같아. 완전 멀쩡한데?"

"눈 풀렸어."

눈에 바짝 힘주고 도영이를 노려보듯 쳐다봤다.

"그건 좀⋯ 무섭다."

"그, 그래? 미안."

다시 눈에 힘을 풀고 고개를 들어 까만 하늘을 올려다봤다. 기분이 이상했다. 지금, 이 순간이 좋으면서도 싫고, 싫으면서도 좋았다.

"봄아."

"응?"

"그러지 마."

"뭐를?"

"술 대신 마셔주는 거. 소개팅도."

"쳇, 너도 나왔으면서⋯. 그리고 네가 무슨 상관인데."

기분이 좋은데 어지러웠다. 제어될 정도의 어지러움인 줄 알았는데 해롱거리다가 바보처럼 또 웃음이 새어 나왔다. 벚꽃잎 하나가 내 머리 위로 툭 떨어졌다. 내 머리에 붙은 벚꽃잎을 도영이가 떼줬다. 도영이는 그 벚꽃잎을 자신의 손바닥 위에 올려놓고 나를 바라봤다.

"기억나? 옛날에 네가 벚꽃잎 잡고 소원 빌라고 한 거?"

"야, 그럼 당연하지."

"그럼, 그때 내가 무슨 소원 빌었는지도 알아?"

"아무리 물어봐도 말 안 해줬잖아. 뭐였는데?"

혀가 꼬여서 발음이 뭉개졌다. 정신 차리려고 연신 볼을 두드리며 도영이를 바라보았다.

"매년 봄이 오면 너랑 벚꽃 보게 해달라고……."

"……나랑?"

"어, 일단 올해도 이뤄졌네. 그러니까…."

"으응?"

알딸딸한 기운이 한꺼번에 몰려오는 바람에 뒷말이 잘 들리지 않았다. 눈을 끔벅거리며 도영이가 하는 말을 듣기 위해 얼굴을 가까이 내밀었다.

"나한테서 멀어지지 마, 봄아…. 나는 지금 이대로도 뭐든 다 괜찮으니까, 그냥 내 옆에만 있어 주라."

"뭐, 맨날 다 괜찮대, 무슨. 내가 안 괜찮아, 내가."

그 순간 벚꽃잎 하나가 도영이 머리에도 떨어졌다. 벚꽃잎을 떼어주는데, 무거워진 눈꺼풀을 감당하지 못했다. 머리가 툭 하고 도영이 어깨에 떨어졌다.

'봄아. 지켜주지 못해서 미안해…….'

희미한 그의 음성이 나지막이 들려오는 듯했다.

 ⁓

또다시 같은 꿈의 반복이었다.

분명 이건 꿈이다. 개화산 사고 이후 같은 꿈을 자주 꾸기 시작했다. 마음이 미치도록 아렸다. 나를 죽인 그가 마치 세상의 전부를 다 잃은 것처럼 애달픈 눈물을 보일 때 내 슬픔보다 그의 슬픔이 훨씬 더 크게 느껴졌다. 희미한 시야에도 그 남자가 자신을 향해 어김없이 칼을 들고 있는 모습은 선명하게 보였다.

"꽃이 피고 져도 우리의 이야기를 꼭 기억해 줘. 그리 머지않은 미래에 다시 또 만날 거야. 아무 일 없단 듯이. 마치 기다렸단 듯이. 가장 아름다운 봄날에. 꽃이 다시 피는 순간에 만나. 연모한다, 봄아. 지켜주지 못해서 미안해……."

희미한 남자의 음성이 드문드문 들려올 뿐이었다.

'안 돼!'

그 남자는 이번에도 내 말이 들리지 않는 듯 끝내 눈을 꼭 감은 채 피가 뚝뚝 떨어지는 손으로 움켜쥔 칼날을 자신에게 꽂으려는 순간이었다.

"안 돼!"

눈을 떴을 때는 소파에 누워 있었고, 담요가 덮여져 있었다. 소파 끝자락 구석에는 도영이가 앉아서 졸고 있다가 깬 듯했다. 몸을 일으켜서 정신 차리려고 양 볼을 손으로 두드렸다. 분명 꿈인 줄 알았는데 너무 생생해서 꿀 때마다 착각하곤 했다. 꿈이어서 다행이다. 이번에도 안도의 한숨을 내쉬었다.

"봄아, 깼어?"

"…여기가 어디야?"

주황빛 조명에도 눈이 부신 듯 도영이가 눈도 다 못 뜬 채 잠긴 목소리로 말했다.

"여기 체대 동아리방."

"내가 왜 여기 있어?"

"기억 안 나? 너 아까 그대로 잠들어버려서 아무리 깨워도 안 일어나길래 데리고 왔어. 무슨 꿈을 꿨길래 그래?"

"아…, 아니야. 아무것도."

그 꿈은 내가 아무리 외쳐봐도 같은 장면만 반복될 뿐이었다. 눈에 가득 고인 눈물이 뺨을 타고 흘러내렸다. 그저 꿈일 뿐인데 마치 방금 겪은 일처럼 생생했다. 도영이한테 너랑 똑같이 생긴 남자가 자꾸만 내 꿈에 나타나 죽는다고. 나를 죽였을지도 모를 그 남자가 스스로 목숨을 끊는다는 그런 비극적인 이야기를 해줄 수는 없었다.

"너 울어? 왜 그래? 악몽 꿨어?"

"아니, 아니야. 아무것도."

도영이가 내 옆으로 바짝 다가왔다. 도영이의 하얗고 가느다란 커다란 손이 내 뺨에 흘러내린 눈물을 닦아냈다. 숨소리가 들릴 정도로 가까워지자 그만 도영이를 확 밀쳐버렸다.

"그, 그만 가자. 늦었다."

"……어, 그래. 집까지 데려다줄게."

"어, 어……."

위험할 뻔했다. 하마터면 도영이를 부여잡고 울 뻔했다. 그러다가 꿈 이야기라도 하는 순간에는 절대 안 되지……. 고개를 절레절레 내저으며 동아리방에서 나왔다.

자정이 넘은 늦은 시각이라 버스 막차가 끊긴 지 오래였다. 택시를 잡으려는데 금요일이어서 그런지 잡히질 않았다. 도영이는 학교 근처에서 자취하고 있었고, 나는 걸어서 1시간 정도 걸리는 곳에서 언니와 살고 있었다.

"아무래도 난 걸어가야겠다. 술도 깰 겸. 그럼 잘 가."

"같이 가줄게! 위험하니까."

"아니야, 한참 걸어가야 해서. 오늘 고마웠어. 잘 가."

그렇게 다섯 걸음 걸었을까. 도영이가 금세 옆에 다시 오더니 발맞춰 걸었다.

"그냥 나도 좀 걷고 싶어서. 아, 답답하다. 왜 이렇게 답답하지? 좀 걸으면 나을 것 같네."

"집 반대 방향 아니야? 늦었는데, 가라니까……."

별말 나누지 않고 한참을 같이 걸어갔다. 혼자 걸었으면 외로웠을 어두운 길이었지만 꼭 가로등 불빛이 빼곡히 들어온 것처럼 밝았다.

생생한 꿈처럼 나는 직관적으로 느낄 수 있었다. 나와 함께 있으면 도영이가 위험하다는 것, 죽을지도 모른다는 것을. 꿈속 도영이와 똑같이 생긴 그 남자는 어쩌면 내게 경고를 보내는 것일지도 모른다. 꿈속 그곳은 어디인지 정확히는 알 수 없으나 분명 설산이었다.

그리고 도영이가 개화산에서 피 흘리며 다쳤었던 모습과 꿈속 그 남자의 모습이 겹쳐 보였다. 특징은 설산이라는 것, 나를 죽였을지 모르는, 어쩌면 나를 지키려고 했을지 모르는 그 남자는 나와 함께 있었다는 것.

그건 무시할 수 없는 분명한 경고였다.

도영이는 내게 세상이 그리 춥거나 어둡지만은 않다는 것을 알려준 유일한 사람인데. 나는 도영이 세상을 춥고 어둡게 만들 수 있는 사람이란 사실에 미치도록 괴로웠다.

한 번도 대학교에서 집까지 걸어서 가본 적은 없었다. 지금이 처음이었다. 버스로도 한참 걸리는 이 거리가 짧게만 느껴졌다. 골목을 지나 집에 다다랐을 무렵 걸음을 딱 멈췄다.

그 사실 하나만 생각했다. 도영이는 나랑 같이 있으면 위험하다. 우리의 관계는 오늘로 끝내야 한다. 그러니까 지금, 이 순간이 마지막이 되어야 한다고.

"봄아, 나 너 좋아해. 처음 봤을 때부터 쭉 네가 좋았어. 너를 다시 만나게 되면 꼭 얘기해 주고 싶었어. 내가 너를 아주 많이 좋아한다고. 앞으로도 변함없이 그럴 거니까, 그러니까 다시는 숨거나 도망치지 말아 줘."

도영이 목소리에 떨림이 느껴지는 건 처음이었다. 덩달아 나도 떨리기 시작했다. 그러다 심장이 쿵 하고 내려앉는 것 같았다. 눈도 못 마주친 채 고개를 푹 숙이고 말했다.

"미안한데 방금 한 말은 못 들은 걸로 할게. 데려다줘서 고마워, 조심히 가."

"잠깐만."

도영이가 내 양팔을 양손으로 꼭 붙잡더니 나를 바라봤다. 그 애절한 눈빛에 눈을 질끈 감고 말했다.

"어, 나는 그러니까……. 그러니까 도영아. 나 사실은 좋아하는 사람 있어. 그래서 네 마음 못 받아줘. 미안해……."

어릴 때 봤던 드라마에서 다른 사람이 좋다는 그 멘트는 정말이지 최악이라고 생각했다. 하고많은 거절 멘트 중에 굳이 그렇게까지 해야 하나 싶었다. 그런데 그 멘트를 내가 해버릴 줄은 몰랐다.

도영이가 깊은 한숨을 내쉬더니 아랫입술을 꾹 깨물다가 다시 나를 바라보며 말했다.

"그냥 내 마음이 그렇다고 말해주고 싶었어. 겨울 방학식 끝나고 정말 근사하게 말해주고 싶었는데. 미안, 근데 나 정말 후회 많이 했거든. 너한테 좋아한다고 말 한 번 못 해보고 너 다시는 못 볼까 봐."

"도영아."

"그래, 어떤 놈을 만나든 꼭 데려다 달라고 해. 집 앞까지. 골목 위험하잖아. 무슨 일이 있어도 너 집 앞까지 항상 데려다주고. 너한테 항상 달려갈 수 있는 남자만 만나."

"도영아……."

"그리고 힘들면…. 힘들면 언제든지 나한테 돌아와도 돼. 그런 어설픈 거짓말 얼마든지 속아줄 테니까. 못 이기는 척 언제든 돌아와 줘. 기다릴게."

눈물 나는 걸 참기 위해 고개를 푹 숙였다.

정도영, 너 진짜 왜 그러는 건데. 사람 마음 약해지게. 네가 그래 버리면 나는 어떻게 하라고.

"바보야, 너 진짜…. 너는, 너는 자존심도 없어?"

"봄아, 나는 네가 있어서 사랑받는 게 이런 기분이구나, 나보다 더 소중한 사람이 생긴 게 늘 기뻤어. 그래서 너한테만은 그런 거 없어."

내 인생에 다신 없을 사람의 손을 기어이 놓고야 말았다. 나를 꼭 붙잡고 있는 도영이 양팔을 뿌리쳤다.

"나는 그게 싫어! 너무 싫어. 네가 너보다 나를 먼저 생각하는 거. 너 그거 얼마나 부담스러운지 모르지? 그거 집착이야. 우리 이제 겨우 스무 살이잖아. 다른 사람 좋다는 사람한테 미련 같은 거 두지 말고. 나는 네가 제발 너만 생각했으면 좋겠어."

"우리 삼촌이 그러더라. 힘들다고 놓아버리면 잃는 게 더 많다고. 난 너를 놓을 수가 없어, 못 하겠어. 아니, 못 해, 봄아……."

"미안, 정말 미안한데 그냥 날 원망하고 미워해."

부모님 사고 이후 누굴 원망하고 미워해야 할지 몰라서 지금까지도 나를 한없이 자책하고 원망하고 미워했다. 그러니까 도영이 너는 나를 원망하고 미워하라고. 그러면 너는 나를 금방 잊을 수 있을 테니까.

눈에 가득 고인 눈물이 떨어지기 전에 돌아서서 도영이와 멀어졌다. 뒤돌아보지 않고 집에 들어갔다. 뒤돌아보면 도영이를 꼭 안아버릴 것만 같아서. 자꾸만 욕심날 것 같았다. 상처 줘서 미안하다고. 사실은 내가 너를 아주 많이 좋아한다고 말해주고 싶었다. 따뜻하게 안아주고 싶었다.

아니, 사실 반대였다. 마지막으로 딱 한 번만 안아달라고 어린아이처럼 굴고 싶었다. 너의 그 따뜻한 품이 살면서 아주 오랫동안 그리울 것 같아서. 차마 전하지 못한 말들은 간신히 집어삼켰지만, 눈물이 가득 고인 도영이 슬픈 눈이 그 마지막 모습이 머릿속에서 떠나질 않았다.

개화고 교복을 입은 우리의 모습이 선명했다. 장난치며 같이 거닐던 골목길도, 재잘거리며 웃던 모습도 이렇게나 선명한데. 수없이 혼자 걸을 이 골목이 무섭거나 외롭기보다 도영이가 내 삶에 없다는 게 믿을 수 없이 무서웠다.

아무리 그래도 도영이가 다치거나 위험해지는 건 죽기보다 싫었다. 온 세포가 반응할 정도로 내가 사랑하는 그 애가 나 때문에 털끝 하나라도 다친다면 그땐 정말 견디지 못할 것 같았다. 경호학과 간다고 했을 때 말려야 했는데. 괜히 너의 마니또를 해서. 도영이가 누굴 지키기보다 지킴을 받았으면 했다.

"……도영아, 미안해. 상처 줘서 정말 미안해."

처음 본 순간부터 지금까지 너를 사랑하지 않은 적이 없었으니 그러니 도영이는 나의 심연이었다.

◦‿◦

도저히 학교에서 도영이를 마주할 자신이 없었다. 여전히 나는 숨고 도망치는, 비겁하고 무책임한 사람이었다. 그런 상처를 주고 도영이 근처에 머무는 것은 욕심이었다. 캠퍼스 안에 풋풋한 커플들 모습이 여기 저기 보였다.

꽃다운 나이 스무 살. 연애하기 바쁜, 가장 예쁜 이 시기에 나는 사랑하는 사람을 놓아야만 했다.

이미 돌이킬 수 없는 선택을 해버렸고, 학교를 자퇴하기로 결심했다. 감당할 수 없이 비싼 학비와 생활비 문제도 외면하고 싶었지만, 현실을 받아들일 수밖에 없었다.

학과 사무실에 자퇴 신청서를 제출하는데 괜히 아쉬운 마음이 들어서 마지막으로 교양수업을 듣기로 했다. 아니, 사실은 정말 마지막으로 딱 한 번만 더 도영이가 보고 싶었다.

"여러분들의 심연은 찾으셨나요?"

시원찮은 학생들 반응에 교수는 그저 웃어 보일 뿐이었다.

"어렵게 생각할 건 없어요. 누구에게나 하나쯤 심연이 있기 마련이니까요. 부디 절망과 두려움에 빠지지 말고 쟁취해 내길 바랍니다."

강의 중간쯤 도영의 얼굴을 마지막으로 잠시 바라보았다. 이대로 시간이 멈춰 버렸으면 좋겠다. 너는 나를 바라보지 않아도 나는 너를 볼 수 있으니까. 강의실 열린 창문 사이로 따스한 바람이 들어왔고 여전히 창가에 앉은 도영의 머리칼이 반짝이며 흩날렸다.

"자, 오늘 수업은 여기까지 하겠습니다."

꿈같던 시간이 끝났다. 강의가 끝나자 서둘러 가방을 챙겨 들고나왔다. 이제 정말 달콤한 꿈에서 깰 시간이니까.

"봄아!"

가을이 목소리가 반갑게 들렸다. 오랜만에 연락했는데도 가을이는 이것저것 묻지 않았고, 학교까지 와줬다.

"가을아! 잘 지냈어?"

서로의 안부를 묻던 그때 강의실에서 나온 교수님이 내 앞에서 걸음을 멈췄다.

"그동안 감사했습니다."

"또 볼일이 있을 거예요. 심연은 피할 수 없는 인연이니까요."

역사학 교수님이라서 그런지 어딘가 세월이 묻어나는 말과 함께 웃어 보이실 뿐이었다. 그러고는 내가 뭐라 답하기 전에 인사하고 가셨다. 가을이는 교수님을 흥미롭게 바라봤다.

"와, 한국대는 교수들 외모도 천재네?"

대학생이 되어 만난 가을이는 더 예뻐졌다. 그 모습에 잠시 미소가 스쳤다.

"야, 이쁘미. 내가 얼마나 걱정했는데. 너 연락받자마자 만사 제쳐두고 달려왔다고."

이때 강의실에서 도영이가 나왔다.

"어? 정도영? 둘이 같은 강의 들어?"

"응." 도영이 단답으로 대답하고 가버렸다.

"쟤는 못 본 사이에 많이 시크해졌네."

"가을아, 가자. 우리 떡볶이 먹을까?"

가을이랑 문과대를 나오는데, 입구에 서 있던 승한과 마주쳤다. 승한이를 발견한 가을이 표정이 순식간에 진지해졌다. 가을이는 내게 잠시만 기다려달라고 말했다.

두 사람이 사라지고 문과대 앞에서 캠퍼스를 바라봤다. 아쉬운 마음이 남았는지 괜히 씁쓸해졌다. 금세 웃으며 돌아온 가을이는 아무 일도 아니라는 듯 힘차게 걸었다. 가을이는 원래 밝고 씩씩하고 똑똑한 친구였다. 그런데 이 순간만큼은 어딘가 나와 비슷한 느낌이 들었다.

"가을아."

"응?"

"나랑 술 마시러 갈래?"

"오, 이봄. 성인 됐다, 이거지? 콜!"

한국대 근처 술집에서 쫄면 사리와 치즈를 잔뜩 추가한 즉석떡볶이를 먹기 시작했다. 여고생으로 돌아간 것처럼. 그때와 달라진 게 있다면 술을 마실 수 있다는 것. 시원한 생맥주를 들이켜고 테이블에 맥주잔을 탁 소리 내며 내려놨다. 술맛을 아직 잘 모르는 우리 둘은 시원하다는 말만 반복했다.

"대학 가서도 계속 보자고 해서. 어, 그러자고 했는데 대체 왜 저러는 건지 모르겠다니까. 백승한, 쪼잔한 놈. 아까도 오랜만에 봤는데 잘잘못을 따지더라니까?"

"너희도 여전하구나."

"백승한이 저거, 어? 대체 언제 철이 들려는 건지. 어휴. 그것보다 너 정말 괜찮아?"

"나? 뭐가?"

"힘들었을 거 아니야. 나 사실은, 그날 너 사라진 날. 유라랑 도영이 둘이 하는 얘기 들었거든."

"그날 유라랑 도영이가 같이 있었어?"

"응, 그게 어떻게 된 거냐면 그날은 나도 학원에 가기 싫더라고. 나도 숨 좀 쉬어야지. 마침, 백승한이 정도영 금방 올 거라고. 정도영이 너랑 놀이공원 가려고 티켓 끊어놨다는 거야. 백승한이 자기도 끊어놨다고 같이 따라가자고 하더라고. 둘이 너희 기다리다가 지쳐서 다시 교실로 돌아갔는데 그때 하는 얘기를 들었어."

"……그랬구나. 뭐라고 했는데?"

"사실 유라가 도영이 좋아하는 거 모르고 있던 것도 아니긴 한데. 개화산에서 만나기로 했다는 거 유라가 너희 절대 못 마주칠 장소라고 생각해서 말한 거라더라. 정도영 그때 우리가 붙잡을 틈도 없이 미친 사람처럼 너 찾으러 나가고 백승한이랑 같이 유라한테 추궁했더니 정도영 좋아한 거 다 자기가 먼저였다고만 말하더라고."

가을이 말을 들으며 말없이 맥주를 쭉 들이켰다.

"유라랑은 졸업식 날 마지막으로 보고 연락이 뚝 끊겼지, 뭐야."

"……이미 다 지난 일인데, 뭐. 술이나 마시자."

"그래, 안 좋은 기억 다 잊어버리자. 아, 근데 하필이면 또 셋이 같은 대학교인 게 뭐야. 괜히 불편하게."

"가을아, 그래서 말인데 나 오늘 학교 자퇴 신청했어."

"야, 입학한 지 얼마나 됐다고 자퇴야. 최유라, 정도영 때문이라면 보란 듯이 더 잘 다녀야지. 걔네는 잘만 다니는데……."

"그것 때문만은 아니야. 나 더 강해져 보려고."

술에 취해 실실 쪼개는 나를 보던 가을이는 한숨을 푹 쉬더니 남은 맥주를 원샷하고는 생맥주를 더 시켰다.

"그래, 대학교가 뭐 대수냐. 나도 우리 엄마만 아니었어도 공부 진작에 때려치웠지. 하고 싶은 게 얼마나 많았는데 꾹 참고 공부만 했는지 아냐고. 학원에 또 학원, 과외에 또 과외. 대학교만 오면 끝인 줄 알았는데 리셋 됐어. 모든 게 여기서부터 다시 시작이더라. 백승한 걔네 집은 자유로워서 간섭도 별로 안 하시잖아. 나를 이해 못 하더라고. 대학교 가면 이거 하자, 저거 하자…. 어? 사람 속도 모르고."

"너희 둘도 참 서로 없으면 안 되면서 꼭 그러더라."

"그러게. 어른이 되면 뭐든 더 나아질 줄 알았는데 그게 아니었어. 근데 나 하나만 묻자. 정도영 다시 만났을 때 어땠는데? 너희 둘도 서로 없으면 안 되는 존재 아니야?"

"서로에게 없어져야 하는 존재지. 왜냐? 너무…, 너무 소중하니까."

"그게 뭐야. 너무 소중한데 왜 곁에 없어야 해?"

알바생이 테이블에 생맥주를 내려놓자마자 쭉 들이켜고는 휴지로 입을 대충 쓱쓱 닦고 말했다.

"그야…, 심연이니까?"

"심연? 아까 그 잘생긴 교수가 말하던 그 심연?"

"응, 심연. 놓을 수도, 붙들 수도 없는 그런 거지 같은 인연 같은 거. 도영이가 나를 차갑게 대하면 마음이 아픈데 또 다정하게 대해주면 내가 밀어내야 하니까. 그래서 괴로워."

"참 어렵네. 너도, 나도."

"쟁취는 개뿔! 절망과 두려움에 빠진 중생 구제할 방법은 없냐고요……!"

가을이와 헤어지고 땅만 보면서 집으로 걸어갔다. "지진 났나?" 분명 똑바로 걷는데 땅이 움직이는 것만 같았다. 겨울에 무섭도록 추웠던 공기가 이상하게 봄만 되면 춥지 않았다. 지금은 술기운에 쌀쌀한 공기가 시원하게만 느껴졌다.

"이제 다 끝났다! 정말 다 끝나버렸네……."

입이 삐죽 튀어나왔다. 부모님의 사고를 겪고 누굴 원망해야 할지 몰라서 처음에는 신을 원망했다. 어린 마음에 세상과 신을 원망했는데 그러다 결국 화살이 스스로에게 향했다.

지금은 도영이를 살려준 신에게 오히려 감사하다고 절을 해도 모자랄 판이었다. 밤하늘을 올려다보다가 문득 그런 생각이 들어 서글퍼졌다.

"차라리 다 잘 됐어!"

학교도 자퇴한 마당에 이제 더는 볼 일이 없을 테니까. 차라리 다 잘 된 일이라고 생각했다. 애초에 대학 진학할 생각도 없었는걸. 괜한 욕심이었다.

내일부터는 일자리를 구해 생활에 보탬이 되어야 한다. 막막함과 불안함 속이지만 이런 와중에도 도영이를 다시 본 것만으로도 좋았다. 추억이 생긴 것에 짧았던 대학 생활이 마냥 나쁘지만은 않게 기억될 것 같았다.

비틀거리다가 넘어질 것 같아 전봇대 하나를 붙잡았다. "어? 정도영? 근데 왜 사방이 다 도영이로 보이지? 얘도? 쟤도?" 지나가던 사람들이 나를 이상하게 바라보며 피해 갔다. 미친 사람처럼 실실 쪼갰다.

⁓

도영은 잘 마시지도 못하는 술을 마시고 비틀거리며 집에 돌아가는 봄의 뒷모습을 따라서 무작정 걸었다. 요새 땅만 보고 걷는 봄이 안쓰러웠다. 예전처럼 고개 들고 웃기를 바랐다. 넘어질 것만 같은 봄이를 잡아줄 수도 그렇다고 못 본 척하기도 난감했다. 어쩔 줄 몰라 하며 뒤따라갔다. 봄이 무사히 집으로 들어가는 모습을 확인하고 나서야 안심이 됐다.

너를 어떻게 놓을 수 있을까. 헤어짐은 결국 시간이 해결해 준다는데 얼마나 많은 시간이 지나야 잊을 수 있는 걸까. 도영의 인생에 뭐든 이렇게까지 어려울 게 없었는데 이봄은 늘 어려웠다. 자신이 없었다. 이봄이 없는 하루를 버티고 또 버텨낼 자신이.

이렇게 그림자처럼 너의 뒷모습만 볼지라도 너를 보지 않고 어떻게 살 수 있겠어. 적어도 이번 학기까지는 봄이랑 같은 강의를 듣고 얼굴을 볼 수 있다는 사실이 도영에게 작은 위로가 되었다.

"내일 보자, 봄아……."

혼잣말하다가 그만 발걸음을 돌렸다.

"네? 봄이가 자퇴를 했다고요?"

일주일이 지나도록 캠퍼스 그 어디에도 봄이 보이지 않았다. 강의에도 들어오지 않는 봄이 걱정된 도영은 결국 학과 사무실에 찾아가 선배에게 소식을 전해 들었다.

한국대에 합격하고 좋아하던 그 모습이 아직도 훤한데 자퇴라니. 설마 나를 피하려고 자퇴까지 결정한 건가? 그게 아니면 혹시 무슨 일이 있는 건 아닐까. 오만가지 생각이 들었다. 이제 겨우 다시 만났는데 봄이는 또 도영에게서 멀어지고 있었다.

봄이 없는 도영의 시간은 마치 흑백 영화 속 한 장면의 겨울 같았다. 주연이 아닌 조연, 엑스트라였다. 봄은 도영에게서 걷잡을 수 없이 멀어져만 갔고, 도영은 그녀의 삶 속에 엑스트라처럼 머물 뿐이었다.

그렇게 살다가 우연히 아주 가끔 봄이를 볼 수 있었다. 마치 숨구멍이 트이듯이 선물 같은 시간이 주어졌고 봄이는 모를 그 짧은 순간들이 도영에게는 무척이나 소중했다.

한 번은 군대에 입대하기 전 봄이가 읽던 책들이 문득 생각나서 들린 서점에서 우연히 봄이를 발견했다. 예전의 밝은 표정과는 달리 시종일관 무표정한 얼굴로 그저 묵묵히 일하고 있을 뿐이었다.

말없이 책을 정리하는 봄의 모습을 슬쩍 보다가 쓰고 있는 모자를 꾹 눌렀다. 『슬픔이 없는 십오 초』 시집 하나를 집어 카운터에 가자 봄이 계산해 주러 왔다.

"만 이천 원입니다."

결제하고 책을 가져가려는데 봄은 「청춘」이라고 적혀 있는 부분에 포스트잇 플래그를 붙이더니 도영을 바라보며 말했다.

"이 부분 꼭 읽어보세요. 저는 이 구절이 가장 좋더라고요."

도영이 고개를 끄덕이자 봄은 책을 봉투에 담아 도영에게 건넸다.

"그럼 안녕히 가세요."

도영은 눈이 마주칠까 봐 시선을 책에만 향한 채 말없이 고개 인사를 하고 나왔다. 군대 입대를 앞두고 짧아진 머리가 어색하고 민망해서 모자를 쓰고 나왔는데. 그중 창이 긴 모자를 골라 쓰고 나오길 잘했다고 생각했다. 누군지 알았으면 봄의 작은 미소조차 보지 못했을 테니까.

도영은 공원 벤치에 앉아 책을 펼쳤다. 이 시를 읽으니 봄이를 처음 만났던 봄날이 떠올랐다. 낭랑한 목소리로 시를 읽던 봄이 목소리가 꼭 귓가에 들리는 것만 같았다.

그렇게 시간이 흐르고 또 흘렀다. 이제 도영에게 바뀌는 계절은 더는 의미가 없었다. 봄이 없는 사계절은, 특히 봄이란 계절은.

❧

"⋯⋯나 사실 너 원망 많이 했어."

도영의 진지한 말에 개화산 정상으로 향하던 발걸음이 저절로 멈춰졌다. 봄은 미간을 좁히며 도영을 바라보았다.

"너를 미워했다고. 꿈에 나올 정도로. 아주 많이⋯⋯."

"그래, 그러니까 날 계속 원망하고 미워해. 나는 네가 다치지만 않을 수 있다면 그런 건 다 상관없어."

"봄아, 누구나 살면서 다칠 수도 있고 언젠간 죽을 수밖에 없어. 네가 걱정하는 일이 벌어진다고 해도 그건 내 선택이고 내 운명이야. 너와 함께 있던 며칠이 널 원망하고 미워한 9년이란 시간이 무색할 정도로 쉽게 무너졌으니까. 그러니까 나 밀어내지 마, 봄아……."

"나는……, 그러니까 나는……."

어쩌면 우리는 마음속에 서로를 품은 채 9년이 넘는 시간을 보냈는지도 모른다. 제대로 사귀지도 않았던 우리지만 제대로 헤어지지도 않았던 것 같다. 각자의 방식으로 함께였는지도 모른다.

그 시절의 나는, 너는. 우리는 서로를 놓지 못했다.

아니, 못 놓은 게 아니라 안 놓은 것이었다.

⌒

도영이 마음을 거절하고는 예전처럼 밝게 지낼 수가 없었다. 무언가 텅 빈 마음에 큰 가시가 박힌 듯 아주 중요한 걸 놓치고 살아가는 것 같았다.

한 달이 지나면 나아지겠지.

아니, 한 달은 너무 짧아서 그런 거겠지.

일 년이 지나면 괜찮겠지.

시간이 아무리 지나도 바뀐 건 계절뿐이었다.

천고마비의 계절인 가을이 찾아왔을 때였다.

토요일 아침 일찍 무작정 개화로 가는 버스에 몸을 실었다. 푹푹 찌던 여름이 지나 선선한 바람이 기분 좋게 불어오는 날이었다.

그렇게 한참을 달려 개화에 도착하자 시내에서 동네로 가는 마을버스에 다시 올라탔다. 예전에는 매일 타던 버스였는데 지금은 마치 목적지 없는 항해를 향하는 것만 같았다.

날씨가 좋아서인지 사람이 많아 버스에는 앉을 자리가 없었다. 그래도 서 있는 사람은 그리 많지 않아서 금세 창가 자리에 앉을 수 있었다. 버스 중간쯤 자리에 앉아 창문을 바라보는데 괜스레 울적한 기분이 들었다.

이 버스를 같이 탔던 도영의 생글한 웃음이 떠올랐다. 결국 큰 상처를 주고야 말았다. 도영이가 날 원망하고 미워하기를 바랐다. 그러면 다 되는 줄 알았다. 악역을 자초하더라도 도영이는 날 빨리 잊을 수 있으니까. 날 원망하고 미워할수록. 그게 도영이를 위한 일이라고 생각했다.

어느새 창가를 바라보는 내 눈에서 눈물이 떨어지기 시작했다. 화창한 가을 날씨에 다들 왁자지껄 떠들기 바쁜 동네 버스였다. 웃는 사람들 속 혼자 눈물을 흘리는 꼴이란 세상 비참했다. 이런 와중에 누군가가 나를 발견한다면 창피함에 쥐구멍이라도 숨고 싶은 상황이었는데. 그런데도 도저히 눈물이 멈추질 않았다.

옆자리에 앉은 여자가 날 흘깃 바라보는 시선이 느껴졌다. 그럴 만도 한 게 사연 있는 여자처럼 보이기 딱 좋았고, 세상에 혼자 동떨어진 듯한 느낌이 들었다. 그 여자는 가방에서 휴지를 꺼내 내게 말없이 내밀었다. 나는 작은 목소리로 감사하다고 말했다.

어느덧 버스는 종점에 도착했고 안은 텅 비어 있었다. 나밖에 안 남은 건가. 버스가 멈추고 버스 기사가 앞문을 열더니 기지개를 켜며 자리에서 일어났다.

"다들 안 내려요?"

나 말고 누가 또 있나.

"내릴 곳을 지나쳐서요. 그냥 그대로 타고 갈게요."

"그래요, 그럼."

버스 기사가 잠시 화장실에 다녀오는 사이 마음을 추슬렀고 진정되어 겨우 눈물이 멈췄다. 버스가 다시 출발하고 한참을 달리기 시작했다. 그러다 개화공원 앞에서 내렸다. 겨울에 이곳에서 도영이와 같이 놀았던 기억이 갑자기 떠올라서 무작정 내려버렸다.

그때는 온통 새하얀 풍경이었는데. 알록달록한 단풍으로 물든 지금 풍경은 다른 곳으로 느껴질 만큼 분위기가 완전히 달랐다. 그때는 둘이 었는데 지금은 혼자여서 그런 거겠지.

벤치에 앉아 한참 넋 놓고 있었다.

목마름에 발견한 낡은 자판기는 그대로였다. 맛은 신식이었는데. 겨울에만 파는 핫초코가 아직 있을 리가 없었다. 그게 마시고 싶었는데. 하는 수 없이 차가운 캔 커피를 뽑아서 한 모금 마시고는 다시 벤치에 돌아왔다.

내가 앉아 있던 자리에 하늘색 손수건이 올려져 있었다. 분명히 없었는데. 주위를 둘러봐도 가까이에 사람은 없었다. 공원 안에는 나와 멀찍이 떨어진 곳에서 유모차를 끌고 지나가는 부부와 산책 나오신 어르신

들뿐이었다.

주인을 찾아줘야 하는데 작은 동네 공원이라서 마땅히 물건을 맡길 데도 없었다. 깔끔한 새 손수건이라서 앉아 있다 보면 주인이 찾으러 오지 않을까 싶어서 옆에 그대로 둔 채 다시 자리에 앉았다.

얼마나 앉아 있었을까. 캔 커피는 다 마시고 버린 지 오래였고 공원 안에 있던 사람들도 어느새 하나둘씩 공원을 빠져나가기 시작했다. 사람들이 줄어드는 것처럼 답답했던 마음이 조금은 나아지는 듯했다.

이제부터가 시작인데 도영이가 없는 삶을 어떻게 견뎌야 할지 막막했다. 상처 줘서 미안했다는 말을 이제 와서 무슨 수로 꺼낼 수 있을까.

염치도 없지. 어림도 없지.

핸드폰을 들었다가 놨다가. 다시 또 들었다가 놨다가 무한 반복이었다. 날 잊고 잘 살고 있을지도 모르는데 섣불리 연락할 수도 없었다.

열여덟, 열아홉 그 시절 예뻤던 우리의 모습이 아직 생생했다. 이럴 줄 알았으면 부끄럽다고 피하지 말고, 자주 눈에 담아둘걸. 좀 더 다정하게 말해 줄걸. 대학교 합격하기 전에 좋아한다고 고백할걸. 겨울이 오기 전에 사랑한다고 말해 줄걸. 이제 와서 이런 후회해 봐도 아무 소용없다는 건 잘 안다. 그저 나도 모르게 드는 무수히 많은 생각들이 나를 괴롭힐 뿐이었다.

아무도 내 생각과 행동들을 이해할 수 없다고 해도 내가 그를 지킬 수 있는 나만의 유일한 방법이었다. 도저히 이것 말고는 다른 방법이 없었다. 세상 어딘가에 존재하는지조차 모르는 신에게 빌고 또 빌었었다. 도영이만 살려주신다면 욕심을 버리겠다고 했을 때 사실 이미 알고 있었다. 도영이를 만난 것 자체가 욕심이었다는 것을. 누군가에게 설명할 수도, 이해시킬 수도 없는 이 외로운 싸움에서 그저 도영이를 지킬 수만 있다면 그거면 된 거라고 굳게 믿을 뿐이었다.

버스에서 멈춘 눈물이 또 왈칵 터져 나왔다. 눈물이 수도꼭지처럼 조금만 도영이 생각이 나버리면 고장 난 듯 멈추질 않았다. 결국 주인을 찾아주겠다던 손수건을 쓸 수밖에 없었다. 금세 눈물과 콧물이 범벅되어서 차마 이 얼굴로 화장실까지 갈 수가 없었다. 혹시나 주인이 나타나면 세탁비를 주든 손수건 값을 주든 갚을 생각이었다.

그런데 해가 쏙 사라진 저녁이 지나도 찾으러 오질 않았다. 가방에 있던 메모지와 볼펜을 꺼내 메모를 남기고는 벤치 위 손수건이 놓여 있던 위치에 붙였다.

'손수건, 잠시 빌립니다. 아래 번호로 꼭 연락 주세요.

010-xxxx-xxxx'

∽

부쩍 짧아진 낮에 금세 밤이 찾아왔다. 도영은 다시 개화공원으로 향했다. 봄이 앉아 있던 벤치에는 아무도 없었다. 메모지를 떼어내고 봄이 앉았던 자리에 그대로 털썩 앉았다.

봄이 무슨 일 있는 건 아닐까. 한참을 서럽게 우는 통에 자꾸만 신경 쓰여서 따라올 수밖에 없었다. 정말 내가 아닌 다른 사람이 좋아진 게 맞는 건지.

그 사람이 잘 못 해주는 건 아닌 건지. 빈곤했던 상상력만 늘어났다. 봄이는 예전부터 거짓말하면 티가 났다. 뚝딱거리고 동공이 흔들리고 목소리가 작아졌다. 거짓말인 걸 다 알면서도 불안해져만 갔다.

그냥 돌아만 와줬으면 했다. 아무것도 묻지 않을 테니까. 그렇게 혼자 서럽게 울지 말고. 아니, 울더라도 나한테 기대기를 바랐다. 하지만 군대 입대를 앞두고 차마 할 수 있는 말은 아니었다.

봄이가 적어놓은 메모지에 봄이 연락처가 적혀 있었다. 예전에 봄이 사라졌을 때 그토록 찾던 봄이 연락처인데 지금은 아무짝에도 소용없었다. 공원 입구에 있는 쓰레기통에 메모지를 버리고 공원을 나왔다.

결국 집 앞에 도착하자마자 다시 공원으로 뛰어갔다. 고작 번호 8개를 못 외워서 헐레벌떡 뛰어간 꼴이 스스로 보기에도 우스웠지만 어쩔 수가 없었다. 쓰레기통을 뒤져서 메모지를 챙겨왔다.

핸드폰을 들어 봄이 번호를 찍었지만 끝내 전화를 걸 수가 없었다. 내일모레면 군대에 입대해야 했다. 무엇보다 전화를 건다고 한들 질척거리는 것밖에 되지 않았다.

이런 와중에도 도영은 혼자 있던 봄이 또 아까처럼 어딘가에서 혼자 울고 있는 건 아닌지 어디 아픈 데는 없는지 여전히 자신보다 봄을 걱정하는 마음이 더 컸다.

세상이 어둡고 춥지만은 않다는 걸 봄이에게 꼭 알려주고 싶었다. 생각보다 재밌는 게 많다고. 나랑 같이 하나씩 하다 보면 힘들고 고통스러운 시간은 어느새 지나가 있을 거라고. 내가 늘 너의 곁에 함께 있겠다고. 걱정하지 말라고. 그렇게 말해주고 싶었다. 그때도, 지금도 똑같은 마음이었다. 전하지 못한 마음을 애써 눌렀다. 그저 곧 다가올 겨울이 너무 힘들지 않기만을 바랄 뿐이었다.

～

길고 길었던 겨울이 끝나 드디어 창문을 활짝 열었다. 노란빛이 쏟아 지는 그런 화창한 봄날이었다. 가을이 전화로 하루 단기 알바를 같이 할 수 있냐고 다급하게 물었다. 같이 일하기로 한 대학 친구가 갑자기 급한 사정이 생겨 못 온다고 해서 대타가 필요한 모양이었다.

서둘러 준비하고 서울대공원에 도착했다. 귀여운 곰 인형 탈을 쓴 사 람이 내 어깨를 톡톡 쳤다. 머리에 쓴 곰 인형 탈을 벗더니 싱긋 웃어 보 이는 가을이었다.

"가을이?"

"응. 봄아, 이쪽으로."

가을이는 내게 분홍색 토끼 인형 탈을 건넸다.

"간단해. 공원을 돌아다니면서 만나는 아이들이랑 사진도 찍어주고, 사람들 보이면 손 흔들어서 인사해 주면 돼. 세 시간 정도 후에 여기서 다시 만나자. 나는 왼쪽으로 돌 테니까 봄이 너는 오른쪽으로 돌면 돼."

"응, 알았어. 이따 보자."

큰일 났다. 몇 발짝 안 가서 아이들이 몰려오는 바람에 원래도 넓은 공원이 끝도 없어 보였다.

"여자예요? 남자예요?"

뭐라 말해 줄 수가 없어서 그저 과하게 몸을 움직일 뿐이었다. 맞춰보라는 손 움직임에 아이들은 대답 대신 내 다리를 하나씩 붙잡고 흔들어 재꼈다.

그렇게 두 시간쯤 지났을까.

녹초가 되어 발걸음이 느려졌다. 드디어 사람 없는 구간을 발견했다. 벤치에 앉아 머리에 쓴 인형 탈을 잠시 벗었다. 시원한 바람에 잠시 숨고르고 있는데 옆 벤치에 앉은 군복 입은 남자들의 대화가 들려왔다.

"기껏 휴가 나와서는. 아, 이런 곳은 여자 친구랑 와야 하는 건데. 왜 또 너랑."

"야, 나도 마찬가지거든."

"정도영, 너 진짜 여자 소개 안 받을래? 군대 동기 여동생인데 진짜 예쁘대. 연예인 뺨친대."

"그렇게 예쁘면 네가 받지. 왜 날 소개해 줘?"

"나야, 뭐……."

"그러지 말고, 손가을한테 연락해 봐. 언제는 친구 사이 잃을까 봐 고백도 못 하겠다면서. 이렇게 연락도 안 하고 안 볼 거면 솔직하게 네 마음 말이라도 해봐야 후회 없지 않겠냐?"

"야, 제대하면 연락할 거거든. 지금은 군인 신분이라서 해줄 수 있는 게 없다고. 제대만 하면 딱! 어? 머리부터 발끝까지 제대로 꾸미고 만날 거라고. 내 피부 탄 것 좀 봐."

"야, 나는 뭐 군인 신분 아니냐?"

"너는 나보단 제대 얼마 안 남았잖아. 그리고 네 피부는 자외선 체질인지 뭔지 타기는커녕 어째 더 하얘진 것 같고 살도 더 빠진 놈이. 야, 그러지 말고, 사진 한 번만 봐봐."

무슨 용기가 났을까. 벗었던 인형 탈을 다시 쓰고 씩씩하게 그 둘에게 다가갔다. 둘의 시선이 온통 핸드폰으로 쏠려서 보지를 않길래 얼굴을 바짝 들이밀고 백승한의 어깨를 툭툭 쳤다.

"저희는 괜찮아요."

승한은 방해하지 말라는 듯 나를 보지도 않고 손을 대충 휘휘 내저었다. 그러고는 다시 사진 찾는 데 열중이었다. 아이들 상대에 금세 익숙해진 탓이었을까. 재주 없는 춤을 추기 시작하니 순식간에 그들의 시선이 내 쪽으로 쏠렸다. 엉덩이를 최대한 들썩거리고 양팔을 흔들며 추다가 짠! 하고 발가락을 들어 올려 멈췄다.

인형 탈을 쓰니 창피함은 덜 했지만, 적막함에 부끄러움이 몰려왔을 무렵 도영이 큰 소리로 웃기 시작했다. 내가 도영이에게 웃음 벨이 되어 주다니. 왠지 뿌듯했다. 오랜만에 듣는 도영이 웃음소리가 기분 좋게 들려왔다.

"귀여워……."

"뭐? 저게 귀엽다고? 저런 몸치가?"

승한은 당최 이해할 수 없다는 듯 혀를 끌끌 찼다.

"최저시급일 텐데 너무 열심히 하지 마세요, 알바생님. 춤은 더 연습하시고요."

헛기침으로 대답을 대신하고 양손의 엄지손가락과 집게손가락으로 사각형 모양을 만들어 보였다. 피사체의 구도를 잡는 것처럼.

"저희는 괜찮은데요. 보시다시피 군인 둘이라 인형이랑 사진 찍는 폼이 좀 그렇잖아요? 예……."

뭐가 그렇냐는 듯 양손을 크게 흔들고 고개를 절레절레 흔들었다. 다시 손가락을 들어 사각형 모양으로 만들어서 백승한 얼굴에 닿을 것처럼 가까이 내밀었다.

"그것참, 상당히 끈질기시네. 우리가 무슨 애도 아니고……."

"내가 토끼님이랑 찍을게. 네가 내 핸드폰으로 좀 찍어줘."

그제야 흡족해하며 고개를 끄덕였다. 내게 다가온 도영이가 내 옆에 다정히 섰다. 벚꽃잎이 떨어지고 있는 벚나무 밑에서 어색하게 브이 했다. 도영이도 브이 하는데, 손목에 찬 시계에 시선이 갔다. 여전히 내가 선물한 시계를 차고 있었다.

"토끼 알바생님! 정도영 말고 이쪽 카메라 보셔야죠!"

흠칫하다가 시선을 카메라로 옮겼다. 승한이가 도영이 핸드폰으로 사진 찍어주고는 다시 도영이에게 핸드폰을 건넸다. 마음 같아선 둘 중 한 명 핸드폰을 들고 튀고 싶었지만 이미 체력은 바닥났고, 체육인에 현 군인의 체력을 무슨 수로 이길 수 있을까.

손 흔들며 최대한 자연스럽게 인사하고 남은 시간을 채우고는 다시 가을이와 만났던 장소에 도착했다. 가을이는 입구에 있는 편의점에서 생수와 컵라면 두 개를 사서 나오고 있었다.

"봄아! 여기!"

서로 머리와 손에 쓰고 있던 인형 탈만 벗은 채 마주 보고 앉아 컵라면을 흡입하듯 먹었다.

"봄아, 고마워. 갑작스럽게 연락했는데도 바로 나와주고."

"내가 고맙지. 이런 꿀 알바라면 언제든 콜이야."

가을이는 개화에서 잘 사는 편이었지만 부모님의 간섭에서 벗어나 서울에서 지내는 동안만큼은 공부가 아닌 다른 것들을 해보기 위해 요새 자주 알바를 하는 듯했다.

"애들 엄청 많았지? 요만한 것들이 딱 들러붙어서는 안 놔주더라니까."

"요만하면 귀엽기라도 하지. 이만한 애도 있던걸."

"뭐?" 까르르 웃는 가을이에게 도영이와 승한이를 만났다고 말하기에는 둘도 나름의 사정이 있어 보여서 차마 말해 줄 수가 없었다.

가을이 잠시 화장실에 갔다. 남은 컵라면을 마저 먹으려고 고개 숙여 입에 넣는 순간 누군가 가을이 자리에 앉았다. 가을이가 이렇게 빨리 돌아왔을 리는 없을 테고. 입에 라면을 넣은 채 숙인 고개를 슬며시 들었다. 승한이가 눈에 잔뜩 힘을 주고 나를 노려보고 있었다.

"너 도대체 정체가 뭐냐, 이봄. 방금 그 토끼가 너였어? 이런 발칙하고 요망한 토끼 같으니라고."

사레들려서 콜록거리느라 대답할 수가 없었다.

"아, 대답하라고! 정도영 차 버릴 때는 언제고. 인형 탈 쓰고 왜 같이 사진 찍자고 하냐고! 어쩐지 쓸데없이 열심히 하는 게 꼭 이봄 같더라니……."

나는 손사래 치다가 서둘러 생수 뚜껑을 열었다.

"이게 누굴 바보로 아나. 어디 한번 말해 보시지. 어?"

눈에 바짝 힘을 주고 흘기며 나를 보는 백승한의 시선이 부담스러웠다. 물을 적당히 마시고 진정한 후 다시 승한을 바라봤다.

"야, 백승한. 거기 가을이 자린데?"

"뭐? 여기 손가을도 있어? 얘는 뭐, 곰이냐?"

승한이 옆 의자에 놓인 곰 인형 탈을 툭툭 치다가 계속 주위를 두리번거렸다.

다 사정이 있는 거란다. 너랑 가을이처럼.

"가을이 곧 올 텐데. 백승한, 오늘 본 건 전부 비밀이다. 입단속 잘해라. 안 그럼 아까 너희가 한 얘기 가을이한테 전부 다 말해버릴 거니까. 군대 동기 여동생이 연예인 뺨치게 그렇게 예쁘다고 했던가?"

엄지와 검지로 입을 지퍼 잠그는 것처럼 움직이자 승한이 자리에서 벌떡 일어났다.

"허! 나도 정도영한테 말할 생각 눈곱만큼도 없거든. 이제 겨우 괜찮아진 애를 또 흔들 수는 없으니까. 난 네가 도영이 진짜 좋아하는 줄 알았는데. 너 그렇게 가버리고 정도영 걔 산송장이었다는 것만 알아둬라."

좋아하니까 그러는 거다, 이놈아.

"나도 네가 가을이 진짜 좋아하는 줄 알았는데."

흥이다. 지지 않고 말했다. 괜히 소꿉친구가 아니었다. 오랜만에 만났어도 어색하기는 개뿔 말이 술술 나왔다.

"눈치 없는 이봄이 알 정도면 다 안다는 건데. 손가을 걔는 왜 보지 말자고 하는 거야."

"보지 말란다고, 연락하지 말란다고 진짜 안 하냐? 네가 언제부터 남의 말을 그렇게 잘 들었다고. 어? 저기 가을이 오는 것 같은데?"

"야. 나, 간다. 정도영한테 춤추는 토끼를 조심하라고 꼭 말해주겠어."

도영이 못지않게 민첩한 승한이 쏜살같이 사라졌다. 그 자리에는 다시 돌아온 가을이 앉았다.

나도 내가 왜 괜한 짓을 해버렸는지 모르겠단 말이다. 마음만 앞서서 한 행동을, 나도 이해가 안 가는 내 행동을 누가 이해할 수 있을까.

～

만개한 벚꽃이 화사하게 흩날리는 봄날이었다.

율의 스케줄 중 하나였던 출판 전시회 행사에 율과 도영이 도착했다. 도영이 무수히 많은 팬과 인파가 몰리는 바람에 율을 경호하느라 정신없을 때였다. 봄이 구르마 위에 쌓인 박스 때문에 얼굴이 안 보일 정도로 한가득 싣고 다가오고 있었다. 구르마에 올린 박스들을 아슬아슬하게 지탱하고 있었는데 지나가는 인파에 못 이겨서 박스가 떨어지기 시작하더니 안에 있던 많은 새 책들이 쏟아져 나왔다.

대기실까지 율을 안전하게 경호한 도영은 다시 입구로 뛰어갔다. 누군진 몰라도 신경 쓰였다. 혼자서 그 많은 책을 다시 박스에 넣고 있는 여자가 보였다. 재촉하던 발걸음이 그 여자의 얼굴을 보고 그만 멈춰졌다.

도영은 봄의 얼굴을 보며 잠시 넋을 놓았다.

노란색 체크 남방셔츠를 입은 봄이, 풀어진 긴 머리, 그리고 여전히 발그레한 볼이 예뻤다. 분명 봄이 맞다. 도영은 시간이 멈춘 듯 벚꽃잎이 흩날리는 사이로 보이는 봄을 가만히 바라보았다.

반가움도 잠시 관리자로 보이는 한 남자가 봄이를 외각으로 따로 불렀다. 날카로운 목소리가 귀를 찌를 듯 쩌렁쩌렁 들려왔다.

"전부 새 책인데 다 떨어뜨리면 어쩌자는 거야!"

죄송하다고 말하며 고개 숙여 사과하는 봄의 모습을 멀리서 본 도영의 미간이 좁혀졌다. 봄이 대신 책들을 빠르게 박스 안에 넣고는 구르마 위에 쌓았다. 율을 보기 위한 인파가 갑자기 몰리는 바람에 생긴 일이었다. 한껏 인상 쓰다가 점점 화가 치밀어 올랐다.

"너 한 번만 더 그러면 그땐 진짜 알바 잘린다? 이래서 고졸 알바 쓰는 게 아닌데. 공부 머리 없는 애들은 몸도 둔하더라. 아, 뭐해! 빨리 가서 정리해! 시간 없으니까."

"……죄송합니다! 얼른 정리할게요."

애초에 여자 알바생한테 성인 남자도 힘들 무게의 책들을 혼자 나르게 한 건 부당했다. 같은 회사 명찰을 매고 있는 다른 직원들은 건물 안에 모여 여유롭게 커피 마시면서 떠들고 있었다. 같은 출판사에서 일하는 건지 그 무리에서 유라를 발견했다. 유라는 도영을 보지 못했다.

봄은 시선을 돌리다가 멀리서 책 정리를 해주고 있는 정장 입은 한 남자를 발견했다. 얼굴은 잘 안 보였지만 인이어를 끼고 있었다. 손목에 찬 시계에 시선이 갔다.

인이어 무전기를 통해 동료가 도영을 급하게 찾았다. 도영은 서둘러 남은 박스들을 차곡차곡 쌓고는 다시 대기실로 뛰어가는데 뒤에서 봄의 목소리가 들려왔다.

"저기, 감사합니다! 도와주셔서 감사해요!"

도영은 차마 뒤돌아볼 수도, 뭐라 대답할 수도 없어서 비스듬하게 고개를 끄덕였다. 애써 씩씩하게 말하는 봄의 목소리가 계속 신경 쓰였다.

도영은 집으로 돌아오자마자 소파에 기대 넋을 놓았다. 룸메이트인 율이 도영에게 고생했다며 시원한 캔 맥주를 건네고는 옆에 앉았다.

"왜 그래? 무슨 일 있어?"

"형, 우연이 자꾸 반복되면 인연인 거겠지?"

도영의 말에 율은 사뭇 진지한 표정을 짓더니 캔 맥주를 따서 한 모금 마시고는 고개를 끄덕였다.

"뭐, 그렇게 느낀다면 그런 거겠지."

"어? 뭐야. 형은 왜 진지해지는 건데?"

"그냥. 누가 좀 생각나서."

"어? 수상한데. 근데 형 요즘 커피 자주 마시더라? 원래 커피 잘 안 마셨잖아. 특히 밤에는 입에도 안 대던 양반이."

"마셔도 잠 잘 오던데?"

"이거 봐, 얼마나 많이 마셨으면 그래. 승한이가 형 밤마다 커피 마신다고 걱정하더라. 맨날 사내 카페만 간다고."

"회사 복지로 저렴하게 마실 수 있는데 굳이 딴 데 갈 필요 없잖아."

"하여간 있는 사람들이 더한다더니. 돈도 많으면서. 이래서 경제가 돌겠어?"

"그리고……."

"그리고 뭐?"

"회사 카페 커피가 제일 맛있더라고. 예쁘고……."

"응? 커피가 예쁘다고?"

"아, 그러니까 그 라테 아트 같은 거 말이야."

"아메리카노만 마시면서. 무슨."

뚝딱거리는 율의 모습이 귀엽게 느껴진 건 처음이었다.

"아무튼 그런 게 있어……."

도영은 율이 예전과는 달리 요즘 들어 부쩍 웃음이 많아졌다고 생각했다. 한참 일에만 치여 살다가 이제야 숨통이 트인 것 같았다. 밝아진 율의 모습에서 마치 예전에 봄이랑 함께 보냈던 그 시절 자신과 비슷한 뚝딱거림이 보였다.

사랑에 빠진 얼굴이 티가 났지만, 도영은 모르는 척했다. 율이 무언갈 걱정하고 두려워하기보다 지금의 감정에 충실하길 바랐다.

"근데 도영이 너 아까 행사 때 무슨 일 있었어? 갑자기 표정이 안 좋길래."

"아, 그거. 별일 아니야."

도영은 캔 맥주를 마시면 마실수록 봄의 모습과 목소리가 선명히 떠올랐다. 다 마신 맥주캔을 한 손으로 꽉 눌러 찌그러뜨렸다. 낮에 일이 다시 떠올랐다.

"이 책, 차율 강력 추천 도서입니다. 자존감 높이는 책인데 직원한테 그렇게 무례하게 대하시면 어떡합니까, 그걸 팬들이 보기라도 했으면 어쩌시려고요?"

"아, 저기 그런데 직원 아니고 알바생이고요. 실수한 건 그 알바생인데 혼 좀 낼 수 있죠."

"알바생은 출판사 일하러 나온 사람 아닌가요?"

"아니, 뭐 그쪽이 차율 매니저인 건 알겠는데 너무 오바하는 거 아닙니까? 별것도 아닌 일로 태클은."

"태클? 하, 이보세요. 똑바로 좀 하시죠? 안 그러면 저희도 여기 출판사 행사 같은 거 다신 참여 안 합니다. 이 행사는 저희 쪽에서는 돈 보고 하는 거 아니거든요. 팬들 요청 때문에 팬 서비스 차원이지. 사실상 출판사 좋은 일만 시키는 거니까. 근데 이런 별것도 아닌 일로 문제 생기면 뭐, 그쪽이 책임지면 되겠네요."

"죄, 죄송하게 됐습니다. 주의하겠습니다."

"저 말고 그 알바생한테 꼭! 제대로 사과하세요. 제 말 공부 머리 있으시면 무슨 뜻인지 잘 아실 거라고 생각합니다. 그럼."

도영은 출판사 관리자의 어깨를 툭 치고는 다시 건물 안으로 들어갔다.

"……설이 누나?"

도영이 승한과 처음 경호 알바를 끝내고 다시 회사로 복귀했을 때였다. 사내 카페에 직원으로 있는 설을 발견했다. 당황하지 않고 여유로운 미소로 돌아보는 설에게 도영이 다가갔다. 설은 여전히 인상은 차갑지만 친절했다.

"안녕, 둘 다 오랜만이다."

"여기서 일하시는 줄 몰랐어요."

"응, 나도 여기서 일한 지는 얼마 안 돼서. 뭐 마실 거니?"

"아, 네. 그러면 저희 아이스커피 두 잔이요. 여기가 숨겨진 커피 맛집이라고 해서 일부러 들렀거든요."

"응, 잠깐만."

도영이 계산하자 설이 커피 두 잔을 뚝딱 만들어 건넸다.

"저기, 누나."

설은 말없이 무슨 문제 있냐는 듯 도영을 바라보았다.

"봄이, 잘 지내요? 어디 아픈 데는 없고요?"

도영의 말에 설은 여전하다는 듯 따뜻한 미소를 지었다. 승한은 아직도 이봄 타령이냐며 고개를 내저었다.

"응, 걱정하지 마. 그때 답장 못 한 건 미안. 봄이가 사정이 좀 있어서. 이제 몸은 괜찮아?"

"그럼요, 다 나은 지가 언젠데요. 지금은 완전 멀쩡해요. 아, 누나 커피 한 잔만 더 만들어주세요. 삼촌 갖다주려고요."

"그래, 잠깐만."

"와, 누나 볼수록 손 진짜 빠르네요."

승한이 감탄하는 사이 설은 삼촌에게 줄 커피까지 뚝딱 만들어 내밀었다. 도영은 양손에 커피를 들고 설과 인사한 후 대표실로 향했다. 승한은 커피를 들고 퇴근했다.

똑똑똑. 도영이 노크하고 대표실로 들어갔다.

"안 어울리게 노크는."

삼촌에게 커피를 건네자, 삼촌은 시계를 힐끔 바라봤다.

"설이 누나 봤어."

"으음, 봤구나. 토깽이 언니라며. 능력이 대단한 친구던데."

"알고 있었어?"

"그럼. 개화 살 때 옆집 살았잖아. 오다가다 몇 번 보기도 했고. 아, 우리 집 감자탕 먹으러 온 적도 있고."

"아, 하긴."

"너는 오늘 일해보니까 어때?"

"좋아요, 뭐 아직 낯설지만."

"방금 율이 연락 왔어. 너랑 일해보고 싶다고 하더라. 설마 사장 조카라서 그런 거 아니냐고 물으니까, 반대로 묻더라. 조카였냐고. 하나도 안 닮았는데 농담하는 거 아니냐고."

"낙하산은 영 안 내키는데 그냥 알바로 온 거지."

"율이가 우리 회사 1호 연예인이잖아. 사장으로서 아티스트의 의견을 제일 먼저 존중할 뿐이지. 졸업 때까지 시간 있으니까, 천천히 생각해 봐."

"근데 설이 누나는 어떻게 여기서 일하게 된 거야?"

"그런 걸 인연이라고 해야 하나…. 너 어디야 알지? 어디야? 커피 한 잔할래? 율이 광고하던 데."

"알지, 거기 신메뉴만 나오면 광고 엄청 나왔잖아."

"그게 말하자면 긴데 율이 광고 모델 연장 건으로 미팅 차 어디야 커피 본사 갔다가 도와줬나 봐."

"설이 누나가 거기서 일했어?"

"응, 신메뉴 아이디어 공모전에서 대상 받고 식음료 개발팀에 들어가서 완전 에이스였다고 하더라고. 근데 하필이면 상사를 잘못 만나서 문제가 터진 거지. 율이가 그걸 목격했나 봐. 하필이면 그 타이밍에. 화장실 갔다 온 애가 연장하기로 얘기가 다 끝난 계약서에 갑자기 사인 안 하겠다고 그대로 나가버렸대. 원래 안 그러는 앤데. 갑자기 카페 직원 안 필요하냐고 그러질 않나."

"그래서 뽑은 거야? 설이 누나?"

"그 친구가 이 도파민 터지는 밴드나 록 음악을 너무 잘 알더라고. 록 취향이 나랑 너무 잘 맞는 거 있지."

"그래서 뽑았다고? 그게 무슨 상관인데?"

"무엇보다 이 손재주가 좋잖아. 뭐든 뚝딱 맛있게 잘 만들고. 요즘 커피차가 유행인데 설이 씨 속도 따라갈 사람 못 구한다니까. 완전 인재야, 그것도 고급인재. 낮에는 커피차 현장 따라다니고, 밤에는 회사 카페에서 일하고. 그런 사람 어디서 구해."

"삼촌, 완전 악덕 사업주네."

"뭐? 악덕? 요 녀석이 잘 알지도 못하면서."

"그렇잖아요, 밤낮없이 부려 먹는 거네."

"일을 최대한 많이 하고 싶다는데 어떡하나. 집집마다 다 사정이 있는 걸. 동생이랑 둘이 서울에서 살려니 돈이 많이 필요하겠지. 토깽이 걔도 그래서 대학교 그만둔 거 같더만."

"봄이가 그래서 학교를 그만뒀다고……?"

도영의 표정이 어두워지자 덩달아 삼촌도 진지해졌다.

"조카야, 너 정말 괜찮은 거냐?"

도영은 괜찮다고 생각했다. 이제 봄이를 떠올리는 것도, 사람들하고 봄이 이야기를 나누는 것도. 그런데 누군가 괜찮냐는 말에 심장이 뛰었다. 사실 괜찮지 않은데 괜찮은 척하고 있는 건 다름 아닌 자신이었다.

"……삼촌."

"어? 아, 토깽이 얘기는 안 꺼내는 게 좋을 뻔했다, 그렇지?"

"……원망하고 미워하면 정말 잊을 수 있을까?"

염원이 만든 업연

도영은 봄을 와락 품에 끌어안았다.

"지나간 시간보다 다가올 시간이 분명 더 행복할 거야. 누구에게나 행복 총량의 법칙이란 게 있대. 너는 더 행복해질 자격이 분명히 있어. 내가 꼭 그렇게 만들 거니까. 나 더는 시간 낭비하고 싶지 않아. 우리 많이 돌아왔잖아, 봄아……."

"도영아……. 아무리 그래도 난 네가, 그러니까……."

"봄아, 꿈 때문에 그러는 거 알아. 그 꿈에서 내가 죽는 거지? 아니, 정확히는 너랑 내가. 우리 둘 다. 아무리 생각해도 그거 말고는 네가 날 피할 이유가 없잖아."

"……아, 아냐. 도영아 네가 나랑 같이 있지만 않으면 죽지 않을 거야. 살 수 있어. 다치지도 않을 거야. 아무런 일도 일어나지 않을 거야. 다 괜찮을 거야. 그러니까 아무래도 이 산에 다시 오는 게 아니었어. 우리 여기서 빨리 나가자, 당장……."

봄의 목구멍이 뜨겁게 막혀 왔다. 봄이 도영의 손목을 꽉 잡아 이끄는데 도영이 다른 한 손으로 봄의 손을 잡았다.

"봄아, 우리 더는 피하지 말자. 숨거나 도망치지 말자. 너랑 나도, 이 산도. 난 네가 없으면 하루도 행복하질 않아. 난 말이야, 내일 당장 죽는다고 해도 사는 동안 너랑 행복하게 살고 싶어. 그러니까 우리 이러지 말자. 나 단 한순간도 널 잊은 적 없었어. 못 잊은 게 아니라 안 잊었어. 내가 널 어떻게 잊어. 널 어떻게 원망하고 미워해⋯⋯."

봄이 아랫입술을 꾹 깨물며 감정을 누르려고 애썼지만 한 번 흐르기 시작한 눈물은 멈추질 않았다. 도영이 그렁한 눈으로 바라보자 결국 봄이 진심을 말해버렸다.

"⋯⋯나도. 나도 널 단 한순간도 잊은 적 없었어."

봄은 도저히 더는 도영의 따뜻한 손을 뿌리칠 수 없었다.

"더는 못 하겠어. 도영아, 아주 오랫동안 너를 그리워했어. 나 사실은 네가 정말, 정말 아주 많이 보고 싶었어."

"사랑해, 봄아. 아주 많이⋯⋯."

"사랑해, 도영아. 정말 많이⋯⋯."

봄의 뺨에 흐르는 눈물을 도영이 닦아주다가 시선이 맞닿았다. 서로의 얼굴이 가까워졌다. 도영의 입술이 봄의 입술 위로 살포시 포개졌다. 살짝 떨어진 얼굴에서 봄의 허락을 구하는 듯 도영은 봄을 지그시 바라봤다. 봄은 그 눈빛을 피하지 않았고 금세 다시 포개진 입술에 눈을 감았다.

그리 높지 않은 산이라서 속도를 내면 정상까지 금방 올라갈 수 있었지만, 주위를 찬찬히 살피며 조심스럽게 올라갔다. 아무리 살펴봐도 특이점은 딱히 없었다. 도영은 붙잡은 봄이 손을 절대 놓지 않겠다는 듯 더욱 꽉 잡았다.

"봄아."

"응?"

"그냥 불러봤어, 꼭 꿈만 같아서."

"아, 뭐야. 부끄럽게."

봄이 몸을 배배 꼬며 애교 섞인 말투로 말하자 도영은 귀엽다는 듯 웃음을 숨길 수가 없었다. 마치 길고 길었던 겨울이 지나고 봄이 온 듯. 도영은 봄과 함께라는 사실에 말로는 설명할 수 없을 만큼 기뻤다.

"봄아, 나 궁금한 게 있는데."

"으응."

"얼마 전에 나 찾아왔었다며. 삼촌한테 나중에 들었어. 그때 나 왜 찾아왔어?"

"아, 그거. 싫어서. 너 만나러 가는 눈길에 또 속절없이 쓰러져서 병원에 입원하는 바람에 못 만났지만."

"뭐? 너 그래서 입원한 거였어? 근데 뭐가 그렇게 싫었는데?"

"차율, 그 사람 때문에 네가 사람들한테 온갖 무시무시한 걸 대신 다 맞았잖아."

"그래서 이런 추운 겨울에 날 찾아온 거야? 나 걱정돼서?"

"나 때문도 있으니까. 네가 경호원 된 거. 사실 나는 네가 누군갈 지키기보다 지킴을 받았으면 했거든."

"……음, 그러면 앞으로는 네가 날 지켜주면 되겠네."

"내가?"

"그래, 그러려면 일단 내 옆에 꼭 붙어있어야겠다. 그렇지?"

"뭐야, 정도영. 못 본 사이 능구렁이가 다 됐네."

봄은 빙그레 웃더니 도영을 똑바로 바라보며 말했다.

"내가 너 꼭 지켜준다."

"와, 나 경호원 되길 진짜 잘했네. 이봄이 나 보러 달려도 오고, 지켜준다고도 해주고. 감격스러운데?"

"야, 나 그때는 정말 진지했거든. 너 여기저기 다 까지고, 다치고, 멍들고 온몸이 성한 데가 하나도 없었잖아."

"네가 그걸 어떻게 알아? 내 몸을?"

"그, 그걸 꼭 봐야지만 아냐? 그렇게 여기저기 맞았는데 성한 게 더 이상하지. 뭐, 왜 그렇게 보는데…?"

"그냥. 귀여워서."

도영이 봄의 머리를 쓰다듬자 봄이 얼굴이 더 발그레해졌다. 누가 그랬더라. 귀여워 보이면 끝난 거라는데. 여전히 도영의 눈에 봄이는 처음 본 순간부터 한결같이 귀엽고 사랑스러웠다.

두세 바퀴 정도 같은 자리를 돌고 있었다. 계속 걸어도 같은 길로만 이어진 듯한 느낌이 들었다.

"근데 우리 어째 같은 자리를 뱅뱅 도는 것 같지 않아?"

"그러게, 이상하네. 분명 아까 왔던 길인데."

다시 한번 길을 따라 걸었더니 그제야 '개화 찻집'이라는 문패가 보였다. 오래되어 보이는 은행나무 앞, 이런 기와집 찻집이 여기 있다는 건

들어본 적 없는 일이었다. 개화산은 초입에 작은 절 말고는 아무것도 없는 산이었다.

"여기 이런 데가 있었어?"

갸우뚱하며 찻집으로 들어갔다. 마당 풍경이 아름답게 빛나고 있었다. 잘 관리된 정원에는 크리스마스트리가 반짝이고 있었다.

"와, 예쁘다……."

입구에서 가장 가까운 문을 슬며시 열고 안으로 들어갔다.

"계세요……?"

내부에는 길게 쭉 이어져 있어서 문 쪽에서는 아무도 보이질 않았다. 안에는 아늑한 조명이 따뜻하게 켜져 있었다.

봄이 한 번 더 크게 외쳤다.

"계세요?"

"잠시만요!"

봄의 외침에 누군가 멀리서 뛰어오는 소리가 들렸다.

가까워질수록 봄은 두근거렸다.

"언니? 언니!"

"봄이? 봄아……."

봄은 눈물이 왈칵 쏟아졌다. 혹시나 정말 다시는 언니를 못 만날까 봐. 병원에서 본 게 마지막이었을까 봐. 혼자 남겨질까 봐 무서웠다. 봄은 설을 와락 끌어안았다.

"봄이 네가 어떻게, 어떻게 여길 찾아왔어? 이 겨울에."

"살아 있어 줘서 고마워, 정말 고마워……."

설을 뒤따라온 율은 도영을 발견했다.

"도영이? 정도영? 네가 여길 어떻게 왔어?"

"형? 율이형? 형이 왜 여기서 나와?"

봄은 이렇게 유명한 연예인을 가까이서 보는 건 처음이었다. 화면에서 웃지 않을 때는 다소 까칠해 보이기도 했는데. 인상이 화면에서 보던 것보다 부드러웠고, 말투도 다정했다.

"그런데 여기는 어떻게 알고 둘이 같이 온 거야? 설마 승한이가 말한 네가 죽어도 못 잊는다던 그 첫사랑이…?"

도영이 차율의 입을 막으며 말했다.

"형이야말로 도대체 어떻게 된 거야? 연락 한 통 없이. 얼마나 걱정했는데. 진짜 괜찮은 거 맞아? 대체 무슨 일이 있었던 거야? 나한테는 말했었어야지."

"야, 하나씩 물어봐라. 일단 여기는 핸드폰이 안 터져. 그리고 결정적으로 들어오면 마음대로 나갈 수가 없어……."

세 사람은 테이블 앞에 나란히 앉았다. 설은 쌍화차 네 잔을 만들어 테이블에 내려놓고 앉았다. 김이 모락모락 올라왔다. 특유의 쌍화차 냄새가 찻집 안에 가득 퍼졌다.

"근데 웬 쌍화차?"

"아, 여기 마침 쌍화차 재료가 있어서. 마셔봐, 나쁘지 않아."

각자 자초지종 설명하며 호로록 쌍화차를 마시기 시작했다. 다들 이 토록 맛있는 쌍화차는 처음이라면서 모두 남김없이 마셨다. 몸에 따뜻한 게 들어오니 긴장이 풀렸다. 핸드폰도 터지지 않고 나갈 수도 없는 이곳에서 겪었던 일들과 개화산까지 오게 된 이유를 서로 설명하느라 바빴다.

봄은 어느새 고등학생 때처럼 웃음을 되찾았다. 설과 율은 며칠이나 붙어있었다고 커플도 아닌 부부 케미를 보였다. 서로 조심스러웠지만 사소한 호흡도 잘 맞았다.

도영은 서울보다 이곳이 훨씬 편해 보이는 율의 얼굴을 보며 정말 다행이라고 생각했다. 내심 자신이 율을 지키지 못한 걸까 봐. 봄에게 차마 말은 못 했지만. 율을 찾지 못한다면 그때는 정말 누군가를 지킬 수 있는 사람 같은 건 되지 못할 것만 같았다.

마당 한 편에 놓인 불빛이 반짝이는 크리스마스트리를 구경하는 도영의 옆에 율이 다가왔다.

"그러니까 정말 형 어머니를 이곳에서 만났다고?"

"응, 기적처럼."

"말이 돼? 돌아가신 분을 어떻게 만나?"

"말도 안 되는 일이 살다 보니까 벌어지기도 하더라. 살다 보면 좋은 날이 찾아올 거라는 그런 막연한 희망 같은 거 사실 안 믿었거든. 근데 그런 날이 진짜 오기도 하더라."

"대체 개화에는 왜 온 건데?"

"한 번은 꼭 만나고 싶은 사람이 있어서."

278

"그게 누군데? 그래서 만났어?"

"응, 찾았어."

"형, 적어도 나한테는 어딜 간다고 말했었어야지. 걱정했잖아. 누구를 찾았다는 건데?"

"미안, 사정이 좀 있었어. 그건 그렇고 맞지?"

"질문을 질문으로 받네. 뭐가 맞아?"

"첫사랑. 설이 씨 동생 말이야. 승한이가 회식 때인가. 네가 첫사랑을 절대 죽어도 못 잊는다고 하던데. 사장님도 그러고."

"또 그 얘기야? 삼촌도 그렇고, 승한이도 그렇고. 뭐, 나만 첫사랑 못 잊나?"

도영은 어이없다는 듯 율을 바라보며 픽 웃었다.

"그건 그렇고, 다행이네. 이런 얘기 할 정도로 형이 여유가 생긴 걸 보면. 근데 정말 여기는 어딜까? 시간과 공간을 초월한 뭐 그런 곳인가?"

"글쎄, 그럴지도. 근데 언젠가 꼭 와본 적이 있는 것처럼 뭐랄까, 안온하다 해야 할까."

"근데 문제는 들어올 땐 마음대로 들어와도 나갈 땐 마음대로 못 나간다는 거잖아."

"저주. 일종의 저주인 것 같아. 안 그래도 계속 방법을 찾고 있었어. 그리고 그 저주에는 네 첫사랑하고 관련이 있고."

"봄이가?"

"응, 아무래도 겨울만 되면 아픈 거랑 관련이 있는 건 맞는 것 같아. 어머니가 떠나기 전에 말씀해 주셨거든."

"꼭 올 수밖에 없는 운명 같은 느낌이네."

"여기서만큼은 내 경호원, 매니저 하지 말고 설이 씨 동생 잘 지켜줘."

"형은 좀 괜찮아? 그래도 얼굴은 좋아 보이네."

"응, 걱정시켜서 미안. 너한테는 연락해야 했는데."

"무사하면 됐어. 시간 지나면 논란도 잠잠해질 거야. 회사에서 삼촌이 조치 취하고 있으니까…."

"도영아, 나 돌아가면 은퇴할 거야. 너한테는 미리 말해야 할 것 같아서."

"……후회하지 않겠어?"

"응, 이제는 속을 좀 꺼내놓고 살고 싶어서. 인간 차율로."

율도 연예인 차율이기 전에 인간 차율이었다. 도영은 그가 여태 얼마나 고생했는지, 참고 버텼는지 누구보다 잘 알아서 그간의 노력이 아깝다는 생각이 먼저 들었다.

"미안, 형이 사라졌을 때는 살아만 있어 준다면 다른 거 바랄 게 하나도 없다고 생각해 놓고. 형이 지금껏 어떻게 살아왔는지 잘 아니까 아깝다는 생각을 먼저 해버려서."

"일단 여기 나가는 것부터 방법을 찾고 그 얘기는 나중에 다시 하자. 그 저주라는 것부터 풀어야지."

어느새 날이 어두워졌다. 찻집 안에 있는 재료로 다 같이 간단히 저녁을 만들어 먹은 뒤 찻집 안쪽에 있는 정갈하게 꾸며진 좌식 테이블에 앉았다.

"언니, 근데 그 동화책 말이야."

"동화책?"

"나비가 날았습니다. 기억나지? 나 어릴 때 병원에서 언니가 읽어주던. 그 동화책 결말이 뭐였지?"

"글쎄… 그건 갑자기 왜?"

"병원에서 나비를 봤거든. 분명 동화책에 그려진 노란 나비랑 똑같았어."

언니는 "아!" 하며 생각난 듯 찻집 안쪽 창문 밑에 빼곡히 꽂혀있는 책들 사이에 책 하나를 집어서 내게 건넸다.

"이거 말하는 거지? 이 책이 여기 있더라. 신기하지?"

고개를 끄덕였다. 결말을 알지 못한 동화책을 이제는 열어볼 때가 됐다. 이제는 알고 싶어졌다. 아니, 알아야만 했다. 그러다 문득 언니와 차율의 관계가 궁금해졌다.

"언니 근데 차율 저분이랑 진짜 뭐 있어?"

들릴 거리도 아닌데 괜히 목소리가 작아졌다. 언니도 나처럼 작은 목소리로 말했다.

"너 어릴 때 우리 집에 온다고 했던 오빠 기억나? 크리스마스 지나면 만날 수 있다던."

"응, 결국 못 왔잖아. 근데 그건 갑자기 왜? 설마 그 오빠가……?"

"응, 그때 어디야에서 도와줬다는 사람도. 케이엔터에서 일할 수 있게 도와준 것도. 이 모든 게 전부 우연이지만."

언니는 어디야에서 인정받는 직원이었지만 본사 내 유일한 고졸 사원이기도 했다. 그런 언니를 학벌 가지고 무시하던 상사와 마찰을 겪었을 때 차율이 도와줬다고 했었다.

저도 대학 안 나왔는데. 그럼, 저도 그쪽이 말하는 하수라서 어디야랑 일하는 걸 감사히 여겨야 하냐면서.

결정적으로 퇴사를 선택한 건 언니였다. 언니가 어디야가 아닌 케이엔터를 선택한 건 차율의 추천보다도 적어도 그런 걸로 차별 두지 않는다는 점이 마음에 들어서라고 했다. 자신의 가치를 알아봐 주는 곳에서 아주 제대로 일하고 싶다고. 상사가 바짓가랑이를 붙잡고 사과해도 굴하지 않고 짐을 쌌다고 했다.

"그럼, 여기 같이 오게 된 건?"

"그것도 전부 우연이야. 버스도 우연히 같이 탔고 또 우연히 같은 곳에서 내리게 됐는데 내리고 보니까 개화산이더라고……."

"정말 그뿐이야? 말이 많아지는 것 보니까 수상한데."

"왜 뭐가 더 있어야 해?"

"어어?"

"떽, 그런 거 아니래도."

언니를 다시 만나면 꼭 해주고 싶었던 말들이 떠올랐다. 부끄러웠지만 후회로 남기지 않겠다고 다짐했던 말들이어서 망설이면 안 된다고 생각했다.

"언니, 있잖아."

"응, 봄봄이, 왜?"

봄봄이는 언니가 최근에 나를 부르는 애칭이었다.

"……미안해, 살고 싶지 않다고 한 말. 사실은 너무 살고 싶어서. 잘 살고 싶어서 나온 말이었어. 다시는 언니 못 볼까 봐 너무 무서웠어. 고마워, 살아 있어 줘서. 정말 다행이야……."

"붕어빵 기다리다가 목 빠졌겠는데? 언니가 약속 못 지켜서 미안해. 금방 병원 돌아온다고 해놓고."

덩달아 눈시울이 붉어진 언니와 그동안 못 했던 이야기를 나누다 보니 어느새 사방이 칠흑 같은 어둠으로 덮인 늦은 밤이 되었다. 산속 찻집이지만 방도 여러 개에 숙박업을 해도 손색없을 만큼 넓은 공간이었고 관리도 깔끔하게 잘 되어 있었다.

잠들기 전 언니가 찾아준 동화책을 유심히 살펴봤다. 저자는 '조이율' 교수님 이름이 적혀 있었다. 동명이인인가? 아니면 동화책도 쓰셨나? 핸드폰 검색이 안 되니 찾아볼 수가 없었다. 동화책의 나비 그림은 분명 내가 본 그 나비와 똑같았다. 동화책을 펼치니 어릴 때 어린 언니가 동화책을 읽어주던 그 목소리가 귓가에 들려오기 시작했다. 그러다 지금의 언니 목소리로 바뀌어 선명히 들려왔다. 몇 장 읽지 못했는데 피곤함이 몰려왔다. 언니를 찾은 게 마음이 편해졌는지 낯선 공간이었지만 금세 곤히 잠들어 버렸다.

～

"어서 도망가거라, 어서!"

설은 아버지의 다급한 외침에 봄의 손을 낚아채듯 잡았다.

"설아, 봄아. 부디 꼭 살 거라! 너희들은 반드시 살아야 한다……."

어머니의 외침에도 차마 발걸음이 떨어지지 않았다. 눈물이 나서 주저앉고 싶었지만, 부모의 간절한 손짓에 어린 봄이 손을 더 꼭 잡았다. 설은 더욱 씩씩하게 말했다.

"두 분도 반드시 살아계셔야 합니다."

담을 넘으려는 순간 부모의 비명이 처절하게 들려와서 발걸음이 멈춰졌다. 뒤돌아보려는데 옆에 있던 봄의 불안한 눈빛에 마음을 굳게 먹고 다시 담을 넘어 앞만 보고 뛰기 시작했다.

"가자, 이제부터 내 손을 절대 놓아서는 안 돼."

설과 봄은 죽기 살기로 뛰어 개화산으로 향했다.

"대역 죄인의 자식들을 당장 잡아라!"

고운 빛깔의 한복을 입고 곱게 땋은 머리를 선홍색 댕기로 묶은 설은 노란 댕기로 묶은 머리를 흔들며 뒤따라오고 있는 동생 봄의 손을 꼭 붙잡고 전속력으로 뛰었다. 개화산 어딘지 모를 곳에서 한참을 쫓기는 바람에 숨이 턱 끝까지 차올랐다. 다리에 힘이 풀려버린 봄이 그만 나뭇가지에 걸려 풀썩 넘어졌다. 순식간에 포졸들이 뒤따라왔다. 두 사람은 뒷걸음질 치다가 그만 언덕 아래로 비명 지르며 굴러떨어졌다. 설은 봄의 손을 끝까지 놓지 않았고 언덕 아래에 있던 율이 설을 타이밍 좋게 받아냈다.

"누, 누구냐……?"

율의 품에 어정쩡하게 안겨 있다가 벌떡 일어난 설은 넘어진 봄이 앞을 막아섰다. 소맷자락에서 작은 칼을 꺼내 들고는 율을 한껏 경계했다.

"나는 차율이라고 해. 도와주려는 것뿐이다."

포졸들이 언덕 아래로 줄줄이 내려오자, 율은 다급하게 찻집 방향으로 손짓했다.

"자초지종은 나중에 설명하고 이쪽으로 따라오거라, 어서!"

설은 율의 눈을 유심히 바라보더니 칼을 다시 소맷자락에 집어넣고는 고개를 끄덕였다. 두 번이나 넘어진 탓에 뛰지 못하는 봄을 설이 부축하려고 하자 율이 빠르게 봄을 업고는 설에게 길을 알려주기 위해 앞장서 뛰었다.

찻집 입구에 자리 잡고 있던 은행나무가 온데간데없이 보이질 않았다. 포졸들은 쉴 새 없이 뒤쫓아왔다. 금방이라도 잡힐 것 같은 숨 막히는 상황 속에도 율은 포기하지 않고 이어진 길을 쭉 따라갔다. 분명 같은 길을 돌았는데도 은행나무가 보이질 않았다. 두 바퀴를 더 돌고 나서야 은행나무가 보였고, 찻집에 겨우 들어올 수 있었다.

율은 봄을 마당에 있는 담벼락 의자에 내려놓고 가쁜 숨을 몰아쉬다가 설을 바라보았다. 아직 경계를 다 풀지 못하고 두리번거리는 설의 눈빛에 율은 안심해도 된다는 듯 따스하고 환한 미소를 지어 보였다.

"이곳은 안전하니 걱정할 것 없어. 저들은 절대 이곳에 들어오지 못할 테니까. 그러니 안심해도 돼."

설이 고개를 끄덕였다.

"너는 이름이 뭐야?"

"나는 이설. 이 아이는 내 동생 이봄이야. 도와줘서 고마워."

설은 그제야 경계를 풀었고 봄에게 눈짓하자 봄은 앉은 채 율에게 고개를 최대한 꾸벅였다.

"도와주셔서 고맙습니다."

복숭앗빛이 나는 발그레한 볼을 가진 봄이 고개를 꾸벅 인사하는 모습이 사정없이 귀여웠다. 율은 그런 봄과 눈을 맞춰 웃어 보였다.

"봄이 너는 언니 말을 참 잘 듣는구나."

설도 율에게 정중한 태도로 고개 숙여 인사했다. 봄도 설을 따라 다시 고개를 꾸벅 숙였다.

"이 은혜는 무슨 일이 있어도 반드시 갚을게."

율은 두 손을 동시에 흔들어 보이며 괜찮다고 말했다.

"어떤 식으로 갚을 수 있다는 거지?"

설은 낯선 남자의 목소리가 들린 쪽으로 고개를 홱 돌렸다. 분명 아무도 없는 듯했는데 산신과 눈이 마주친 설은 눈이 커지더니 헉 소리 내며 한 발짝 뒤로 물러섰다. 기운이 남다른 산신 모습에 설은 저절로 고개가 숙여졌다.

설은 봄의 손을 꼭 붙잡은 채 간절히 말했다.

"혹, 이곳 주인이십니까? 저희는 오늘 어미와 아비를 모두 잃었습니다. 거두어만 주신다면 뭐든 하겠습니다."

산신은 냉기가 흐르는 얼굴로 팔짱을 끼고 설과 봄에게 가까이 다가갔다. 두 사람을 번갈아 가며 찬찬히 바라보았다. 설은 고개를 들어 그 시선을 피하지 않고 산신의 눈을 제대로 응시했다.

"으음, 차를 끓일 줄 아느냐?"

산신의 물음에 설은 고개를 끄덕이더니 곧바로 팔을 걷어붙였다. 주위를 살펴보더니 동백나무를 발견하고는 꽃잎을 몇 개 따다가 능숙하게 동백꽃 차를 끓여 냈다.

"혹독한 겨울 추위에도 붉은 꽃잎을 활짝 피워낸 동백꽃으로 만들어 낸 차입니다."

설을 바라보는 호기심 가득한 율의 눈빛에서 이전에는 찾아볼 수 없던 생기가 가득 돌았다. 승낙해달라는 간절한 율의 눈빛과는 달리 산신은 시종일관 여유로운 미소를 지으며 동백꽃 차를 한 모금 마셨다.

"하기야 율이도 이곳에 혼자 지내기엔 심심했을 터이지. 무엇보다 이 꽃차가 내 입맛에 맞는구나."

"그럼, 당분간 이곳에서 지낼 수 있게 해주시는 겁니까?"

그제야 하얗게 질려있던 설과 봄의 얼굴에 생기 있는 미소가 띠었다.

"허나, 조건이 있다. 절대 이곳에 다른 인간들을 들여서도 이곳의 존재를 들켜서도 아니 된다. 그때는 정말 목숨을 잃을지도 모르니 반드시 명심하거라……."

"꼭 명심하겠습니다."

설은 산신에게 고개 숙여 감사 인사를 했다. 그런 설을 바라보는 율의 미소에서 빛이 났다.

설은 손님이라고는 오롯이 산신 하나뿐인 이곳에 '개화 찻집' 문패를 만들어 달았다. 곳곳에 손수 만든 연등을 달아 이곳만의 고유의 빛을 잃지 않도록 꾸려나갔다. 연등의 주황 불빛이 마치 이곳이 살아 있다는 것을 증명하듯 생기 있는 빛을 냈다.

설은 나갈 채비 하는 봄을 붙잡고 말했다.

"너 요새 자꾸 어디를 돌아다니는 거야? 밖에 자주 나가면 안 된다고 했잖아. 우리는 신세 지는 중인 걸 잊지 말고, 명심해."

"그렇지만 너무 답답하단 말이야. 어? 날씨가 이리도 좋은데? 딱 한 시진만. 응?"

"대신 절대 이곳을 들켜서는 안 돼. 다른 사람 눈에 띄어서도 안 되고. 정체를 들키는 날에는 위험하다는 거 알지? 늦지 않게 돌아오고 늘 조심하거라."

"예, 명심, 또 명심할 터이니 걱정하지 마세요."

봄이 복사꽃밭 만개한 한 벗나무 밑에서 떨어지는 벚꽃잎을 잡으려고 아등바등 두 손을 뻗어 움직일 때였다. 머리 위로 벚꽃잎이 비처럼 우수수 쏟아져 내렸다. 봄이 뒤돌아보자, 머리 위로 벚꽃잎을 한가득 뿌려주고 있는 도영이 있었다.

봄이 벚꽃잎 하나를 손으로 탁 잡고는 눈 감고 소원을 빌었다. 눈을 다시 떴을 때 활짝 미소 짓고 있는 그를 따라 더 활짝 미소 지었다.

"벚꽃잎은 너무 빨리 져버려서 슬픕니다."

"꽃은 피고 지는 것으로 끝이 아니다. 반드시 다시 필 테니 너무 슬퍼하지 말거라. 그런데 무슨 소원을 그리도 정성껏 빌었느냐?"

"매년 봄이 오면 도련님과 벚꽃을 같이 보게 해달라고 빌었습니다."

"약조할게, 봄아. 무슨 일이 있어도 봄이 오면 꼭 너와 벚꽃을 볼 것이다."

그렇게 여름과 가을이 지나 겨울이 되었을 때였다.

유라와 혼례를 앞두고 있던 도영은 결심한 듯 비장한 얼굴로 개화산에서 봄이 나타나길 하염없이 기다렸다. 봄이 나타나자 그대로 품에 끌어안았다. 향낭 주머니를 봄에게 건넸다. 봄이 향낭 주머니를 열어 안에 있는 옥반지를 꺼냈다. 놀라서 입이 떡 벌어진 채 도영을 올려다보았다.

"이, 이게 무엇입니까?"

"봄아, 네가 없는 내 삶은 죽은 거나 마찬가지다. 그러니 내일 날이 밝는 대로 나와 함께 이곳을 떠나자."

"무슨 일 있으십니까? 가족들은 어찌하고 갑자기 떠난단 말입니까."

"쉽지 않은 일인 거 잘 알아. 그런데 난 말이야. 너를 지킬 수만 있다면, 너랑 함께 있을 수만 있다면 뭐든 다 포기할 수 있어. 조금도 무섭지 않아. 내가 진짜 무서운 건 네가 없는 거니까. 내가 너를 반드시 지켜줄게. 어떤 순간이 와도, 무슨 일이 있어도 꼭 함께할게. 연모한다, 봄아……."

도영의 품에 와락 안긴 봄은 도영을 토닥였다.

몰래 따라온 유라는 두 사람의 대화를 엿들었다. 초조한 듯 입술을 뜯던 유라가 도영과 헤어진 봄을 뒤따라갔다.

"개화 찻집? 이런 곳이 여기 있었던가?"

유라가 의미심장한 얼굴로 찻집을 살펴보다가 발걸음을 돌렸다.

날이 밝기 전 새벽 포졸들과 호위무사가 개화 찻집을 피습해 왔다. 유라는 멀찍이 떨어진 곳에 숨어서 지켜보기 시작했다.

"대역 죄인의 자식들이니 대역 죄인이나 다름없습니다!"

유라의 호위무사가 외치자, 포졸들이 움직였다.

"대역 죄인의 자식들을 당장 잡아라!"

포졸들이 무자비하게 던진 물건들이 설에게 날아왔다. 설은 배를 가리고 주저앉았다. 때마침 나타난 율이 설을 지켰다.

"웬 놈들이냐! 이곳은 함부로 들어와서는 안 되는 곳이다! 당장 나가거라!"

찻집은 순식간에 아수라장이 되었다. 설을 지키기 위해 율은 포졸들을 상대하며 싸우기 시작했다. 어느새 나타난 도영이 율과 함께 칼을 들고 싸웠다. 설은 봄을 찾아보는데 어디에도 보이질 않았다.

정신없는 틈을 타서 유라의 호위무사가 봄의 뒷덜미를 잡아 그대로 눈밭에 밀쳤다.

"네가 지금 죽지 않으면 결국 네가 연모하는 사람이 죽게 될 것이다."

쓰러지듯 주저앉은 봄에게 호위무사가 칼을 내밀며 가까이 다가갔다. 봄은 그 말에 피하지 않고 눈을 감았다.

"봄아! 안 돼!"

설의 외침에 도영은 그제야 봄을 발견했다. 도영의 시선이 온통 봄에게 향했다. 그 틈을 탄 포졸의 공격에 잡고 있던 칼을 그만 놓쳐버렸다. 호위무사가 칼로 봄을 가차 없이 찌르려고 하자 도영은 망설임 없이 뛰어가 손으로 칼날을 잡았다. 하지만 이미 봄은 칼에 깊숙이 찔려버렸다. 그대로 속절없이 푹 쓰러져 버린 봄이 금세 눈을 감아버렸다. 칼날을 잡은 도영의 손에서 붉은 피가 뚝뚝 떨어졌다.

멀리서 이를 지켜보던 유라는 초조한 듯 몸을 떨었고 붙잡힌 설과 율은 포졸들 사이에 둘러싸였다.

"봄아! 봄아……, 봄아!"

칼에 찔려 쓰러진 봄을 발견한 설은 믿을 수 없다는 듯 울부짖었다. 도영이 죽어가는 봄을 부여잡고 우는 틈에 도망친 호위무사는 유라가 있는 곳으로 재빨리 몸을 숨겼다.

"이러다 들키겠습니다. 어서 피하셔야 합니다. 도련님이 아가씨인 걸 아시면……."

"잠시만 기다려 보거라."

결국 숨을 거둔 봄을 부여잡고 애달프게 우는 도영의 모습을 지켜보던 유라는 선뜻 자리를 뜨지 못했다.

"봄아, 봄아……. 안 돼, 안 된다. 나는 네가 없으면 단 하루도 살아갈 자신이 없어. 죽지 말거라, 제발……."

봄이 몸에 깊게 꽂혀있던 칼날을 망설임 없이 손으로 잡아 뽑아낸 도영은 자신을 향해 칼을 들었다.

"꽃이 피고 져도 우리의 이야기를 꼭 기억해 줘. 그리 머지않은 미래에 다시 또 만날 거야. 아무 일 없단 듯이. 마치 기다렸단 듯이. 가장 아름다운 봄날에. 꽃이 다시 피는 순간에 만나. 연모한다, 봄아. 지켜주지 못해서 미안해……."

도영은 눈을 꼭 감은 채 손에 쥔 칼을 자신에게 꽂았고 봄이 옆에 털썩 피 흘리며 쓰러지더니 결국 숨을 거뒀다. 도영의 간절한 염원과 함께 설산의 새하얗던 눈이 어느새 둘의 피로 붉게 물들어갔다.

그 광경을 모두 지켜본 유라는 그대로 털썩 주저앉았다.

"대체 왜 그런 선택을 하신 겁니까……. 대체 왜!"

율은 포졸들을 제압하고 임신한 배를 붙잡고 오열하는 설을 끌어안았다. 개화산은 만물이 죽어가기 시작했다. 검게 변하는 산에 폭설이 내리기 시작했다. 눈도 뜨기 힘든 매서운 바람과 쏟아지는 눈에 포졸들과 유라와 호위무사는 쏜살같이 사라졌다. 엄동설한에 추위는 더해져만 갔다. 더욱 거세게 내리는 눈 때문에 한 치 앞도 보이질 않았다.

"당장 떠나자. 이러다 뱃속에 있는 아기를 만나기도 전에 우리 모두 얼어 죽겠어……."

율은 설을 설득하기 바빴다. 산신은 약속을 어겨서인지 아무리 불러보고 찾아봐도 이곳에 더는 나타나지 않았다. 매서운 바람에도 몇 날 며칠을 봄이 죽은 그 자리에 우두커니 앉아 넋 놓고 바라보다가 그제야 일어난 설이었다.

"날이…, 날이 너무 춥지 않습니까. 추위를 많이 타는 아이인데, 어찌 이리 추운 겨울에 보내야 한단 말입니까……."

그 순간 날개를 다친 듯 날갯짓이 버거워 보이는 노란 나비가 눈앞에 나타났다. 설은 그 나비를 데리고 찻집 안으로 들어갔다.

다음 날이 되자 나비는 언제 그랬냐는 듯 금세 회복했다. 그렇게 서서히 날갯짓하며 찻집 안을 날아다니다가 밖으로 나갔다. 자신을 도와준 설에게 마지막 인사하듯 찻집을 크게 세 바퀴를 돌더니 하늘을 향해 날아갔다.

나비가 돌고 간 그 자리는 죽었던 만물들이 살아나기 시작했다. 설은 신기한 광경에 놀랐지만 금세 눈시울이 붉어졌다. 오렌지빛 태양을 향해 높이 날아가는 나비의 모습을 지그시 바라봤다.

"봄이 오는 날에 꼭 다시 만나자……."

설의 말에 대답하듯 어느덧 꽃구름이 몰려 들어와 무지갯빛을 내며 오직 찻집만을 따스하게 밝혔다.

⌒

긴 꿈을 꾸고 일어나니 해가 중천에 떠 있었다. 도영이 살아 있다는 사실에 가슴이 벅찰 만큼 기뻤다. 마당에 서 있는 도영이에게 달려가 그대로 품에 안았다.

"다행이다, 정말 다행이야. 네가 살아 있어서."

"왜 그래? 무슨 일 있었어?"

"꿈 말이야. 너랑 내가 꾸던 그 꿈. 처음부터 끝까지 꾼 건 처음이었거든. 어쩌면 네가 나를 죽였을지도 모른다고 생각했어. 근데 나 사실 그런 건 중요하지 않았거든. 설사 네가 나를 죽였다고 하더라도 지금의 내가 너를 너무 사랑하니까."

"나도 그랬어, 봄아. 나도 그 꿈을 꾸고 일어났을 때 네가 살아 있어서 무사해서 그게 정말 감사했어. 너를 볼 수 없을 때도 네가 살아서 건강하기만 하면 나는 그걸로 충분하다고 생각했는데. 근데 너를 다시 보고 나서부터는 그게 안 돼서 미안해, 너를 놓지 못하는 내 마음이 너를 힘들게 하는 것 같아서 그래서 미안해."

"도영아, 나 행복해지고 싶어. 하루를 살더라도 살아내는 것 말고. 살고 싶어, 행복하게. 행복은 별게 아니었어. 사랑하는 사람과 같이 있는 거 그거였어. 그러니까 내 곁에 있어 줘."

찻집의 대문이 열렸다. 이율이 여유로운 미소를 지으며 들어왔다. 봄과 도영의 시선이 이율에게 향했다.

"……교수님?"

때마침 찻집 안에 있던 율과 설이 나왔다.

"누구세요? 혹시 찻집 주인이세요?"

"들어가서 얘기할까요? 아직 날이 추우니까요."

이율이 안으로 들어가자 모두 안으로 따라 들어왔다. 이율은 코트를 벗어 의자에 올려두었다. 그러고는 옆 의자에 앉아 맞은편에 앉은 네 사람을 번갈아 보았다.

"교수님이 여긴 어떻게? 혹시 교수님도 길을 잃으셨어요?"

"……그 버스 기사 맞죠?"

예리한 율의 말에도 이율은 미소를 잃지 않고 말했다.

"우선 쌍화차 한 잔 부탁해도 될까요?"

설은 뜨끈한 쌍화차를 만들어 이율 앞에 내밀었다.

이율은 한 모금 마시더니 고개를 끄덕였다. 몇 모금을 더 마신 후 감탄하며 입을 열었다.

"정말 맛있네요. 오랜 시간 살아왔지만, 이 고유의 맛을 잘 살려내는 사람은 설이 말고는 단 한 명도 본 적이 없었죠."

294

네 사람은 그의 이야기만을 기다렸다.

"나는 아주 오래전부터 기다렸어요. 여러분들이 다시 태어나서 이곳에 돌아오기만을. 드디어 계획대로 됐고요."

"저희를요? 왜죠? 하필이면 왜 저희 넷이죠?"

"그야 개화산을 다시 살릴 수 있는 사람들이니까요. 물론 이번에 다시 살릴 수 없다면 또 기약할 수 없는 기다림이 되겠네요."

"그게 다 무슨 말이죠? 대체?"

"우선 내 소개를 하자면 나는 전생에 세자였어요. 이 개화산에서 피습당해 죽었고, 산신이 되어 늘 이곳을 지켜왔어요. 평화롭다 못해 지겨운 이곳에서 나와 닮은 율이를 거두게 되었고, 그다음에는 설이랑 봄이를 이곳에 지내게 해줬죠. 이곳에 들인 유일한 인간들이었어요."

"그렇다면 정말 전생의 저희가 여기서 머물렀다는 건가요?"

"네, 결국 다른 인간들 눈에 발각되어 봄이 죽었고 개화산은 모든 만물이 죽었어요. 딱, 이 찻집만 빼고. 그때 이후 나는 이곳을 떠나 아주 오랜 시간 동안 이런 날이 오길 기다려왔어요. 곧 같은 일이 반복될 거예요."

"같은 일이 반복된다니요? 그럼, 우리 봄이가 정말 죽기라도 한다는 거예요?"

설이 발끈하자 율과 도영이 나서서 말을 이어갔다.

"저희가 대체 뭘 어떻게 해야 하는 건데요?"

"같은 일이 반복될 거라는 건 어떻게 아시죠?"

"누군가의 간절한 염원이 깃든 일은 결국 또 벌어질 수밖에 없어요.

나비는 전생이자 환영이고 죽을 운명이면 결국 또 죽을 테니까요. 그건 아마 본인들도 느끼고 있을 거예요."

"죽다니요, 그런 무책임한 말이 어딨어요!"

"영혼이 스미는 것, 벌어질 일은 또다시 벌어진다는 것만 명심해요. 환영을 풀어주는 것도, 다시 꽃을 피우는 것도 모두 본인들에게 달려있어요. 두려움을 이겨내고 용기로 바꾸는 것도요. 이는 누군가의 아주 간절한 염원이었고 여러분들은 곧 서로의 심연이니까요. 나 또한 이 개화산이 다시 살아나길 누구보다 간절히 바라는 바입니다. 내가 해줄 수 있는 말은 여기까지예요."

"저기, 잠시만요!"

이율이 다 마신 찻잔을 테이블에 내려놓고 코트를 집어 나가려는 순간이었다.

"나비, 그 노란 나비는 정말 제 영혼이 맞아요?"

"정확히는 환생하기 전 떠돌던 영혼이었죠. 그게 궁금하다면 동화책을 기억해요. 네 사람 모두 그 나비를 본 적이 있으니 내 말이 무슨 말인지 알 수 있을 겁니다. 답은 본인들한테 있어요."

"네? 그렇게 의문스러운 말만 남기고 가버리시면……."

"아 참, 그리고 이 찻집 주인은 내가 아니라 차율과 이설 당신들이에요. 이곳을 잘 부탁해요. 이대로 겨울 속에 갇히게 되면 여생은 전생처럼 이곳에서만 보내야 할 거예요. 그래야 후생에도 또 같은 일이 벌어질 테니까. 만약 이 개화산에 다시 봄이 찾아온다면 그때는 선택에 맡기도록 하죠."

이율이 문을 열고 나가자, 네 사람은 곧바로 따라 나갔다. 이율은 순식간에 사라졌다. 마당에는 어느새 알 수 없는 검은 나비들이 떼로 날기 시작했다.

설과 율, 도영도 각자 '나비가 날았습니다' 동화책을 읽었다. 분명 같은 동화책인데 각자의 시점에서 전생 이야기가 펼쳐졌다.

비극적인 전생 이야기와 이곳에 오게 된 이유를 그제야 알게 된 네 사람은 고민에 빠졌다. 서로를 지킬 수 있는 방법을 각자 모색해 봤지만 뾰족한 수가 없었다. 여기서 도망칠 수 없으니, 찻집에 있는 물건들을 모조리 꺼내 방어하는 방법을 찾다가 어떻게 대처할 수 있을지 모든 게 의문스러웠다.

정말 전생이란 게 있는 걸까. 그렇다면 지금은 조선시대인 걸까. 우리는 대체 어떤 시간 속에서 머무르고 있는 걸까.

⁓

찻집 옥상에 있는 정원에 앉아 하늘을 우두커니 바라봤다. 병원에서 봤던 작지만, 강한 야광 빛을 내던 노란 나비가 떠올랐다. 생각이 많아질 무렵 도영이가 내 옆에 앉더니 내게 포근한 담요를 덮어줬다.

"봄아, 안 추워?"

"응, 괜찮아. 그런데 말이야, 도영아."

"응."

"꿈속 그 남자 말이야. 그러니까 전생의 너한테 죽지 말라고 아무리 소리쳐도 내 목소리가 전혀 들리질 않았나 봐. 막으려고 아무리 소리쳐 봐도 한 번도 막을 수가 없었어. 만약에 말이야, 정말 그 남자가 너의 전 생이라면. 그래서 정말 만약에 같은 일이 또 벌어진다면. 그러면 그때는 그러지 말아 줘. 내가 죽는다고 해도 너는 절대 그러지 마……."

"나 사실 개화산 사고 이후에 너랑 같은 꿈을 자주 꿨어. 아주 오래전 에 너랑 만났던 꿈. 기억의 파편처럼 꾼 꿈이라 뭐가 뭔지는 잘 모르겠 는데 확실한 건 내가 있어야 할 곳은 네 옆이라는 거야. 그게 어디라도. 그러니까 봄아, 여전히 내가 세상에서 제일 무서운 건 네가 없는 거야. 걱정하지 마. 내가 너를 반드시 지켜줄게. 어떤 순간이 와도, 무슨 일이 있어도 꼭 함께할게. 사랑해, 봄아……."

눈물이 차올라서 애써 마음을 눌렀다.

고개를 돌려 도영이를 바라봤을 때 꿈에서 보았던 그 남자로 보여 눈 이 커졌다. 이제 헛것도 보나 싶어 눈을 아무리 비벼봐도 분명 그 남자 가 맞았다. 뭐라 묻기도 전에 그 남자의 말이 생생히 귓가에 들려왔다.

"쉽지 않은 일인 거 잘 알아. 그런데 난 말이야. 너를 지킬 수만 있다 면, 너랑 함께 있을 수만 있다면 뭐든 다 포기할 수 있어. 조금도 무섭 지 않아. 내가 진짜 무서운 건 네가 없는 거니까. 내가 너를 반드시 지켜 줄게. 어떤 순간이 와도, 무슨 일이 있어도 꼭 함께할게. 연모한다, 봄 아……."

"미안해요, 정말 미안해요. 외롭게 만들어서……."

내 말에 미소 짓는 그 남자는 내 손을 꼭 붙잡았다. 그 손이 너무 따뜻 해서 온기가 느껴질 만큼 생생해서 더 꼭 붙잡았다. 마치 지독한 감기 같은 건 걸린 적도 없다는 듯이 마음 깊은 곳까지 따뜻해졌다.

생각해 보니 도영이와 함께 있으면 혹한 겨울이라도 아프지 않았다. 그 사실을 너무 늦게 깨달았다.

"생각해 보니까 나 너랑 같이 있을 때는 이상하게 겨울이 춥지 않았어. 저체온증에 시달리지 않을 만큼 말이야. 그래서 여기까지 올 수 있었어. 그걸 왜 지금에서야 알았을까……?"

⌒

"정말 이곳에 있는 거 괜찮을까요? 봄이에게 대체 무슨 일이 생긴다는 건지. 이렇게 고즈넉하고 조용한 이곳에서 어떤 일이 벌어진다는 건지……."

설의 걱정스러운 말에 율은 잠시 생각에 잠겼다. 이곳을 빠져나갈 수 없으니 아무리 생각해 봐도 방법이 떠오르지 않았다.

"……우리는 전생의 어떤 인연이었을까요?"

모든 게 의문스러운 설은 율에게 쉴 새 없이 물었다. 설은 가만 생각해 보면 낯설지 않은 느낌이었다. 쌓인 눈을 바라볼 때면 이상하게 마음 한구석이 아려왔다.

"난 사실 처음으로 다행이라고 생각했어요. 그때 입양 못 간 걸. 설이 씨 어디야에서 처음 봤을 때부터 사실 쭉 관심 있었거든요. 이유는 잘 모르겠는데 첫눈에 반한 것처럼 계속 생각났어요. 그다음부터는 설이 씨면 뭐든 괜찮았어요. 나 원래 커피 잘 못 마시는데 설이 씨가 만들어준 거면 괜찮았고, 연습실에서 밤새우더라도 나 혼자 밤새우는 게 아니어서 괜찮았고, 어디든 지금처럼 함께 있을 수만 있다면 난 괜찮을 것 같아요. 그러니까 내 말은 나는 설이 씨라면 뭐든 다 괜찮아요. 그러니까 우리 너무 겁내지 말고, 같이 헤쳐 나가 봐요, 그게 뭐가 됐던 끝까지. 이번에는 다를 수 있잖아요. 꼭 전생의 결말과 같지 않을 수 있잖아요. 내가 끝까지 지켜줄게요, 설이 씨."

어디야에서 설을 희롱하던 상사를 율이 제압했을 때 처음 본 율의 모습은 차분하지만 강인했다. 그때도 괜찮다는 듯 별일 아니라는 듯 미소 지으며 설을 바라보았다. 지금도 율은 그때와 비슷한 미소를 지어 보였다.

"정말 이상해요. 율이 씨랑 같이 있으면 마음이 차분해지고 안정된달까. 정말 뭐든 괜찮아질 것처럼 말이죠……."

해가 질 무렵 답답함에 잠시 마당으로 나왔다. 반딧불이 하나가 저 멀리 힘겹게 빛을 내고 있었다. 그 빛을 따라가다 보니 찻집 뒤편 어딘가였다. 갑자기 눈이 쉴 새 없이 쏟아지기 시작했다. 꿈에서 보았던 전생의 순간들이 반복되듯 누군가 "저들이다!" 하며 외치는 소리가 들려왔다.

"대역 죄인의 자식들을 당장 잡아라!"

그 소리에 찻집으로 가려는데 내 앞에 검은 형체가 나타났다. 뒷걸음질 치는데, 순식간에 내 입을 막았다. 발로 힘껏 그 남자의 다리를 차고 찻집으로 도망쳤다.

정말 꿈속에서 보았던 포졸들이 찻집을 아수라장으로 만들어놨다.

"언니! 도영아……!"

포졸들이 밀치자, 눈밭에 쓰러지듯 주저앉은 언니와 차율의 모습이 보였다. 다시 일어선 차율이 도영이와 함께 언니를 지키고 있었다. 두 사람은 포졸들을 하나둘씩 상대하기 시작했다.

"봄아! 어디 있어? 봄아!"

"도영아, 읍……."

도영이 나를 찾는 소리에 대답하려는데 검은 옷을 입고 검은 칼을 든 아까 그 남자가 다시 내 입을 막았다. 발버둥 치자 내 뒷덜미를 잡아 그 대로 눈밭에 밀쳤다.

"네가 지금 죽지 않으면 결국 네가 연모하는 사람이 죽게 될 것이다."

주저앉은 채 뒷걸음질 치는 내게 호위무사가 칼을 내밀며 다가왔다. 호위무사의 눈을 똑바로 쳐다봤다. 온통 검게 감싸서 눈 말고는 얼굴조 차 보이지 않았다. 칼에도 어떠한 문양 하나 없었다. 마치 언제 어디서 죽어도 흔적을 남기지 않겠다는 듯이. 그런데 눈에 아무리 힘을 줘도 자 꾸만 감겼다.

"봄아! 안 돼!"

언니의 외침에 그제야 나를 발견한 도영이 시선이 온통 나에게 향했 다. 그 틈을 탄 포졸의 공격에 잡고 있던 목검을 그만 놓쳐버렸다. 도영 이가 주저하지 않고 나에게 뛰어왔다. 호위무사의 칼날이 나에게 점점 가까이 다가오고 있었다.

분명 꿈속에서 봤던 장면이다. 이대로라면 도영이는 이 칼날을 붙잡지만 결국 나는 이 칼에 죽겠지. 내가 죽으면 도영이는 다시 이 칼로 생을 마감하겠지…….

안 돼, 이번에는 무조건 막아야 해. 더는 두려워하면 안 돼. 해낼 수 있어, 이봄. 꼭 지켜주고 싶어, 내가 사랑하는 사람들을…….

감긴 눈을 번쩍 뜨며 숨을 들이켰다. 몸을 구르듯 피해 벌떡 일어났다. 칼날을 붙잡은 도영의 손에 붉은 피가 뚝뚝 떨어졌다.

"도영아!"

호위무사는 흠칫했지만 도영이를 확 밀치고는 다시 내게 칼을 내밀며 가까이 다가왔다. 예전에 도영이에게 배웠던 호신술이 생각났다. 목숨이 걸렸는데 안 찰 거냐는 말. 나는 주저하지 않고 도영이가 알려준 그대로 발차기를 날려 호위무사의 급소를 차버렸다. 망설이면 끝일까 봐 아주 있는 힘껏. 이런 진지한 상황에 맞지 않게 자세가 무척이나 코믹했지만.

호위무사는 비명을 지르며 털썩 주저앉았다. 그 틈을 타 도영이 손을 잡고 도망쳤다. 언니가 걱정되었지만, 차율도 도영이 못지않게 싸움을 꽤 잘하는 듯했다. 개화 찻집을 벗어나 개화산 어딘가에서 가쁜 숨을 몰아쉬었다. 어떻게 찻집을 나왔는지도 의문이었다.

"괜찮아?"

"난 괜찮은데 너 손이, 많이 아프겠다……."

"아냐, 나 괜찮아. 봄아, 이런 거 하나도 안 아파."

"안 아프긴, 피가 이렇게 많이 나는데."

주머니에서 도영이 어머니가 주신 손수건을 꺼내 도영이 손에 감싸며 말했다.

"내가 무서운 건 겨울도 아니고, 저 사람들도 아니야. 네가 없는 게 나도 제일 무서웠어. 내가 너 꼭 지켜준다고 약속했었잖아. 나 그 약속 지킨 거다?"

활짝 웃어 보이자, 도영이가 나를 와락 끌어안았다.

"다행이다, 정말 다행이야……."

"근데 괜찮을까? 언니랑 차율 그 사람."

"잠깐만, 여기서 기다려줘. 금방 올 테니까 어디 가지 말고."

"안 돼, 도영아. 위험해."

"아무래도 좀 이상해서. 잠깐이면 돼……."

멀리서 이 광경을 모두 지켜보던 유라는 혼자 도망치려고 뛰다가 넘어지고 말았다. 도영은 찻집 주변을 살펴보려고 가는 길에 한복을 입은 여자가 넘어진 것을 발견하고 도와주려 다가갔다.

"괜찮아요?"

유라와 똑같이 생긴 그 여자는 도영을 날카롭게 쳐다봤다.

"……어? 최유라?"

"대체 왜 그러셨습니까?"

"네? 뭐를…?"

"왜 저를 두고 몰락한 집안의 자식을 마음에 품으셨습니까?"

"아무래도 제가 아는 사람이 아닌 것 같네요."

유라는 도영을 붙잡고 서럽게 울기 시작했다.

"다 제가 먼저였습니다. 도련님을 연모하는 것도, 혼인하려던 것도. 전부 다 제 것이었습니다. 대체 왜 그러셨습니까? 집안도 포기하고 목숨 걸고 도망칠 만큼 저 아이가 그토록 좋으셨습니까?"

"……모든 건 다 제가 먼저였습니다. 물론 그쪽 사정을 제가 다 알진 못해요. 하지만 그거 하나는 분명합니다. 전생의 저는 아주 어렸을 때부터 봄이를 좋아했거든요. 그러니 다 제가 먼저였습니다. 물론 이번 생에도 봄이 오기 전에 제가 먼저 좋아했어요. 그러니 훗날 다음 생에라도 봄이에게 꼭 사과해 주세요."

도영이 가버리자 유라는 원망스러운 눈으로 도영의 뒷모습을 바라봤다. 그런 유라를 호위무사가 데리고 산 밑으로 내려갔다.

혼자 남겨진 봄이 걱정된 도영은 발걸음을 돌려 다시 봄에게 향했다. 그런데 봄이 보이질 않자 불안해졌다.

"봄아! 이봄!"

인근을 샅샅이 찾아보는데 앞이 보이지 않을 정도로 굵은 눈발이 날리고 강한 바람까지 불었다. 눈보라를 뚫고 한참 봄을 찾아봐도 그 어디에도 없었다. 다시 찻집으로 돌아가는 것도 버겁게 느껴졌다.

도영은 괜찮다고만 생각했던 개화산 사고의 기억이 불현듯 떠올랐다. 갑작스러운 어지러움에 그만 발을 헛디뎌서 넘어지고야 말았다.

"안 되는데. 정말 안 되는데……."

도영은 어딘가 혼자 있을 봄이가 걱정되는 마음이 컸다. 어떻게든 일어나 보려는데 쉽지 않았다. 결국 다시 주저앉았는데 어디선가 나타난 봄이 도영의 팔을 잡아 지탱했다.

"도영아! 괜찮아?"

"봄아! 이봄, 너 어디 갔다 왔어? 내가 어디 가지 말고 기다리라고 했잖아."

"그게… 나도 모르게. 겨울인데 하나도 안 아파서 둘러보다 보니까. 걱정했지? 미안…….."

"너 진짜 괜찮아? 눈이 이렇게 많이 오는데……."

"응, 나 진짜 괜찮아. 아무렇지도 않아."

"무사하면 됐어, 얼른 돌아가자."

도영은 봄에게 몸을 기대 천천히 개화 찻집으로 향했다. 분명 전에는 밖으로 나올 수가 없었는데 어떻게 나왔는지 신기할 따름이었다.

두 사람은 개화 찻집에 돌아오자마자 율과 설이 무사한 것을 제일 먼저 확인했다. 설은 다가오는 포졸들에게 호신용품인 후추 스프레이를 가차 없이 뿌려버렸고, 율은 그동안 도영에게 틈틈이 배웠던 호신술을 이용해 가까스로 막아냈다고 했다.

설은 별것도 아닌 것들이라며 코웃음 쳤다. 그리고 설과 율의 행색에 의문을 가진 그들은 어떤 검은 남자의 증언만으로는 판단하기 어려운 점이 있었는지 갑작스러운 폭설까지 내리자 급하게 도망치듯 사라졌다고 한다.

찻집 안에 들어와서 모두 몸을 녹이고는 자초지종 겪은 일들을 각자의 머리로 분석하기 시작했다. 조금 전 나가고 들어온 것처럼 다시 나가려고 시도해 봤으나 결국 다시 찻집으로 들어올 수밖에 없었다.

우리는 어쩌면 이 공간을 통해서 타임슬립 했을지도 모른다. 지금 어떤 시간 속에 있는지는 잘 모르겠지만. 원래의 시간으로 돌아오는 날은 아마 이 눈이 그친 봄일지도 모른다.

∽

분명 겨울인데. 눈을 이렇게나 많이 맞았는데. 예전만큼 춥거나 밖에 나오지 못할 만큼 아프지 않았다. 더는 눈이 붉게 보이지도, 무섭지도 않았다.

그 죽음을 피해서 그렇다는 것 말고는 다른 이유를 알아내지 못했다. 아마 도영이와 떨어져 지낸다고 해도 저체온증에 시달릴 만큼 아프거나 트라우마가 심하지 않을 것 같았다.

그렇게 죽을 운명을 가까스로 피해 간 듯했으나 여전히 나비가 되어 하늘로 날아가는 꿈을 꿨다. 어떤 일이 또 벌어질지는 모른다. 어쩌면 지금부터 사는 인생은 덤일지도 모른다. 그러니 더는 후회로만 남기고 싶지 않았다.

잠에서 깨버려서 메모지와 볼펜을 들고 마당으로 나왔다. 잠들었던 사이 쏟아지던 눈은 그쳤고, 별똥별이 떨어질 것 같은 무수히 많은 별이 내 눈앞에 광활히 펼쳐졌다. 쌓인 눈을 바라보다가 메모지에 적기 시작했다.

'너무 예뻤던 꽃이어서 금세 시들다가 사라질 것만 같아서 더 함께할 수 있음에도 불구하고 너를 놓아버렸는지 모른다. 그땐 아득히 먼 미래가 존재한다고 여겼고 지금 와서 돌이켜보니 상처받기 두려웠던 것이었다. 우리는 절대 이별을 예고할 수 없는 삶임을 그땐 미처 알지 못했다. 그러니 너를 사랑하고, 사랑받는 감정들을 후회로 남기고 싶지 않다. 충분한 감정을 순간마다 흘려보낼 수 있기를. 차곡차곡 스며든 감정들이 모여 밀물과 썰물이 아닌 윤슬이 반짝이는 바다가 되기를 바라며.'

어느새 잠에서 깬 도영이가 졸린 눈을 비비며 내 옆에 털썩 앉았다.

"……이봄, 내가 이럴 줄 알고 나와봤지. 이렇게 예쁜 걸 치사하게 혼자 보려고 했단 말이야?"

도영이 잠긴 목소리도 듣기 좋았다. 도영이는 내게 포근한 담요를 덮어주었다. 다정한 그의 말과 행동에 괜스레 마음이 울컥했다. 나를 지그시 바라보는 그 눈빛에 가슴이 떨리고 두근거렸다. 우리가 많이 돌아온 것 같다는 생각이 들었다. 지금이라도 진심을 꼭 전하고 싶어서 도영이 손을 붙잡고 말했다.

"도영아, 우리에게 어떤 결말이 올지라도 나는 너를 끝까지 사랑하기로 마음먹었어. 아니, 한순간도 널 사랑하지 않은 적 없었어. 앞으로도 쭉 그럴 테니까 내 옆에 있어 줘."

도영이는 아무 말 없이 나를 와락 끌어안았다.

"그땐 내가 너무 나약하고 어리석었어. 네 말이 맞았어, 도영아. 어떤 일이 있어도 그래도 네 손 놓으면 안 되는 거였는데. 앞으로 우리에게 어떤 일이 벌어진다 해도 나 다시는 숨고, 도망치고, 피하지 않을 거야. 도영아, 약속할게. 너한테서 절대 멀어지지 않을게. 이런 내게 와줘서 고마워, 사랑해."

서로의 얼굴을 가까이 마주하고 입을 맞춘 순간, 수많은 반딧불이 각자의 빛을 내며 우리 곁에 떼로 모여들었다. 그렇게 우리를 아주 환하게 비추어주었다.

개화산 전체가 만물이 깨어난 듯 아름다운 무지갯빛이 광활하게 쏟아졌다. 도영이와 나란히 앉아서 환상적인 풍경을 찬찬히 바라보기 시작했다.

"창문이 열린 틈 사이로 검은 도화지에 하얀색 물감을 점 찍은 것처럼 보이는 별이 반짝거리는 밤이 되면 당신을 늘 그리워했습니다. 나는 여전히 별이 보이는 밤이 되면 당신과 함께 있고 싶습니다. 무수히 쏟아지는 별들의 작은 빛이 모여 우리를 환하게 비추어주기를. 그것이 나의 염원이자 바람입니다. 부디 이 마음이 욕심이 아니라 언젠가 이뤄질 수 있는 소원이 되기를 바라면서……. 겨울에 내가 널 만나길 기다리면서 썼던 글이야. 결국 그 소원이 이루어졌네. 도영이 너는 소원 같은 거 있었어?"

"내 소원은 너야. 너랑 같이 있을 수 있는 거. 그러니까 내 소원도 같이 이루어진 거지……."

도영이는 내게 가장 소중한 등불이었다. 구멍 난 마음에 차가운 바람만 숭숭 들어오는 줄 알았는데 따뜻한 바람으로도 채워질 수 있다는 걸 알려준. 세상에서 가장 따뜻하고 유일무이한 나의 소중한 등불 그 자체였다.

"풍경 미쳤어, 진짜 너무 예쁘잖아."

도영이는 나를 사랑스러운 눈빛으로 바라보며 말했다.

"응, 예쁘다. 엄청⋯⋯."

언젠가 내가 밤하늘을 보고 간절히 빌었던 소원이 지금, 이 순간 답을 받은 듯했다. 사방 어느 곳을 바라봐도 선물 같은 별빛으로 가득했고 별똥별이 떨어지면서 반짝이는 빛이 났다. 수많은 반딧불이 우리를 환히 밝혀주고 있었다. 모든 풍경을 두 눈 가득 넣어도 모자랄 만큼 아름다웠다.

꼭 우리의 모습처럼.

날이 밝자 쌓인 눈이 마법처럼 싹 사라졌다. 언제 눈이 내렸냐는 듯 하루아침에 봄이란 계절로 바뀌어 버렸다. 고된 억겁의 시간이 흘러 비로소 개화산 전체 만물이 꽃 핀 봄으로 물들었다. 마치 기적처럼.

봄이 오는 날에

원래 있던 시간 속으로 돌아와 각자의 생활을 이어갔다. 다들 그 경험을 떠올릴 때면 마치 한겨울에 긴 꿈을 꾼 것 같다고 입을 모아 얘기했다.

바쁜 스케줄로 인해 찻집 주인을 맡아달라는 이율의 부탁에 설과 율은 이곳에서 계속 머물며 찻집을 운영하기로 했다. 간판을 개화 찻집에서 개화 카페로 바꾸고 곳곳을 리모델링해서 취향껏 꾸며갔다.

봄은 두 사람을 도우며 주로 카페에서 시간을 보냈고 오랫동안 놓고 지냈던 글을 다시 쓰기 시작했다. 도영은 율의 은퇴 일을 수습하기 위해 곧장 서울로 올라갔다.

설은 가게를 열 시간이 되자 연갈색 앞치마를 매고 가게 입구로 가서 팻말을 뒤집어 오픈으로 바꿨다. 반짝이는 햇살과 포근한 바람에 기분이 좋아져서 눈부신 하늘을 올려보았다. 눈을 가늘게 뜨다가 미소 지었다.

"자, 오늘도 시작해 볼까?"

다시 가게 안으로 들어온 설은 라디오의 볼륨을 높이고 테이블을 깨끗이 닦기 시작했다. 라디오 속 DJ 목소리가 카페 전체에 울려 퍼졌다.

'드디어 완연한 봄이 우리 곁을 찾아왔네요. 자, 이번 겨울이 유난히 길었던 만큼 화창한 봄 날씨에 맞는 사연들을 받아보려고 합니다. 차율, 살아 있어 줘서 고마워. 다행이라며 많은 분들이 응원의 메시지를 보내주고 계십니다. 차율 씨가 어디선가 이 라디오를 꼭 들어주셨으면 좋겠네요. 이제 차율의 매력에 푹 빠졌는데 은퇴라니. 차율에게도 봄이 찾아왔기를 바라면서 복귀 기다릴게요. 복귀하지 않더라도 행복했으면 좋겠네요. 참치 통조림 미역국 저도 끓여 먹어봤는데 생각보다 맛있더라고요. 살면서 힘들었던 시기가 지나고 보면 아프지만은 않았던 기억으로 강하게 남을 때가 있어요. 율, 힘들었지만 그만큼 단단해져서 성장했기를 바라요. 와, 정말 많은 응원의 메시지들이 쏟아지고 있는데요. 메시지처럼 차율 씨에게도 따뜻한 봄이 찾아왔기를 바랍니다.'

최근 율은 어릴 적 자신을 입양하려던 새어머니가 처음 본 날 만들어 준 처음이자 마지막 음식이 참치 통조림 미역국이었고 갑작스러운 사고로 돌아가시는 바람에 입양이 무산되었음을. 그리고 그 사실을 최근에서야 알았다고 직접 밝혔다. 재벌이니 부잣집이니 하는 뜬소문은 단 한 번도 자신의 입으로 그렇게 말한 적 없으며 모두 추측성 소문이 퍼진 것이지만 물의를 끼친 점 깊이 반성한다며 은퇴를 선언했다.

또한, 그동안 율이 어떻게 살아왔는지에 대한 이야기가 낱낱이 밝혀졌다. 율은 어린 나이에 혼자 서울로 상경해 소속사에 들어오게 된 사연부터 지금까지의 모든 일을 솔직하게 털어놓았다.

팬들은 그동안 율이 가족 이야기를 하지 않았던 것으로 보아 혼자 외로운 시간을 어떻게 견뎌왔는지 상상조차 할 수 없다는 반응이었다. 팬들은 살아 있어 줘서 고맙다는 말과 복귀를 기다린다는 응원을 보내기 시작했다.

보육원에 익명으로 꾸준히 후원해 온 사실도 알려지자, 여론이 순식간에 호의적으로 바뀌었다. 누군가 설에 대한 날카로운 질문을 하자 율은 아주 오래전 자신이 찾던 사람이라며 갑작스러운 공개 고백을 해서 한 번 더 대중을 놀라게 했다.

율은 카페 마당에서 설에게 동백꽃을 내밀며 고백했다.

"매년 크리스마스가 되면 꼭 태어나줘서 고맙다고 사랑한다고 말해줄게요. 설이 씨도 내게 그렇게 말해줘요. 그러다 꽃이 피는 봄이 우리에게 찾아오면 따스한 햇살을 같이 쐬고 세찬 봄비가 내리거든 그 비가 그칠 때까지 옆에 있어 줄게요. 길고 길었던 겨울을 잘 버텨줘서 고마워요, 사랑해요."

이제 막 사귀기 시작한 두 사람이지만 여전히 부부 케미를 보였다. 호흡이 척척 맞았고, 장사에도 소질을 보였다. 봄은 그 모습을 흡족하게 보았다. 이곳에서 글을 쓰는 일상이 안온했다.

✦

봄은 아침을 먹고 부족한 물건들을 사기 위해 시내로 향했다. 설은 어느 정도 장사 준비를 마치고 잠시 시간이 남아 마당에 앉아 풍경 스케치를 연필로 쓱쓱 그렸다. 봄에 핀 꽃들이 이렇게 예쁜 줄 몰랐다. 삶에 여유가 없었던 탓이었겠지 하며 자신의 마음에도 꽃이 피는 순간이 찾아왔다는 게 더할 나위 없이 기뻤다.

"저, 들어가도 되나요?"

누군가 찾는 소리에 설은 연필을 내려놓고 자리에서 일어나 문을 열었다.

"아직 오픈 전이라서요…. 이모? 이모가 여기를 어떻게 알고…….."

"오랜만이다, 설아. 너희 소식은 어제 정훈이한테 들었어."

"우선 안으로 들어오세요."

설을 따라서 가게 안으로 들어오는 이모는 세월의 흔적이 느껴질 만큼 여기저기 나이 들어있었다.

아무래도 열이 오를 것 같아서 설은 아이스커피 두 잔을 가지고 이모가 앉은 테이블 맞은편에 앉았다. 창문 밖 풍경을 보던 이모의 시선이 설에게 향했다.

"그때 보자고 했는데 연락이 안 돼서 걱정했어."

"사정이 좀 있었어요."

설이 다시 이모에게 연락했을 때는 연락이 닿질 않았다.

"그래, 각자 사정이 있는 법이니까."

"그런데 연락도 없이 여기는 어쩐 일로 오셨어요?"

"그때 못한 이야기를 마저 하려고. 집 정리 문제도 있고."

설은 헛웃음이 절로 나왔다.

"왜요? 할머니 집도 가져가시려고요? 그거 우리 부모님이 할머니 사주신 건데? 이제 돈 다 떨어졌나 보죠?"

"설아, 그런 거 아니야. 너희 할머니이기도 했지만 나한테는 엄마였잖아. 안에 있는 짐도 정리해야 하니까…."

"그걸 내가 어떻게 믿어요? 또 통장이라도 가지고 가시려고? 내가 모를 줄 알아요? 나 이제 어린애도 아니고 두 번은 절대 안 당해요! 그딴 소리 할 거면 당장 나가세요!"

설이 큰소리치자, 주방에서 컵을 정리하고 있던 율이 힐긋 바라봤다. 설은 그 시선이 느껴졌지만, 쉽사리 진정되지 않았다.

"그거… 다른 것도 아니고 우리 부모님 목숨값이었잖아요……. 어떻게 보험금이 든 통장을 가지고 튈 생각을 해요? 우리 봄이, 봄이가 너무 아픈데 병원도 못 가고 혹시라도 아플까 봐 겨울만 되면 학교도 못 가고 집에만 있었어요. 나는 꿈도 포기하고 대학교도 못 갔다고요. 그거 이모가 다 어떻게 책임질 건데요! 어떤 걸로 그 힘들었던 시간들을 보상할 수 있는데요?"

설은 목이 메어오다가 울분이 터져 나왔다.

"당신만 아니었어도 우리 희망 버리고 죽은 것처럼 안 살았다고! 그게 어떤 돈인데……."

"설아, 이모 말 좀 들어 봐."

"그 돈 다 잃었다면서요. 다 날려 먹었다며. 할머니 집 못 주니까 당장 돌아가요. 그 돈 다 갚을 때까지 다신 찾아오지 마세요."

설이 벌떡 일어나서 밖으로 나가려는데 이모가 울먹이며 설의 다리를 붙잡고 주저앉았다.

"정말 나쁜 생각만 가지고 그런 게 아니야. 욕심났던 거 맞아, 맞는데 더 잘살아 보려고 했어. 너희한테 못 할 짓한 거 맞는데. 그때는 그러지 않으면 내가 미쳐서 못 견딜 것 같았다고! 정훈이가 공부를 그렇게 잘하는지 남편이 죽고 나서야 알았어. 사고 치고 죽은 남편 놈이 빚만 잔뜩이라서. 그거 말고는 도저히 방법이 없었어. 어떻게든 굴려서 너희한테 다시 돌려주려고 했다고."

"그래도 그렇지. 어떻게 감히 그 돈을 건드리냐고요! 나는 이모 절대 용서 못 해요. 그러니까 왜 욕심내요. 그거 이모 돈 아니잖아. 내가 또 속을 것 같아요? 돈 갚겠다고 만나자고 해놓고 또 욕심내는 거잖아."

"아니야, 오해야. 설아, 이모 식당에서 일해서 작은 가게 하나 냈어. 돈 버는 데로 갚을게. 집도 같이 살던 곳이니까 같이 정리하자고 연락한 거야. 다른 뜻은 없어. 미, 미안하다……."

설은 알고 있다. 사과에 서툰 이모인걸. 그렇지만 고작 사과 한마디로 허무하게 끝날 일은 절대 아니었다. 설은 이모의 손길을 뿌리치고 밖으로 나왔다.

아무리 그래도 설은 여전히 이모를 용서하기 어려웠다. 이모를 죽도록 미워하고 지구 끝까지 쫓아가겠다며 한때 날뛴 적이 있었다. 결국 이모를 찾지 못했다. 정훈을 미친 듯이 쫓아다니며 꼬치꼬치 캐물었지만 끝내 연락이 닿질 않았다.

설이 정말 돌아버리기 직전까지 화가 났던 건 정훈의 학비는 이모가 꼬박꼬박 부쳤다는 사실이었다. 정훈이 대학에 진학하고 딱 한 번 개화 집에 왔을 때 우연히 정훈의 통장을 본 적이 있었다. 이모 이름으로 큰 돈이 입금되어 있었다. 그 돈의 출처는 분명했다. 정훈과 대판 싸우고 밖에 나왔던 기억이 다시 떠올랐다.

설이 마당에 있는 흔들의자에 앉아 열을 식히고 있었다. 율이 슬며시 옆에 다가왔다. 아까 마시지 않은 아이스커피에 빨대를 꽂아 설에게 내밀었다. 설은 빨대를 무시하고 그대로 원샷 했다. 얼음을 소리 내며 깨물어 먹어도 열이 나는지 씩씩거렸다.

"이모님 방금 연락처 남기고 가셨어요. 필요한 일 생기면 언제든 연락 달라고 하셨어요."

"연락은 개뿔. 필요할 땐 연락 안 되고 필요 없을 땐 연락하라고 하고."

"나 기억났어요."

"무슨 기억이요?"

설이 남은 얼음을 와그작 깨 먹으며 바라보자, 율이 픽 웃으며 말했다.

"데뷔한 지 얼마 안 됐을 때였을 거예요. 회사에서 첫 휴가를 받는데 도저히 어디를 가야 할지 모르겠더라고요. 그때 혼자 개화에 왔었어요. 개화에서 어딘가 그 시절의 나랑 닮은 사람을 만났었거든요. 지구 끝까지 쫓아가겠다고 기를 쓰고 소리 지르던 사람이 있었어요."

설은 입고 있던 교복이 지저분해지는 걸 생각할 겨를도 없이 바다를 향해 달려갔다. 한 발짝만 더 가면 물에 닿을 듯 가까워지자 그제야 걸음을 멈췄다.

"봄이 아프면 병원비는! 내 미술 학원비는! 우리 대학교 학비는! 내 꿈은! 지구 끝까지 쫓아갈 거야! 으아아악! 찾아서 죽여버릴 거야!"

이모가 희망을 앗아갔으니, 설은 증오와 분노에 휩싸였다. 현실이 원망스럽고 부정하고 싶었다. 울분에 가득 찬 설이 옆에 모자를 눌러쓴 율이 다가왔다.

"차라리 시원하게 소리 질러요! 난 그러면 좀 낫던데. 거지 같잖아요, 사는 게."

율이 먼저 바다를 바라보며 힘껏 소리 질렀다. 설도 따라서 꽥 소리 질렀다. 서로 몇 번을 반복했을까. 지칠 때까지 소리 지르다가 모랫바닥에 나란히 털썩 앉았다.

설은 생각했다. 이 와중에 바다는 더럽게 예쁘다고.

"좀 시원해요?"

설은 고개를 끄덕이고는 바다를 바라보며 말했다.

"그쪽도 알아요? 절망 속에서 하루하루를 버티는 기분? 꼭 세상이 무너지고 망한 것 같은, 온 우주가 나를 구렁텅이로 밀어 넣는 것 같은 그런 개 같은 기분이요."

"누가 그러더라고요. 삶은 때때로 겨울이고, 때때로 봄이라고. 지금이 겨울이라면 곧 봄이 올지도 모르잖아요. 그러니까 힘들지만, 오늘을 살아내면 내일은 또 어떤 일이 일어날지는 아무도 모르는 거니까. 그러니까 너무 힘들 땐 딱 오늘만 생각하고 살아봐요. 그쪽도, 나도."

당장 앞날이 캄캄한데 부정의 끝을 달리는 설의 마음에 살아보자, 좋은 날은 온다. 이런 말들은 전부 모순덩어리라고 생각했다. 허상일 뿐인 말에 갖는 기대나 희망은 결국 실망으로 변할 뿐이라고. 그런데 오늘만 살아보자는 그 남자의 덤덤한 말에 이상한 동질감이 들었다. 이유는 알 수 없지만 요동치는 마음을 잠재웠다.

❧

기억났다는 설의 표정에 율은 따스한 미소를 지었다.

"나는 설이 씨 방식대로 잘 풀어나갔으면 좋겠어요. 지금까지 잘해온 것처럼."

"그렇지만 난 이모 절대 용서 안 해요, 아니 못 해요! 이제 겨우 내 마음에도 봄이 왔는데, 율이 씨 말대로 이제 겨우 봄이 왔잖아요. 꼭 이럴 때 찾아와서 사람 속을 박박 긁어놓냐고요."

"그러니까, 그래서 그래요. 누군가를 미워하고 증오하는 마음은 오래 가지고 있으면 해로우니까. 설이 씨가 힘들잖아요. 이모님이 자기 방식대로 어떻게든 갚겠다고 말씀하시고 가셨어요. 무작정 용서하라는 게 아니라 설이 씨가 힘들지 않기를 바라니까. 고민해 봐요, 나랑 같이."

설은 불과 몇 분 전만 해도 화가 치밀어 올라서 터질 것만 같았는데 갑자기 웃음이 터져 나왔다.

"근데 있잖아요, 우리 언제까지 존댓말 해요? 나이도 동갑인데? 솔직히 처음에는 율이 씨 보면 살짝 거리감이 느껴지기도 하니까 뭐 그랬는데 이제는 그럴 필요 없지 않나 해서요."

"그럼, 말 놓을까? 설아?"

어색하게 말을 놓는 율의 귀여운 모습에 설은 싱긋 웃었다.

"응! 좋아, 율아."

설의 대답에 눈을 끔벅거리다가 입꼬리가 길게 올라가는 율의 모습과 함께 두 사람은 더 가까워졌다.

~~~

언니가 끓여준 진한 동백꽃 차를 마시며 소설 작업에 한창 몰두했다. 아침 먹고 일찍 작업을 시작했는데 어느새 어두컴컴한 밤이 되어 있었다. 오픈 전 창문 밖에서 그림을 그리고 있었던 언니는 어느새 가게 마감 준비를 하고 있었다.

『봄이 오기 전에』끝.'

타이핑을 멈추고 기지개를 활짝 켜는데 도영이가 내 옆자리에 앉더니 눈을 반짝였다.

"봄아, 드디어 끝났어?"

"깜짝이야. 언제부터 있었어?"

"얼마 안 됐어."

"얼마 안 되긴. 한 세 시간 됐나? 한참을 서성이던데?"

근처에 있던 율이 오빠가 안타까웠는지 넌지시 말해주고 갔다.

"아, 그랬어? 미안. 도영아, 나 이제 약속 지킬 수 있게 됐어. 너한테 처음 쓴 원고 보여주기로 했잖아."

도영이가 원고를 찬찬히 읽는 동안 가게를 요리조리 돌아다녔다. 율이 오빠는 가게 벽에 언니가 완성한 그림들을 신중히 걸고 있었다.

옷지 않을 때는 다소 차가워 보였지만 언니와 함께 있는 율이 오빠는 늘 입가에 따뜻한 미소를 머금고 있었다. 언니에게 늘 넘치게 다정했고 세심한 모습이 보기 좋았다.

개화산은 다시 사람들의 발길이 이어졌다.

찻집은 더 이상 산신만의 휴식처가 아닌 맛집 카페로 거듭났다. 대체 그 카페 어디냐며 사람들이 호기심으로 찾아오기 시작하더니 SNS 게시 글이 점차 늘어났고 웨이팅까지 하면서 몰려들었다.

처음에는 연예인 차율을 보기 위한 손님들도 있었지만. 지금은 그보다 언니의 시그니처 메뉴인 제로슈거라테, 자몽허니화이트티, 안달고나라테, 여름밤 복숭아 에이드 등 각종 히트 메뉴와 예쁜 음료가 아트적으로 유명해지기 시작했다.

예전에 어디야 본사에서 출시했던 음료 중 잘 나갔던 메뉴들이 언니가 개발한 음료가 많았다는 사실도 같이 뜨면서 카페는 문전성시를 이뤘다. 음료 맛도 기가 막히고 가격도 저렴해서 개화산에 온 등산객도, 개화에 사는 주민들도, 여행객도 남녀노소 가릴 것 없이 이곳에 발걸음이 끊이지 않았다.

한옥 카페가 생소한 외국인들도 소문 듣고 찾아올 정도였다. 브이 아니면 따봉으로 맞춘 외국인 손님들 사진도 찍어주고 추가 주문이 계속 들어오는 바람에 정신없이 가게 일을 도와주다 보니 어느새 설거지 담당이 되었다. 도영이는 내게 이러다가 소설가가 되기 전에 카페 만능 직원으로 자리 잡겠다며 웃었지만 걱정됐는지 브레이크 타임이 필요하다고 적극적으로 의견을 냈다.

며칠 후 도영이는 내가 쓴 원고를 다 읽고 이렇게 말했다.

"역시 봄이 너는 좋아하는 일을 해야 해. 네가 행복해하는 모습을 보는 게 내 행복이니까. 그러니 더는 의심하지 마, 봄아. 나는 널 믿어. 너를 안 믿는 사람들도 있겠지만 너 스스로는 꼭 너를 믿었으면 좋겠다고 했던 내 말 기억 나지? 네가 글을 쓸 때 그 노란 나비처럼 반짝거리고 빛이 나. 분명 누군가에게 따뜻한 위로가 될 거야. 너의 글에는 그런 힘을 가지고 있어."

오랜 시간 손에 놓았던 글도, 도영이도, 이곳도 모두 나를 향해 따스한 빛을 쏟아내고 있었다. 오랜 어둠 속에 영원히 보이지 않을 것 같던 빛들이 거짓말처럼 쏟아졌다. 그 예쁜 빛이 언제 사라질지 몰라서 불안해하고 초조해하기보다 이 감정들을 오롯이 받아들일 수 있기를 바랐고 나는 그렇게 분명한 성장을 했다.

❀

테이블 위에 놓인 아이스커피를 빨대로 한 모금 마시더니 감탄하는 유라와 어색함이 흘렀다.

"봄아, 잘 지냈어?"

"응, 오랜만이다. 근데 여기는 무슨 일로 왔어?"

유라는 가방에서 소설책 한 권을 꺼내더니 내게 보여줬다. 『봄이 오기 전에』 내가 쓴 책이었다.

"출간되자마자 바로 사서 읽었어."

무의식적으로 유라를 한껏 경계하고 있다가 표정을 풀었다.

"사실은 나 정도영 많이 좋아했어. 너도 알고 있었겠지만. 도영이는 늘 확실해 보였거든. 좋은 건 좋다, 싫은 건 싫다. 정도영 걔도 나처럼 뭐든 평균은 하는데 체육을 유난히 잘했던 것처럼. 그래서 난 그 애가 나랑 결이 비슷하다고 생각했어. 처음에는 그게 확실해서 좋았는데 나중에는 도영이 자체가 좋아져서 그 애가 좋아하는 사람이 되고 싶었나 봐. 정도영도 마찬가지였겠지. 봄이 너여서 네가 좋아하고 관심 있는 거에만 관심이 갔겠지. 나 사실 문학보다는 수학 좋아했거든. 그렇게 조금씩 나를 잃어갔던 것 같아."

"나 다 알고 있었어. 학교 다닐 때 네가 도영이 좋아하는 것도, 문학보다 수학을 더 좋아하는 것도. 그래서 네가 하려는 얘기가 뭔데?"

"그때는 내가 질투심에 눈이 멀었었어. 도영이가 너 다시 만나면 꼭 사과하라고 했었는데 너무 오래 걸렸다. 사실 늘 용기가 안 났거든. 이번에 네가 쓴 책 읽고 용기 내서 찾아왔어. 그땐 정말 미안했어, 봄아. 그리고 고마워. 내게도 봄이 찾아올 수 있게 해줘서. 그리고 이 책 말이야. 따뜻한 위로가 됐거든. 나 사실 매일 불안하고 무서웠어. 부정하고 자기합리화하며 살았어. 얼음장 위를 맨발로 걷는 기분이었거든. 이제 더는 그러고 싶지 않아."

도영이 말이 맞았다. 누군가에게 닿았다는 것만으로도 진심으로 기쁘고 설레었다.

"그랬다면 정말 다행이다."

"너 출판사 알바 그만둘 때 나한테 해준 말 기억나?"

"……너 자신을 잃지 않았으면 좋겠다고?"

"한 대 맞은 것처럼 정신이 바짝 들더라고. 그때 출판사 그만두고 수학 다시 공부했거든. 지금은 애들 가르쳐. 최근에 개화고 수학 선생으로 부임했어. 하고 싶은 걸 하니까 출판사 다닐 때보다 훨씬 행복하고 좋아."

전보다 훨씬 좋아 보이는 유라의 얼굴에서 생기가 돌았고, 여유가 느껴졌다.

"너 아니었으면 나다운 게 뭔지 평생 놓치고 살았을 것 같아. 후회하고 자책하면서 말이야."

"다행이네. 너도, 나도. 이제라도 서로 미워하는 마음을 내려놓을 수 있게 돼서. 아, 그리고 네가 나랑 같이 일하고 싶어 했다는 거 나중에 들었어. 고작 알바인데 직원처럼 일 시키질 않나. 그땐 출판사에서 원래 일을 많이 시키는 줄 알았는데 정직원 채용 계획이 있어서 일부러 그랬다며……."

출판 전시회 행사가 끝나고 알바를 그만뒀을 때 우연히 길에서 만난 관리자가 갑자기 사과해 오더니 당시 알바생 중 정직원을 한 명 뽑자는 의견이 나온 뒤로 유라가 일부러 내게 일을 많이 시켰다는 이야기를 들은 적이 있었다.

"응, 기분 나빴다면 미안. 아깝더라고. 문학소녀 이봄이 분명 잘해 낼 일들일 텐데 말이야. 네가 좋아하던 그 시 말이야, 일생에 단 한 번뿐이라는 청춘이라는."

"그걸 기억해?"

"그럼. 그때 네가 좀 귀여웠어야지. 나는 고등학생 때보다 성인이 되고 살면서 그 시가 더 와 닿더라. 동전 양면처럼 위기가 곧 기회이겠구나 싶었어. 그냥 진작 미안하다고 하면 될걸. 쓸데없이 자존심 세우느라 너무 오래 걸렸다."

"유라 너는 사람을 빨리 파악하고 그 사람이 뭘 잘하는지 금방 알더라고. 진로 선생님 하면 잘할 것 같은데?"

"나 안 그래도 이번에 아직 진로 못 정한 애들 맡아서 상담해 주기로 했거든. 왠지 재밌을 것 같아."

눈을 반짝이며 말하는 유라에게서 전에는 찾아볼 수 없던 활기가 가득 느껴졌다.

"잘 됐다. 정말로."

"근데 여기 커피 진짜 맛있다. 괜히 유명한 커피 맛집이 아니었네."

이때 가을이와 승한이 맞잡은 손을 보란 듯이 들어 올리며 가게 안으로 들어왔다. 율이 오빠가 은퇴한 후 승한이는 회사를 퇴사하고 개화고 체육 선생으로 유라와 함께 부임했다. 그렇게 재회한 두 사람은 최근 사귀게 되면서 개화고 공식 커플이 되었다.

"봄아, 쟤들 학교에서도 맨날 저래. 애들 다 보는데 유난스럽게. 연애하는 티를 팍팍 내는데 하필이면 교무실에서 내 자리가 쟤네 둘 사이야. 어우, 진절머리 나. 어디 애인 없는 사람 서러워서 살겠니?"

꼭 학생 때로 돌아간 것 같아서 나도 모르게 피식 웃음이 났다.

"유라야, 네가 고생이 많다."

가을이와 승한이는 같은 테이블에 나란히 딱 붙어 앉더니 서로에게 꿀 떨어지는 눈빛을 보내기 바빴다. 마치 둘만의 세상에 푹 빠진 듯이.

그걸 지켜보던 유라는 지겹다는 듯 고개를 절레절레 내저으며 남은 아이스커피를 남김없이 다 마셨다.

⁓

삼촌은 예전에 율의 흔적을 찾기 위해 개화소망보육원에 갔다가 첫사랑과 재회했다. 그 첫사랑은 결혼 3년 만에 이혼하는 바람에 서울에서 개화로 다시 내려왔고 최근 보육원 원장이 되었다고 한다.

그때 삼촌은 다시 서울로 올라가서 사업을 시작했고 엇갈렸던 두 사람은 결국 한참을 돌고 돌아 다시 재회했다. 삼촌이 언젠가 했던 말처럼 사랑은 타이밍. 만나야 할 인연은 만나게 되어 있으니 그 타이밍을 잡으라는 말처럼 결국 삼촌은 그녀의 손을 잡을 수 있게 되었다.

도영은 삼촌에게 결국 잘난 놈도 되고, 첫사랑의 마음도 잡았다면서 "성공했네, 삼촌." 하며 엄지를 치켜세워줬다. 기분이 좋아진 삼촌은 당시 카페에 있던 사람들의 음료와 디저트 값을 모두 내기도 했다. 그렇게 삼촌은 설의 커피 맛을 잊지 못한다는 핑계로 개화 카페에서 종종 데이트했다.

설은 결국 이모와 다시 마주했다.

개화에 작은 식당을 개업한 이모는 개업 이후 하루도 쉬지 않고 일했고, 설을 만나러 이곳 카페에 온 날 하루 쉬었다고 한다.

설은 여전히 이모를 용서하기 어려웠지만, 이모가 할 수 있는 일로 밥 한 끼 먹기 힘든 사람들, 어딘가 춥고 배고프고 힘든 사람들이 있다면 외면하지 않고 살았으면 좋겠다고 말했다. 그게 어쩌면 이모가 업보를 청산할 방법일지도 모르니까. 물론 그건 이모의 선택이었다.

이모는 설의 말을 듣고 개화소망보육원에 음식을 제공해 주기도 하고 돈이 없어서 밥 한 끼 먹기 힘든 사람들을 외면하지 않고 무료로 밥을 제공해 주기도 했다. 그게 소문이 나기 시작했고 착한 식당으로 선정되면서 개화 유명 맛집이 되었다.

그 소식을 전해 들은 정훈이 설과 봄을 찾아왔다. 그동안 왜 자기 돈을 받지 않았느냐고. 늘 미안함과 죄책감을 느끼고 살아야 했던 정훈에게 설은 그 돈을 받으면 그동안의 일들이 모두 없던 일이 되어버릴 것 같아서 받지 않았다고 말했다.

율의 말처럼 미워하고 증오하는 마음은 너무 오래 가지고 있으면 그건 독처럼 자신에서 무척이나 해롭다고. 결국 내가 힘들어지더라고. 그리고 그 돈은 이모가 성실하게 벌어서 갚기로 했다고. 한 방에 큰돈을 노렸던 이모가 앞으로는 올바른 방법으로 살아가기 위한 일이기도 하니까.

설은 갚고 싶은 게 있다면 돈이 없어서 치료 못 받는 사람들, 봄이처럼 병원비 걱정에 아파도 집에만 있어야 하는 사람들을 위해서 쓰였으면 좋겠다고 말했다. 정훈은 무언가 깨달은 듯 의료 봉사도 하고 무료

출장 진료도 보기 시작했다.

　적막했던 정훈의 진료실이 다른 진료실처럼 사진이 하나둘씩 늘어가기 시작했다. 가끔 개화에 올 때면 카페에 들러 조용히 차를 마시고 돌아갔다. 봄은 설의 의견을 존중했다. 설은 율의 조언대로 자신만의 방식으로 현명하게 문제를 잘 풀어나갔다.

어떤 계절이 와도

도영이는 서울에서 바쁜 일상을 보냈다. 삼촌은 율이 은퇴했는데 왜 승한이가 그만두냐고 혀를 끌끌 찼고 승한이도 없는 마당에 인력난을 호소했다. 삼촌은 율이 오빠 은퇴에 연습생들을 데뷔시켰고 다른 연예인들을 영입해서 확장해 나갔다. 쉴 틈 없이 바빠진 도영이 얼굴 보기가 점점 힘들어졌다.

언니와 나는 서울에 있는 집을 정리했다. 개화 카페에 살게 되면서 도영이 부모님과 자주 왕래하며 지냈다. 도영이 어머니한테 딸처럼 엄마라고 살갑게 불렀고, 세상에서 제일 맛있는 밥을 먹으며 지냈다. 도영이와는 매일 연락하면서 보고 싶다고 아무리 말해도 늘 아쉬웠다.

어느 날 서프라이즈로 도영이를 만나기 위해 서울에 찾아갔다가 커피한 잔 겨우 마시고 개화로 돌아와야만 했다.

도영이와 떨어져 지낸 9년이란 시간에 비하면 아무것도 아니라고. 더 단단해진 나는 이런 것쯤은 아무렇지 않다고. 씩씩하게 얼마든지 도영이를 기다릴 수 있다고 생각했다. 그런데 그 시간이 길어지니 외로워지기 시작했다.

"도영아, 나 다시 서울로 갈까?"

도영이는 기다려달라는 말만 남기고 바쁜 듯 금세 전화를 끊었다.

외로운 시간마저도 익숙해질 때쯤 도영이가 짐을 한가득 싸 들고 개화로 돌아왔다. 꽃구름 핀 하늘의 따스한 여러 빛 속 활짝 웃으며 내게 달려온 도영이가 나를 꼭 안았다.

"많이 기다렸지? 보고 싶었어, 봄아."

"이 짐은 다 뭐야?"

"아무래도 봄이 네가 너무 보고 싶어서 안 되겠어……."

그렇게 도영이는 완전히 개화로 내려와서 합기도 학원을 차렸다. 낮에는 아이들을 가르치고 저녁이 되면 내가 있는 개화 카페로 왔다.

봄날 중에서도 가장 예쁜 봄날, 도영이는 나를 합기도 학원으로 불렀다. 합기도 학원생인 아이들과 함께 귀여운 토끼 모자를 쓰고 나에게 프러포즈했다.

"사랑해, 봄아."

언젠가 내게도 그런 날이 올까 싶었는데.

아이들의 토끼 귀가 손으로 누를 때마다 한쪽씩 움직였다. "받아줘! 받아줘!" 아이들의 귀여운 외침에 나는 도영이가 준비한 벚꽃 다발과 반지를 망설임 없이 냉큼 받아버렸다. 그렇게 쉽게 받아주면 어떡하냐며, 재미없다면서도 아이들은 해맑게 웃으며 까르르거렸다. 최대한 사람 좋아 보이는 눈으로 아이들을 향해 웃어 보였다.

얘들아, 이모는 그런 고민하는 시간조차 아깝단다.

돌이켜 생각해 보니 외롭고 고독했던, 춥고 아팠던 그동안의 내 겨울
은 마냥 춥지만은 않았다. 세상에 혼자인 줄 알았던 난 절대 혼자가 아
니었다.

염세적인 내 눈이 바라본 세상은 늘 짙게 깔린 어둠이 자리 잡고 있었
다. 그래서 작은 빛조차 외면해 버리는 바람에 온통 겨울로 만들어 버렸
는지도 모른다.

나는 오랜 시간이 걸려 비로소 차가움 속에 숨어있던 따스함을 찾아
냈다. 작지만 강한 등불이 내 주변을 환히 밝혀줬으니까. 정말 다신 찾
아오지 않을 것 같았던 봄날 같은 날이 내게도 꽃구름 몰며 찾아왔다.
이제는 내가 그 등불을 오래도록 지켜줄 차례다.

어느새 계절이 바뀌고 우리에게 새로운 겨울이 다시 찾아왔다.

"도영아."

너의 이름을 부르면 너는 늘 웃는 얼굴로 나를 향해 돌아봤다. 그게
좋아서 자꾸만 너의 이름을 불렀다.

"도영아!"

쌓인 눈을 성큼성큼 밟아 그에게 달려갔다. 나를 향해 돌아본 그의 품
에 안겼다. 반지 낀 손을 맞잡고 바보처럼 실실거리며 웃었다.

"도영아, 우리 눈사람 만들래?"

수북이 쌓인 눈을 뭉쳐 서로를 닮은 눈사람을 만들어서 담장 위에 올

려놓고는 카페 창가에 나란히 앉아 핫초코를 홀짝였다. 창문 밖으로 눈사람이 귀엽게 보였다.

우리에게 어떤 계절이 와도 이 따뜻한 손을 절대 놓지 않기를. 염원이고 바람일지라도 오래도록 약속을 지킬 수 있기를 바랐다.

"따뜻한 겨울을 만들어줘서 고마워, 도영아. 이제부터는 내가 널 지켜줄게. 우리에게 어떤 계절이 와도 말이야. 네가 나에게 등불이 되어준 것처럼 내가 너의 봄이 되어줄게."

∽

어느 날 도영이 핸드폰 배경 화면이 예전에 가을이와 서울대공원에서 알바했을 때 토끼 인형 탈을 쓰고 같이 찍었던 사진으로 되어 있는 걸 발견했다.

"너 설마 이거 나인 줄 알고 있었어?"

"당연하지, 그걸 어떻게 몰라. 봄이 네가 어떤 모습을 해도 난 다 알 수 있어."

"근데 그때는 왜 아는 척 안 했어?"

"……그럼, 나랑 사진 안 찍었을 거잖아."

"뭐? 사진 때문에?"

"승한이가 춤추는 토끼 조심하라고. 아주 발칙하고 요망하다고 신신당부하더라."

"그럴 줄 알았다. 백승한이라면 그러고도 남을 게 뻔하니까."

"난 기뻤어. 나 너랑 같이 찍은 사진 한 장도 없었잖아. 나 아이스크림 가게에서 받은 알바비로 카메라 샀었거든. 너랑 같이 찍고 싶어서. 방학하면 너랑 놀이공원 가서 잔뜩 찍으려고 했는데 결국 한 장도 못 찍었잖아. 근데 그렇게라도 찍으니까, 좋았거든."

"도영아, 나 좋은 생각이 났어……."

궁금해하는 도영이에게 비밀이라는 말만 남기고 아이처럼 빙그레 웃어 보였다. 도영이는 사실 그날 음료수를 사 오기로 한 승한이 오래 걸려서 무슨 문제가 있나 하고 편의점에 따라갔다가 승한이와 함께 있는 나를 봤지만 차마 말을 걸지 못했다고 한다.

바삐 흘러가는 시간 속에서도 이 사진을 볼 때면 귀여워서 웃음이 났다면서. 살면서 좋았던 추억들 덕분에 힘든 순간을 견딜 힘이 나기도 했다고 말했다.

세상에 뭐든 영원한 건 없다는 걸 잘 알면서도,
고통이나 힘듦이 몰려오면 영원할 것이라고 생각했다.
행복이 다가오면 금세 떠나가 버릴 것이라고 생각했다.
결국 세상에 영원한 건 없으니까,
어떤 겨울도, 어떤 봄도 지나가기 마련이다.
삶은 때때로 겨울이기도, 때때로 봄이기도 하니까.
어쩌면 가장 따뜻한 계절은 겨울일지도 모른다.
봄이 오기 전에,
가장 따뜻한 겨울에서.

에필로그

봄이 오는 날에,

봄은 새로 산 신상 카메라를 들고 카페 마당으로 세 사람을 불러 세웠다. 미리 설치해 둔 삼각대 위에 카메라를 올려두고 타이머를 설정한 뒤 이들 사이로 뛰어갔다. 네 사람은 카메라를 향해 환하게 웃어 보였다. 찰칵 소리가 카페 마당에 기분 좋게 울려 퍼졌다.

봄, 여름, 가을, 겨울.

네 사람은 아무리 바빠도 계절이 바뀔 때마다 이곳에서 꼭 다 같이 사진 찍기로 약속했다. 시간이 흐를수록 카페 곳곳에 추억이 아로새겨진 사진들로 가득했다.

그렇게 우리는 모두 완연한 봄을 맞이했다.

이 소설은 심보선 시인의 「슬픔이 없는 십오 초」 속 「청춘」 일부를 인용했습니다.

작가의 말

4년 전 영상 작법을 배우면서 아이템 구상을 하던 중 문득 『봄이 오기 전에』가 떠올랐습니다. 그러다 이 이야기는 언젠가 소설로 꼭 써보고 싶다고 생각했습니다.

그렇게 4년이 지나 이 이야기가 세상 밖으로 나온다는 사실에 무척이나 기뻤습니다. 봄과 여름 두 계절 내내 집필하였고, 가을부터 미다스북스와 작업하여 마침내 겨울이 되어 출간되었습니다.

이처럼 저는 사계절을 『봄이 오기 전에』와 함께 보냈습니다. 집필하는 동안 다채로운 감정을 느끼게 해준 소중한 제 작품이 이제부터는 나비처럼 자유롭게 날아가 독자분들께 따뜻하게 닿을 수 있기를 바랄 뿐입니다.

처음, 이 이야기를 쓰겠다고 생각했을 때는 추운 겨울과 따뜻한 봄 로맨스로 주인공들이 추운 겨울 속에서 역경을 이겨내고 봄을 맞이하는 이야기를 써야겠다고만 생각했습니다.

그런데 이야기에 점차 빠져들어 이 세계에 들어가 보니 역설적으로 따뜻한 겨울에 대해 표현하고 싶어졌습니다. 날씨가 추운 날에는 따뜻한 핫초코와 핫팩이 별거 아닌 듯해도 소중하게 느껴지듯이 어쩌면 가장 따뜻한 계절은 겨울일지도 모른다고 생각했기 때문입니다. 제가 가장 좋아하는 계절은 봄이지만 집필하면서 겨울이라는 계절도 좋아졌습니다.

힘든 시기를 겪을 땐 너무나도 힘들었지만 지나고 보니 누군가의 따뜻한 말 한마디 같은 사소한 일로 그 힘든 시간을 견뎌낼 힘이 나기도 했고 혹은 좋았던 추억들로 살아갈 힘을 얻기도 했습니다.

그때, 마냥 춥기만 했던 겨울이 아니라서 다행이었다고. 우리에게 어떤 계절이 찾아오더라도 더 단단해진 우리는 괜찮을 거라고. 서로에게 등불이 되어주며 함께 살아보자는 응원의 메시지를 담고 싶었습니다.

그래서 "차가움 속에 따스함"을 표현하고자 했습니다. 살아내는 것 자체가 힘든 일인데도 불구하고 더 잘 살고 싶고 더 행복해지고 싶잖아요. 그런데 삶은 늘 고되고 힘든 시간이 더 크게 느껴지는 것 같습니다. 그 긴 시간 속에서 조금이라도 따스함을 찾을 수 있기를 바라는 마음에서 비롯되었습니다.

작은 빛이 생각보다 큰 힘이 되기도 하니까요. 그러다 보면 언젠가 겨울이 괜찮아지는 날이, 좋아지는 날이 올지도 모르잖아요. 특히 도영이라는 남자 주인공을 통해 위로되는 다정하고 따뜻한 예쁜 말들을 알차게 담아봤습니다.

물론 도영이뿐만 아니라 등장하는 모든 캐릭터가 서로에게 등불이 되어주고 힘이 되어주는 이야기인 만큼 누군가에게 분명한 위로가 되었기를, 재미있게 읽으셨기를 바라는 마음입니다.

이처럼 삶은 때때로 겨울이기도, 때때로 봄이기도 합니다. 이 소설의 캐릭터들은 전부 저마다의 겨울과 봄이 존재했고, 자신만의 등불로 서로를 밝혀주었습니다.

그 작은 등불들이 모여 결국 세상을 환하게 만든 것처럼 어딘가 어둡고 추운 시기를 보내는 독자분들이 계신다면 이 이야기로 부디 춥지만은 않은 따뜻한 겨울을 보내셨으면 좋겠습니다. 우리에게도 따뜻한 봄은 반드시 찾아올 거니까요.

이 이야기가 세상에 나올 수 있도록 그 여정을 함께해 주신 미다스북스 출판사에 감사 인사를 전합니다. 그리고 늘 저를 믿고 응원해 준 저희 언니에게도 고맙습니다. 마지막으로 『봄이 오기 전에』를 읽어주신 독자분들께 진심으로 감사합니다.

2025 겨울, 한봄